血脉新丝路
——第八期第二批北京医疗卫生援疆工作侧记

北京市作家协会 主编

方效 著

北京燕山出版社

图书在版编目（CIP）数据

血脉新丝路：第八期第二批北京医疗卫生援疆工作侧记／北京作家协会主编；方效著 . —北京：北京燕山出版社，2018.5

ISBN 978 – 7 – 5402 – 5075 – 1

Ⅰ . ①血… Ⅱ . ①北…②方… Ⅲ . ①纪实文学—中国—当代 Ⅳ . ①I25

中国版本图书馆 CIP 数据核字（2018）第 080437 号

血脉新丝路：第八期第二批北京医疗卫生援疆工作侧记

主　　编：	北京作家协会
作　　者：	方　效
责任编辑：	王月佳　王　然
封面设计：	林　涛
社　　址：	北京市丰台区东铁营苇子坑路 138 号嘉城商务中心 c 座
网　　址：	http：//www.bjyspress.com/
微　　博：	http：//e.weibo.com/u/2526206071
电　　话：	010 – 65240430
传　　真：	010 – 63587071
印　　刷：	北京兰星球彩色印刷有限公司
开　　本：	710×1000　1/16
字　　数：	208 千字
印　　张：	18
版　　次：	2018 年 5 月第 1 版
印　　次：	2018 年 5 月第 1 次
定　　价：	58.00 元
出版发行：	北京燕山出版社

版权所有　盗版必究

前言

根据北京市委宣传部和北京市文联工作安排，北京作家协会与北京市援疆和田指挥部合作，北京作协2016年分两次委派作家12人，穿过茫茫的沙漠，跨越起伏的天山，深入新疆和田采访第八批北京优秀援疆干部、医生和教师，书写新时代最可爱的人，完成纪实作品三部。其中，《血脉新丝路》用历史的深度，通过多元视角，展现了首都与和田的血脉关联，民族亲情；《昆仑作证》书写了北京援和干部、教师鞠躬尽瘁、教书育人的先进事迹；《北京大夫》书写了北京援和医生保护生命的感人场景。源自1997年的北京援疆工作，已走过了20个年头，一批批的援疆人从数千里之外的首都来到新疆和田，他们在这里与各族干部群众同心协力，牺牲奉献，使这片古老的边陲大地，加快追赶先进地区发展的步伐。首都的援疆人也叫"援和"人，负责援助新疆和田地区的一市三县及兵团十四师，每届三年轮换，目前已到了第八批。随着时间的推移，北京的援和工作也在不断的改进和创新，从基础设施、硬件建设到领导理念、管理方法、人才教育、文化产业等软硬件全方位立体化"援和"，使首都的援和工作更加符合和田地区的内源性发展和长治久安。

大漠边关外，戈壁沙漠旁。第八批援和人无言地书写着深沉的爱，他们爱着援和工作，爱这里的土地，爱这里的人，白衣天使们救死扶伤，辛勤园丁们呕心沥血，援和干部们则为和田的安定、富裕、发展，在大漠留下令自己终生难忘的足印，坚实有力而又无怨无悔……作家们被他们无私奉献的精神感动着，以饱满的笔触勾勒出这些"援和"人的真实模样——他们是父亲、儿子、丈夫，她们是母亲、女儿、妻子，更像是一组沉默着的英雄群像，昆仑可以作证。

北京作家协会

2018 年 4 月

代序

美若和田玉
——方效长篇报告文学《血脉新丝路》印象

李春雷

  花海绿洲、瓜果飘香，丝路悠悠、雪域茫茫，那里生活着淳朴真挚的维吾尔族人民，还有迥异于内地风情的色香味俱全的伊斯兰文化。有关新疆和田地区的点点滴滴，早已伴随着张骞通西域而浸透在中国历史典籍的片片纸页里，早已像一块温润的玉石闪烁在世人的想象里。

  她，的确是中华民族大家庭怀抱中一颗晶莹的石榴子！

  和田产美玉，美玉润和田。近几年来，在这块遥远而神奇的土地上，一群首都人民派出的美丽天使，用他们炙热的血、无私的爱，在这个享誉全国的"玉石之乡、丝绸之乡、地毯之都和瓜果之乡"搭起了一条斩不断、隔不开的长达4200公里的血脉纽带。这是一条首都与边疆共同发展、无私援助的纽带，更是民族团结、文化融合的纽带，是精神层面上一条亘古弥新的丝绸之路！

  我想，书名取作《血脉新丝路》，寓意即在于此吧。

2016年初，作者方效受北京文联、北京作协指派，赶赴和田，采访北京医疗卫生援疆。利用一个多月的时间，他在北京援疆和田指挥部严密周到的安排下，走进和田地区的1市7县，与北京援疆医生、援疆干部、援疆教师等群体共话乡谊边情，带回了40多个小时的采访录音和7万多字的采访笔记。而后，他伏案5个月，完成了这部扎扎实实的长篇报告文学，为首都援疆壮举纪实、纪事、纪史，绘就了新时代新丝路上的群英谱。

报告文学不同于一般的人物通讯，虽然都是以人物为报道对象，但前者属于文学，后者归于新闻。《血脉新丝路》作为长篇报告文学，在全面反映北京医疗援疆这一个群体的同时，谋篇结构布局上贵有整体感，不仅要提炼出群体职业亮点，更要写出具体人物的个性，特别是他们的精神风貌来。在写作前的构思过程中，方效把采访录音整理成厚厚的两大本材料，反复思考，认真推敲，合理划分篇章，凝练主题思想。同时，将文史资料、现代人物、世界格局穿插其中，与援疆人物事迹有机地糅合在一起，形成了这种整体性、艺术性较强的"珍珠链式"的结构特色。作品找准了结构，也便有了章法，事实报告与文学表现等灵魂血肉即有了可依附的"骨骼"。

报告文学的"文学表现"有多种途径，语言是最鲜亮、最直接的呈现。在这方面，作者显然别有用心。在行文过程中，方效注意化用小说、散文、诗歌的语言特色，抑或戏剧冲突等种种优良元素，为我所用，增添了叙事语言的文学趣味，在很大程度上丰富了作品的艺术感染力和可读性。

作家方效还是一位航天工程师，从事导弹科研工作多年，有着比较深厚的理工科功底。这些特殊积淀，使得他的《血脉新丝路》又兼具"功能性报告文学"之特色。写作过程中，他通过多种途径查阅了几百篇有关新疆与和田、维吾尔族与伊斯兰教等方面的学术论文及风土人情资料，为读者全面介绍和田，为后续援疆者更快、更深入地熟悉当地环境，介入工作，浓缩了许多可资借鉴的现成文本。这些浓缩作者心血和智慧的内容，成为本书的又一个鲜明特点。

总之，不少看过初稿的相关人士及作家，普遍反映是：下了功夫、用了真情！

确实，这是一部有内容的作品，有品质的作品，有追求的作品，从中可见作者的才情，作者的苦心，作者的精进。本书的付梓出版，既是方效创作上的一大收获，也是对援疆后来者的一种鼓舞。

但或许，这部作品又像和田美玉籽料一样，需要更精细的雕琢。

报告文学是报告，更是文学。面对大量原汁原味却又毛毛茸茸、生生硬硬的事实材料，如何用文学的圣火，去燃烧，去融通，去提升，去化为绕指柔。就像陶瓷作坊，如何把水与泥巴的坯料，通过窑火，变成陶，或瓷。这是一次质变的涅槃。这个过程，全在于作家的功力，也就是精神烈焰的燃烧温度。每一个创作者，他的内心就是一个燃烧的炉膛。初级的燃烧，产品只是低档的粗陶；烧至700度，成为陶器，能够盛水而不漏；烧至1230度，则瓷化，可完全不吸水且耐高温、耐腐蚀，成为精品瓷器；如果达到1730度，则会变成极品的刚玉瓷器。

如果从这个高度上要求，本书的文学表达，似乎还是显得单调与瘦弱。

随着世界一体化，信息全覆盖，现实生活的精彩程度已经远远超过艺术家的想象和虚构，人们更渴望在文学艺术的享受中阅读真实、阅读真情、阅读内幕。报告文学恰逢其时，正在担负起这种神圣文化责任，负重前行。

未来的文学时代，属于以报告文学为主体的纪实文学！

祝贺方效，真诚为文终有真纯收获、真正提升。

相信方效，正在迎来属于自己的柳暗花明的文学之春！

是为序。

(2018年元宵节于邯郸)

李春雷，现任河北省作家协会副主席、中国报告文学学会副会长，国家一级作家。系鲁迅文学奖历史上最年轻的报告文学作家，全国精神文明建设"五个一工程"奖获得者，入选中宣部文化名家暨"四个一批"人才，被公认为"中国短篇报告文学之王"。主要作品有《朋友：习近平与贾大山交往纪事》《木棉花开》《夜宿棚花村》《初心——"新时期党员、干部的楷模"廖俊波纪事》。

目　录

第一章	普通的北京人	4
	抉择之夜	5
	平静的生活	8
	安　全	12
第二章	光　荣	16
第三章	无岸之海	32
	飞越塔克拉玛干	33
	生命之洲	38
第四章	北京来的大专家	42
	民族团结的誓言	42
	进疆之初	48
	小门诊，大病房	57
第五章	家在和田	64
	一天半斤土	65
	援　友	69
第六章	石榴花开	77
	凑　钱	77
	交流的魅力	82

　　　　走进维吾尔族人朋友家 …………………………… 89
　　　　民族同事 ………………………………………… 92

第七章　**丝路人间** ……………………………………… 102
　　　　丝绸之路 ………………………………………… 104
　　　　璞玉出昆仑 ……………………………………… 109

第八章　**高原下，沙漠中** ……………………………… 120
　　　　铸剑为犁 ………………………………………… 120
　　　　团场医疗组 ……………………………………… 127
　　　　亲历皮山地震 …………………………………… 153

第九章　**医者仁术** ……………………………………… 161
　　　　名利无求 ………………………………………… 161
　　　　精　湛 …………………………………………… 171
　　　　真情实干 ………………………………………… 187

第十章　**面向未来** ……………………………………… 207
　　　　卫生免疫 ………………………………………… 207
　　　　为了孩子 ………………………………………… 221

第十一章　**和田——北京** ……………………………… 233
　　　　"援疆"北京人 ………………………………… 235
　　　　血脉新丝路 ……………………………………… 251

第十二章　**圣洁的雪莲花** ……………………………… 260
　　　　纯净的心灵 ……………………………………… 260
　　　　再见和田 ………………………………………… 265

　　　　主要参考资料 …………………………………… 275

2016年元旦，新疆维吾尔自治区和田地委副书记、北京市援疆和田指挥部党委书记、总指挥卢宇国乘坐的越野车，正通过玉龙喀什河桥。他已经不知多少次行驶在这条连通和田市区与洛浦县基层村镇的公路上了。

每当越过卵石累累的玉龙喀什河，卢宇国常会不由自主地向远方眺望。

南边是被称作万山之祖的雪域昆仑，北边就是浩瀚无尽的塔克拉玛干大沙漠。"登昆仑兮食玉英"，他们脚下这条清流如线的玉龙喀什河，因为出产一种温润如脂的美玉，早在春秋时代就已经被载入中华典籍，由此而产生的玉文化源远流长，融入民族血脉。

和田，这块昆仑山下的美玉之邦、沙海岸边的明艳绿洲，230万各族群众靠玉龙喀什河和喀拉喀什河汇聚的大赐融水哺育滋养，繁衍生息。

自从2010年中央启动新一轮援疆工作以来，"十二五"期间，北京实际投入援疆资金达到79.9亿元，动力强劲，成效显著，但和田地区最根本的脱贫问题依然没有解决。时间真快，迈入"十三五"开局之年，"由输血向造血转变，重点放在自我发展能力和内生动力提升"的理念如何得到贯彻深化，是摆在卢宇国和来自北京的261名援疆干部眼前最直接、最紧迫的课题。

为中国导弹事业服务近二十年，如今的卢宇国脱下洁净舒适的工作服，离开肃穆严整的发射场，深入农家小院，走进家畜棚圈，

2016年元旦,洛浦县与北京援疆指挥部领导入村访问贫困户(前排左二为卢宇国)

风尘仆仆在田间地头,依然保持着严谨务实、周到细致的航天本色。

每到一家农户,他总会一连串地发问:家里有几亩地?都种些什么呀?欠人家钱吗?有存款吗?你们家200块钱以上的东西都有什么呀?主要收入靠什么?去年收入多少?都干什么用了?有低保吗?怎么用?几个人用啊?一个月的水钱、电钱、煤钱要花多少?家里养的有牛、羊、鸽子吗?去年副业收入多少?多长时间能吃一次肉?要是增加收入,你们希望政府能给你们做点什么事情呀?……

卢宇国指出,和田地区维吾尔族人口占比96.3%,是中国单一少数民族最聚集的地区。在中央治疆方略的指引下,经过地方政府和各族群众的共同努力,整体社会面基本可控,但基础还是不牢。当地要脱贫奔小康,民族团结和社会稳定是前提,所以,增强受援地各族群众获得感、认同感、亲切感尤为重要。民族交流、民族交往在各个层面上需要不断扩展深入,成为新常态。

他强调,阻碍和田地区发展最为突出的问题主要有4个:稳定、就业、扶贫、人才。

据不完全统计，截至2015年底，和田地区有70余万人口尚未脱贫，整体经济还处在工业化初期水平，小、散、弱是区内企业的普遍特点。全地区年新增5万人，人口增长率居全国之首，有60万富余劳动力不能充分就业。当地维吾尔族老乡很多人缺少技能，语言不通，观念单一。想要增加收入，除大力发展本地庭院经济外，通过多种渠道，有组织地走出去不失为一条有效途径。没有工作就没有尊严，就业仍是近期摆在第一的任务，是民生工程的重要环节。

由于各种历史原因，和田地区目前教育水平仍比较低，文化发展极为滞后。全区230万人口中，本地只有2名博士、31个硕士。要想发展内生动力，吸引人才，留住人才，让他们发挥应有的作用是关键。前提是发展教育，打好基础，立足长远。

"十三五"期间北京的援疆工作，就是围绕着以上4个突出问题展开的。

科学援疆，全面援疆，真情援疆，将民族交流、交往、融合贯穿在援疆工作全过程之中。卢宇国坦言："光靠帮扶、支援，并不能解决和田的根本问题！"

第一章　普通的北京人

2010年3月29～30日，全国对口支援新疆工作会议在北京召开。

中共中央政治局常委、时任国务院副总理李克强出席会议并发表重要讲话。会议确定北京、天津、上海、广东、辽宁、深圳等19个省市，承担对口支援新疆的光荣任务。

同年6月1日，北京市"对口支援和经济合作工作领导小组新疆和田指挥部"成立，指挥部党委同时建立。

仅仅十多天之后，北京市首批援疆干部即到达和田，开展工作。

根据新疆以及南疆地区经济、社会发展需要，从第二次中央新疆工作座坛会开始，更大规模、更大力度的对口支援工作全面铺开。从此，北京对口支援和田的幅度更加广阔，角度更加精准，力度更趋深入。一批批的援疆干部、援疆教师、援疆医生肩负着2200万北京市民的重托，不远万里，奔赴新疆和田。

根据和田缺医少药的实际情况，并应当地需求，从2014年第八批援疆干部开始，北京市委、市政府即着手从市内多家医院，选派更多高素质的专业技术干部，直接进入到具体业务科室，参加为各族群众服务的一线工作。

第一章　普通的北京人

抉择之夜

2014年2月21日,是樊辉平生第一次走进新疆维吾尔自治区和田地区的日子。

经过7个多小时的飞行,23点多,从首都机场T3航站楼升空的一架南航波音737客机,在莹白通透跑道灯光的引导下,平稳降落在和田机场。

时间已过子夜,值机厅内人流渐渐散去,国学利匆匆迎上来。二位北京援疆干部边走边聊。国学利话里话外多是馕、沙尘暴、团场等乍听来略显冷僻的字眼,给来自北京朝阳区广播中心、42岁樊辉留下的第一感觉,国学利似乎已经是一名谙熟当地情况、沉稳而富有经验的老援疆了。可实际上,国学利来到和田也只不过半年。

隆冬时节,夜半更深,一辆警用小面包车昏暗的灯光,弥散在中国南疆特有的、笔直的县道公路上。清冷的北风夹带着显著的沙尘气息,嗖嗖地划过面庞;光秃秃的白杨丫杈如同沉沉雾气,绵延无尽;偶尔擦过的土墙村院朦胧若隐,铺陈在眼前的是黢黑苍茫的天地。

无遮无挡,无垠无边,久居都市的人,在意识上时常会产生如同置身在世界边缘的错位感受,可这里确乎是亚欧大陆的中心位置,他们此刻正行走在古丝绸之路南道的正途上。

天高地迥,寂寥悠远,上下三千年,吐火罗人、粟特人、于阗塞人……还有汉人、商队、僧侣、使团,胯下飘荡着叮当驼铃,就在这块狭长的绿洲上,沿这条古道缓缓流动,演绎着中华文明不可缺少的壮美篇章。

墨玉县城在意料中沉睡着,路灯萧疏,街道空廓,伊斯兰风格、弧顶木格窗的街边店铺完全陷在沉寂中。只要进入墨玉,樊辉和国学利的身份就悄然发生了变化。樊辉将在县文广局挂职任副局长，北京援疆墨玉工作队队长国学利是已经到任的挂职县委副书记。未来三年，他们将要与北京第八批所有援疆干部一起，共同面对发生在这块祖国南疆土地上的一切未知，一起应对预料之中和未可预料到的所有变化。

车子转过一个弯，到了县委大院前的丁字路口，眼前不远处，一幢高大建筑泛出安详的、匀质的幽光。然而从国学利嘴里樊辉得知，按绿洲千载不变的规律，过不了半个月就要起风了！来自塔克拉玛干大沙漠，聚积无穷无尽动能的风暴，将在接下来的大半年时间里，将整个南疆沐浴在白昼隐匿、飞鸟倒悬的飞沙海洋中。

墨玉县为接待援疆干部，特地在县委大院内，腾出了一栋5层宿舍楼的两个单元。楼下，国学利交给樊辉一把钥匙，说声"402"，就急忙赶往乡镇夜查去了。

已是凌晨一点多了，四下环视，大院里漆黑一片。楼道空寂，一个人的脚步声单调而沉重。推开房门，迎面扑来一股油漆、灰膏、电缆、水管、防水胶的刺激味道。按开厅灯，粉饰一新的屋子里，随处散落着木条、套管、废报纸，地上是斑斑点点的涂料。用黑胶布简单包裹的电线接头，参差支棱在墙壁上……后来他才知道，由于他提前一天到达，当地装修工人没有来得及清理房间。

从关上灯那一刻起，樊辉就独自置身于一片悄无声息的黑暗之中了，除了自己细微的喘息，再也听不到一丝动静。而昨天，就在十几个小时之前，他还跟家人、亲戚、朋友们在一起，听着他们唠唠叨叨的关切，与他们不厌其烦地相互叮嘱。

那是中国的首都，是自己的家！那里有永不熄灭的万家灯火、永不止歇的霓虹与车流、永远可以安心走进任何一家餐馆和超市，有生他养他的京腔京韵。而此刻呢，一股无依无靠的失落感、陌生感、恐惧感，就像沙尘，一丝丝、一股股破窗而入，仿佛要将他带到无边无沿的塔克拉玛干中心。

忽然，樊辉脑海里不可遏制地冒出一个念想：我要回去，我要回家，我现在就要收拾东西回我的北京去！他不由自主下床走到地上摊着的、刚刚展开的旅行箱前面，滞立、呆望、再回到床前……如此反复。

凌晨4点，樊辉点上了自己平生的第一根烟。这两条红色"中南海"，本是特地从家里楼下超市买来，预备融入新环境，带给将来同事们的……他一根接一根地抽烟，脑子里做着0和1的选择题。

近乎两年之后，樊辉已经可以用平静的语调，细细讲述他援疆经历的第一个夜晚。在北京的一家餐馆里，他还是一根接一根地抽着烟，整理一个普通人因短时环境剧变所产生的巨大心理落差，煎熬、困顿，进而寻求自我救赎的过程，说出这普通人都可以有的软弱与坚强。

"我最后说服我自己的理由只有一个，朝阳区到和田的援疆干部，我们这一批才4个人，我不能给朝阳区丢脸，更不能给咱北京人丢脸。"

黑夜终于过去。天蒙蒙亮，门口有了动静。满脸笑意的国学利进屋来问樊辉，要不要跟他一起到机场去接援疆医生？

来自大兴区的龙俊标、付士武、张永亮和赵劲松，就是樊辉从机场第一批接来的援友，只比他晚到十几个小时。

一年后，4位援疆医生从墨玉平安回家，每隔一两个月，就要相约聚上一回。杯酒下肚，还是与同住在一个单元时一样，大家什么都说，也什么都可以说，但说来说去，最后的话题总还是落到和田——墨玉。

"就待了一年时间,那点事、那些人,回回聊。也奇怪了,回回还都能聊出新东西。"龙俊标端起一杯二锅头一饮而尽,"激动,高兴!"

平静的生活

"蚁族"所指的并不是一种昆虫族群,而是形容工作忠良、有团队精神,且大多数时间都处于一种忙碌紧张状态,每天为工作和家庭,在城市中往返奔波的那么一类居群。他们往往是任劳任怨的好妈妈、好爸爸、好员工。从一定意义上说,我们的很多工薪族,上至政府里的司局级干部,下至埋首隔断中的公司员工,他们很多都是蚁族。

与书中的大部分主人公一样,北京世纪坛医院的副主任医师台卫平,也是北京这座国际化大都市蚁族群体中的一员。住在昌平,单位在西客站,冬天进出家门两头黑,夏天到了医院满身汗,一年四季于地铁高峰期挤来挤去。从博士后工作站转过一圈的台卫平,对自己的消化道内窥镜技术有相当程度的自信。台卫平还是一位民主人士,是中国民主建国会的会员。

现在医学发展的趋势是,内科外科化,外科微创化。和每一位热爱自己专业的人一样,台卫平很乐意向大家传播消化内科医学方面的专业知识:经过各种媒体的大力宣教,大部分北京市民都知道,当下死亡率最高的,第一是心脑血管疾病,第二就是肿瘤类疾病。而在肿瘤这一类恶性疾病中,消化道肿瘤,包括食管癌、胃癌、结肠癌,是仅次于肺癌的高发性恶疾。在中国,每年胃癌发病人数为50万、食管癌为28万、结肠癌为20多万,合计起来每年就有100多万新增病例。其后才是乳腺癌、宫颈癌、鼻咽癌之类。这是相当惊人的数据。

"作为一个内科医生,我把50%~60%的精力都用在内镜上,做胃镜、做肠镜,为啥呢?因为我尤其关注那种所谓的早癌筛查,简单地说叫'消化道肿瘤关口前移'。我们一直在宣传普及这样一个理念,叫发现一例早癌,拯救一个病人,挽救一个家庭。"

2014年七八月间,在京城打拼多年的台卫平在海淀区羊坊店买了一所房子。这样,他就不用再每天起早贪黑,紧赶慢赶穿过大半个北京城上班了。另一个重要原因是,6岁半的儿子该幼升小了。海淀区的学校,不管从数量上还是质量上,都是全国一流。

与台卫平同样热爱自己专业、尽心尽责的,还有海淀医院神经内科主治医师尹铁伦。尹铁伦的专业,就是针对那种夺人性命比例程度最高的心脑血管疾病的。出于治病救人的职业道德,尹铁伦也总是乐于对这种高致死、高残率的疾病,最大限度地给予社会普及。

"在高血压、高血脂等危险因素所导致的情况下,危险人群便容易出现卒中状况,就是我们俗话说的中风。简单分类:缺血性的就叫脑梗、脑梗死,出血性的就叫脑出血。短暂缺血性发作,英文缩写是TIA,一般现象就是病人肢体出现偏瘫症状。如果是初次发病,过几分钟,大多数人就可以恢复正常,跟好人一样,因而很多人不重视。而一旦出现TIA,就应该按急性脑梗加以关注,第一时间到医院急诊科就医。经过检查,如果发现病人血管有狭窄,就要及时给予人工干预。否则再次发病,送医院不及时造成偏瘫,那后果便可能是灾难性的,非死即残。"

对于这种TIA的日常预防治疗,社会传统认知上存在一些误区,尹铁伦说:"秋冬季节,用点活血化瘀药通一通,这个没有什么坏处,它可以作为一种辅助性的治疗手段,但也存在风险。我们一直在宣传,反复强调规范治疗。因为往血管里边输药,随着心脏全身循环,是容易有不良反应的。如果用药再不规范,那就容易出现副作用，引起不良反应，对人体的损害程度就更大。如果发现早期症状，经过规范治疗，正常平稳的话，规规矩矩地吃药，控制危险因素，半年定期到医院去复查，就 OK 了。如果复查时发现指标有动态变化，由专科医生进行必要的药物调整，指标平稳，根本不需要输液。"

对于缺血性脑血管病，急性期溶栓是第一条，也是最重要的首选治疗手段。来自全国闻名的心血管病医院北京天坛医院神经内科的副主任医师陈启东，对急性期溶栓治疗具有相当丰富的理论与实践操作经验。

陈启东说："急性期溶栓绿色通道是医院急救水平的综合体现，能够进行快速溶栓，说明这个医院的急救水平是非常高的。"

人命关天，医生这种职业，不仅要三班倒，还要求随叫随到。如果夫妻俩都是医生，用句玩笑话说：往往晚上想要在同一张床上安安稳稳睡一觉都难。

通州区潞河医院的副主任医师张建，两口子就是同学兼同行。

老家在河北省临漳县的张建，谈起自己的从医之路，源于高中三年级。正值高考前夕，他舅舅得了肿瘤不治而去，就在一念之间，张建就跟自己说，得学医学，要治病救人，而且还要学外科！其实在当时，这位寒门小学子连外科到底是怎么一回事都还没弄清楚呢，只模糊知道一把手术刀，能够拯救成百上千人的生命。

在潞河医院泌尿外科，张建自称属于小医生行列，科内 15 名医生里，他年纪也是最小的。2010 年博士毕业的张建，基本上每天都重复着这么一个状态：早上七点半就出家门去医院，跟着老师做手术，晚上别人都下班走了，他要写病历，还要准备第二天手术需要的东西，往往八点半甚至十点半才能回到家。

上有老下有小，每天起早贪黑，忙忙碌碌，这个阶段是个人成长必不可少的积累过程。主动报名援疆，对于张建来说，后来证明是命运赐予他的一个机遇。尽管来之前，他几乎跟每一名援疆干部一样，也曾经惆怅过，曾经担忧过。

与很多在科室里干纯专业的医生不同，房山区第一医院医务科科长刘士军、隆福医院门诊办公室主任冯涛，属于医政管理，专业双跨。

全民素质提高，消费者自我保护意识增强，由此产生的一个副作用是医患关系趋于紧张。这二位既是医院的基层行政部门负责人，又承担部分日常诊疗工作，除了抓医疗质量、出门诊之外，还要拿出一大部分精力，放在接受患者日常投诉、对外耐心解答各种问题，稳妥处理医患关系上。

"病人就是咱们的衣食父母。"刘士军说，"咱们这种二级医院，要留住患者，只能跟大医院拼服务。"

冯涛在门诊办公室主任的岗位上已经干了6年，大妈大爷谁不高兴了，病人家属谁心里有点火了，全可以找到这个小主任，往他身上撒。要说义愤填膺，指着鼻子骂，这算是客气的。亏得长得胖乎乎、满脸笑模样的冯涛有一副好脾气。

与男医生相比，女医生除了工作，还要增加几分家庭牵挂。这既是一种幸福的负担，也是一种相对来说引以为傲的特权。

通州区新华医院年轻的80后主治医师高天，孩子才3岁多一点；昌平区医院稳重端庄的主治医师郝志玲，闺女也才6岁多。在以后援疆一年的日子里，这两位住在一个单元套间里的年轻妈妈，深夜想起远在北京的宝贝，用她们自己的话，就是"抱头痛哭"。提起两位尽心尽责的北京援疆女医生，洛浦县人民医院里有一句顺口溜："郝医生真好，高医生真高。"

北京市回民医院的呼吸科主任金玉女，是一位说话慢声细语，一眼看上去，就感觉非常值得信赖的朝鲜族副主任医师，她的女儿是中央美院雕塑系的一名大学生。

女人们总是心心相通，金玉女缓缓地说："男同志还好一点，尤其是女人，对孩子的那种挂念很揪心。"

东城区和平里医院的张越颖、张巍巍，延庆医院的陈晓芳，孩子都已经可以自己照顾自己了，相对感情负担就轻一些。但是家里的女人一走一年，孩子和家务全扔给平时总在外面跑的男人，也真是不容易。

来自北京丰台医院120急救中心的李群、垂杨柳医院骨科的赵巍、顺义区医院放射科的刘迎军和麻醉科的魏海滨、北京老年病医院的麻醉师高志屹，还有张传武、樊辉、谭玉军、周庆逸等援疆干部，他们在去和田之前，都是每天上班下班，就生活在我们身边普普通通的北京人。

安　全

民国时代著名历史学家朱希祖在1936年出版的《中国经营西域史》一书序言中写到："吾国新疆为西域最要区域。吾国得之，足以保障中原，控制蒙古；俄国得之，可以东取中国，南略印度；英国得之，可以囊括中亚细亚，纵断西伯利亚。"

相信对于大部分北京人来说，远在4200公里开外的和田，只是存在于地理教科书上的一个名词概念。除了玉石、大枣之外，一般就再没预先存储过更多的信息了。那么4200公里是一个什么概念呢，相当于地球赤道周长的十分之一。

和田，是中国陆路区域内，距离北京航程最远的城市。关于和田，再深入了解，就是时有发生的暴恐事件了！

坚决反对一切暴力恐怖主义是我国政府的坚定立场。反恐一直是新疆这个多民族聚集地最艰巨的任务之一，民族分裂势力、宗教极端势力、恐怖势力，这三股邪恶势力，时刻都在试图制造恐怖。

根据有关报道，地处南疆的喀什和和田地区，是新疆目前"三股势力"最活跃的一个地方，也是发生暴恐袭击事件最多的地区。2013年12月，中国公安部公布了第一批认定的"东突"恐怖组织和恐怖分子名单。其中11个恐怖分子中，有9个是南疆地区的，只有2个是北疆的。

原因有以下几个方面：一是地缘因素。这两个地方和吉尔吉斯斯坦、塔吉克斯坦、阿富汗、巴基斯坦、印度等多个国家接壤。而那些国家有不少伊斯兰教徒一直想在中亚、西亚以及新疆地区成立穆斯林国家。而阿富汗、巴基斯坦地区塔利班基地组织，也成了疆独分子可以依靠的重要力量。

二是历史因素。这两个地方过去就有所谓的"光荣的革命传统"——1933年11月，"东突"分裂分子得到英国的支持在喀什建立了"东突厥斯坦伊斯兰共和国"；1934年2月，盛世才在苏联的支持下打败马仲英后兵进南疆，消灭了这个"共和国"。

喀什"伊斯兰共和国"虽然只存在短短3个月，却是第一次公开提出"新疆独立"，是"新疆独立"运动的开始，其衣钵为"新疆民族分裂主义分子"，一直承袭至今。

三是经济因素。南疆地区经济一直较北疆地区落后，并且差距日益拉大。其和内地发达地区更是不可同日而语。贫困由此也成为疆独势力活跃的重要原因。（参见2014年5月2日搜狐新闻《喀什和田：新疆独暴恐分子最为活跃的地区》）

2014年3月1日21时20分左右，发生在昆明市火车站，由新疆分裂恐怖势力一手策划组织的严重暴力恐怖事件共造成31人死亡、141人受伤。暴恐事件发生在监控设备众多的人流密集区，监控视频完整清晰，传播迅速，社会上反响巨大。全世界所有正义人士同声激愤喊打的同时，自然也让平和良善的普通民众心惊肉跳。

第一批援疆医生落地和田之时，正是和田社会治安全面好转前期，从另一角度讲，亦是"三股势力"制造暴恐事件的张狂时期。每个人，不管是汉族还是维吾尔族群众，置身公共场合，神经都是时刻紧绷着的。生活在和谐安定环境中的朋友，如果不身临其境，是很难体会我们的援疆干部当时那种严重敏感的忐忑心态的。

初到和田的樊辉、付士武他们，天天得往家里打电话报平安，理所当然就想在宿舍开一条网络。不仅省了电话费，还能看新闻、查资料，更可以通过视频与日思夜想的家人面对面。

赵劲松和张永亮拿着公安局开出的证明，几乎天天往电信营业厅跑，可还是进展缓慢。细想之后，大家的心里也只能释然。为什么派我们来南疆，来和田？最首要的，不就是为了把咱北京现代的工作理念、先进的组织运作规则带到南疆来，促进地区发展吗？要是什么都和北京一样，那还要咱们抛家舍业来干什么。

凡事总有应急解决之道。龙俊标临来时买了个无线网卡，不过因为匆忙，在家里都没有试用过，此时想起来，往笔记本上一插才发现，少了个连接的卡托。没办法，五个人一商量，只能上大街去冒一次"险"。

五个北京人第一次结伴走上大街，按照指挥部要求，时刻保持高度警觉，在步行道上要与行人逆向而行，还不时得回头张望，确保身后安全。

付士武说："2014年年中的时候，和田街上都是全副武装的公安和武警。虽说都知道是保护咱的，但是来自外界、不由自己控制的可能突发情况，还是让人紧张得受不了。"

满眼民族风情根本没心思看，他们径直走进墨玉最大的一家商场,好不容易找到一个能听懂普通话的维吾尔族老乡打听,那人说卖电子产品的在地下营业厅。下到地下,顿感紧张加倍。身前身后全是维吾尔族同胞。那时期受到"三股势力"鼓惑和恐吓,当地妇女脸上大都遮着黑面纱,甚至着黑袍,男人留着大胡子,设身处地,跟国际新闻中的某些场景可以说一般不二!

"心里只想着快去快回,结果买了个天价卡托,赶紧就往回跑。"龙俊标苦笑道,"估计人家一年也卖不了几个,我们更没心思讲价。"

按照规定,援疆干部的亲属可以来探亲一次,但这几位医生一次都没允许家人来过。

闻名全国的甜美瓜果不是日常必需,但带点土特产给家人、朋友也是常情,探家前还只能去趟巴扎,那一定要三人以上才能成行。二人采购,一人靠背向外,负责"警戒"。

一次,樊辉、张永亮正在水果摊前讨价还价,就感觉脸朝外的赵劲松胳膊肘连连往后捅。直起腰回头一看,霎时就惊得遍身冷汗——一个维吾尔族小伙子推开人群,正向他们疾走过来,他的手上,正拎着一把闪闪发亮的长刀!

"当时,喊还没法喊,动也不敢动,只能判明情况,伺机夺路逃跑。"樊辉说到这里淡淡一乐,"所幸小伙子在我们前面不远,拐弯往一个包子摊去了,大概人家是卖烤包子的,刀是剁馅儿用的。"

经过大力整治,严厉打击,一年之后,等第八期第二批援疆医生来到和田,社会环境已经大为好转,留大胡子、穿黑袍、罩面纱的几乎绝迹。

第二章 光 荣

应该会有不少中年人看过1997年出品的电影《有话好好说》。琴书泰斗关学曾老爷子在片中为观众奉献了一段同名的北京琴书，唱遍四九城，唱红了一位老明星。书词说："我从小在北京土生土长，没招过谁，从没惹过谁，总想要点强……他这是想动刀，真要那样可犯法呀，那娄子可不小哇，伤了人要再出人命，他就得进大牢，我们既是好朋友，电脑我宁可不要，我一定千方百计阻止这行为，绝对不能让他去犯法，走错这一着。"

深明大义，扶危济困，关键时候不惜挺身而出，是咱北京人的传统美德，也可以称得上是一种首都风范。

在市领导征求自己意见，考虑派往和田工作时，卢宇国审慎表态道："上有老，下有小，离家远，谁去都有困难，我的困难和大家一样，因此我没别的可说的。我是一名共产党员，服从组织安排。"

北京中医药大学附属护国寺中医医院内科主治医师张瑞军说："我来的时候只有一个准备，就是一心奉献。因为我是一名共产党员，我没有理由退缩，我们是义无反顾，也是别无选择。"

刘士军向医院领导表示："作为一名共产党员，作为一名被医院培养多年的中层干部，我有这个责任，我也有这个能力，我觉得我能够承担支援边疆这项光荣任务。"

高天说："单位指派了，加上自己是一名党员，硬着头皮就来了。别的也没特别多想法。家里困难肯定是有的，那就只能克服了。"

张建说："因为我们科我是党员，我报名之后，组织上让我今年就来了。"

冯涛说："我爸妈都是几十年党龄的党员了，素质都挺高。他们特别理解，他们也希望自己的儿子干点事。"

国策螺丝钉，点点援疆情

首都医科大学附属北京安贞医院心内科张俊蒙2015援疆总结（节选）

2015年初，手术中接到医院党办的通知，院党委考虑让我作为安贞医院的代表参加北京援疆医疗队，支援单位是和田地区人民医院，主要是负责当地医院心内科起搏电生理技术的开展和人员培训工作。

"新疆、和田、维吾尔族人、恐暴事件……"顿在脑海中涌现。有好心的同事建议别去了，多危险呀；也有的说，既然要去，就向医院多提要求，机不可失……此时儿子尚小，老母多病，妻子也是医生，工作也很忙。我开始心里也忐忑：安全问题，工作能不能胜任，家庭负担问题，自己业务能力学习问题……很是犹豫。但经党办的吕召丽书记对我进行耐心的解释，首先这是关于援疆国策的大事；其次维稳形势尽管严峻，但只要个人小心，听从援疆和田指挥部统一安排，安全还是有保障的；再次要相信你自己的能力，北京安贞医院是你的大后方，随时提供技术支持；最后，也是医院党委对你的信任，同时对你个人能力也是一个很好的锻炼机会。

吕书记一席话，打消了我的疑虑。回家跟爱人提及此事，问她意见，没想到她说："你就放心去吧，这是一次难得的经历，对你是个锻炼，家里你就放心吧，我一定把家照顾好。"听后，我无比感动，不觉已是两眼含泪。所以后来吕书记问我，有什么困难、对医院有什么要求时，我斩钉截铁地说："没有，一切听组织安排！"

2015年3月10日，当我和几十位来自北京不同医院的专家们乘飞机到达和田时，内心充满了荣耀和激动，希望自己能为援疆工作尽一份心，能为和田的患者解除疾痛出一份力，能为和田医疗技术的提高添一砖瓦。

陈启东在和田地区医院21名援疆医生里是一位温文尔雅的老大哥。这个土生土长的北京人，长到四十多岁，离开北京最长时间也没超过一个月。接到援疆任务，还离家这么远，而且一走就是一年，陈启东的心情跟所有人是一样的：形势确实是比较严峻，心里的确不踏实！

延庆区医院检验科主管检验师陈晓芳，此前都没出过远门，这次却主动报名援疆。报名的理由简单而又真诚：父母虽然都是80岁的老人了，但身体还比较硬朗，孩子也上大学了，相比别的姐妹，自己的牵挂就少一些。和田虽然挺艰苦，但是想趁着自己年富力强的时候，为国家多做一份贡献，也可以丰富一下自己以前有限的人生阅历。陈晓芳来之前，已经做好了喝一年粥的准备。为什么？因为她不吃肉，不论牛羊猪。"我什么肉都不吃啊。"

当代医疗卫生已经发展成一门综合性学科，与信息学、微电子学、计算机学、分子生物学，甚至与大数据、数据采集、自动控制等专业领域，基本实现了无缝连接、双向连接。现代化的北京处于世界医疗卫生水平的"高原"上。

各大医院的医生们，如果脱离本专业技术前沿时间太久，接触

第二章 光 荣

不到激动人心的治疗病例,缺少参加高端学术会议的机会,不阅读最新的 SCI 文献,脱离了临床,闭塞个两三年,别说领先,就是与本医院的平均正常水平相比,也会产生一定差距。这种技术上的脱节或者说落伍,可能需要加倍的时间、加倍的付出才能弥补。

也就是考虑到这个因素,参与卫生援疆的医生们,沉下去的时间以一年为限。

2015 年 1 月的某一天,身在纽约正在进修学习的北京儿童医院 ICU 主治医师贾鑫磊,接到了科主任从北京打过来的电话,说医院准备派他到和田援疆一年。他当时就有点蒙,反应了好一会儿,才勉强从头脑里搜集点信息出来。原来和田是新疆一个出产玉石的地方,在北京的超市里还有标着"和田"产地的大枣卖,别的什么都没有了。

贾鑫磊的老父亲七十了,心脏做过两次手术,换瓣膜二次开胸才刚过去半年。孩子上小学二年级,需要每天接送,还要上课外班。他在美国三个月进修期间,家里家外都靠妻子忙乎。没想到眼看要回家了,又要再跑出去一年,那可是 4 倍长的时间呐。同样要上班,事业同样处于发展期的她能接受得了吗,扛得住吗?

踌躇多时,也只能打电话给家里,家人简简单单一句:不要考虑太多了,让你去,你就去吧。

1 月底从美国回到北京,朋友们一听他要去和田,全是异口同声:新疆不安全,和田在南疆,更不安全。妻子说买个防弹背心备着吧,防止遇上什么意外。

"我说算了吧,肯定没人带这个。"贾鑫磊苦笑着说,"3 月 10 号就出发了,在家里就待了一个月。基本上属于过个春节,打了个转。"

北京肿瘤医院医学影像科副主任医师高顺禹接受援疆任务，同事们都提醒他：援疆太辛苦，太危险，要送他拳击手套、防弹背心、管制刀具。

当然，没人会带这些东西。原因只有一个，相信政府能够把事态控制住。祖国的边疆、南疆只会越来越好，哪有越来越差的道理？

别长聚短，聚少离多，与贾鑫磊情况类似的，还有首都医科大学附属北京口腔医院的主治医师冯芝恩。

多年来一直在外地读博士，读博士后，结婚7年时间里，冯芝恩一家三口共同生活时间加在一起也不到3年。刚刚在北京买了房子，算是团聚安定，其乐融融。2014年11月，冯芝恩调入北京口腔医院，在科主任支持下，踌躇满志，正准备大干一场。可没想到转过年来，接到党办的电话，通知他参加新一期的北京援疆医疗队。

"通知确实非常突然。"冯芝恩说，"如果去援疆，刚刚建立起来的家庭生活节奏、正在开展的工作和科研课题都必须得停下来。"

冯芝恩为此辗转反侧，特地找到自己的博士导师和博士后导师，得到的答复是，援疆不一定是坏事，让去就去。面对新环境，不仅可以有一个面壁思考的机会，更可以好好锻炼一下，提高自己。只是要注意安全。

同时，妻儿、父母也对自己的亲人能够被挑选出来援疆，表示肯定。对此，冯芝恩心里还稍许有点失落："反正家里已经习惯没有我了。"

以"拯救七十二个阶级兄弟"为本院传统荣誉的垂杨柳医院，每年都有援疆任务，派出的医生一直持续不断。矫形科主任赵巍得知，市卫计委今年给医院又增加了一个名额，就想争取这次机会。

第二章 光 荣

这么大的事,先要解决后顾之忧。

细心的赵巍先给远在浙江的妻子打了电话,婉转表达可能得去趟新疆,还要待上一年。妻子当初接受单位外派常驻任务时,自然也经历过这种在"公"与"私"之间徘徊的心理抉择过程,当即表示肯定支持。自然,一番安全叮嘱是少不了的。

提交申请,没想到医院却犹豫了。原来领导最先考虑的并不是赵巍。刚建立起来不久的正畸矫形科,一共才有5名医生,还有1个在外面进修。现在要是连科主任都走了,人手显然不足,受影响程度可能会比较大。

除了业务之外,医院还有另一层隐忧。赵巍的母亲年近八十,儿子要是走了,她一个人在北京,有个头疼脑热,一个电话,救护车带着医生自然能够随叫随到,但是日常生活起居照顾,除非亲人,谁也替代不了。

赵巍说:"我们已经商量好了,也预先征求过老母亲的意见,把老人家接到浙江去住。"

相当于一个家,整个挪了个窝。谁说自古忠孝不能两全!

赵巍的妻子是一家国有银行的中层干部,被派驻浙江的分支机构,一去不知什么时候才能回到北京。

我们在记述北京援疆干部履行责任,抛家舍业的同时,不能忘记,还有比他们更多的北京人——数以万计、数以十万计的干部、技术人员、城市建设者,常年驻扎在边远山区、大江南北、世界各地。

北京积水潭医院主治医师褚亚明的大舅哥,曾经有过3年援藏经历。此次援疆,跟家里一说,意料之中的顺理成章。金玉女的丈夫是常驻国外。

厚德载物的北京人，就要有全球化的视角、国际化的情怀。在那些风雨兼程、普普通通的北京人身后，支撑他们的是 2200 万北京市民。从特定意义上讲，每一位北京市民都自觉不自觉地在为新疆、西藏、青海等欠发达地区的发展、为世界同步进程尽献着自己的一份力量。

北京援疆还有一支重要力量，他们是来自于北京各大建筑集团的城市建设者们。这些风雨无阻的建筑师，把和田地区基础市政设施的蓝图，变现为一幢幢大厦、一个个中心、一条条坦途。这些都是交钥匙工程。

冯涛说："真的，要说每一个援疆的人都那么顺畅，全是一路绿灯，真不尽然。我敢说真的不都是。"

我叫刘迎军，来自顺义区医院放射科。

2015 年 1 月 27 号那天上午，我正在值班，我们科主任找我，说有这么一个援疆任务，要在和田待上一年，问我能不能考虑一下。我想，援疆是一件光荣的事，国家既然需要我去，医院对我也信任，就说"不用考虑"，当时就写了一份申请书。主任看了看说行，你回去跟家里人商量商量吧。

我中午的时候下班回家，进门过了一会儿才跟我爱人说，我要援疆行不行？她一边做饭，一边简单地说，行，你去吧。过了一会儿，我看她没别的反应，就又补充了一句，那我真的去了，真去了。她听了之后明显愣了几秒钟，后面就半天没说话。就这么半天，我俩就做饭，做完饭了，她还是不说话。从我说我真去了之后，她就不说话，就简单地叫我把这个拿来，把那个拿来。吃午饭的时候，我俩相互间就说一些常规的话，简单的话，谁也不再提这事了，话也少了。但是我知道，这是一件大事，她窝在心里了，俩人都相互

第二章 光 荣

回避着。

下午我们都上班,后来我才知道,她的下午班没上,跑我妈那儿去了,把这事马上告我妈妈了。后来我爱人告诉我,妈一知道你要到新疆去,还要待上一年,当时就哭了。我想,完了,我让她老人家为我担惊受怕了。我就问我爱人,妈咋说的?我爱人说,妈说去过的,反正那边挺乱的。其实我妈只是去新疆旅游,还不清楚我去的是南疆和田,要不更得为我担心。

晚上,我们就到我父母家去了,开始时全家人还是不大说话,后来我爸爸突然说了一句话,说挺好的,你去吧,咱们全家都支持你去。我妈说,那就去吧,就是小心点,那边乱哄哄的。我儿子也说,您去挺好的。

后来我儿子跟我说,自从知道您要去新疆。我爷爷就天天看新疆台,以前从来不看这台,说这台老放电视剧,也不播新闻。现在我爷爷就老看新疆台,等着看新闻。

3月10日要出发了,头几天,我发现我爱人特别能跟我吵架,一点小事,本来没什么,成心找茬儿。我明白她是因为我要走了,心里比较烦。我来的头一天晚上,我们一家三口一直没睡觉,到晚上12点多了,我儿子突然对我说,其实我真的不愿意您走!我儿子今年高三了。

来这以后,第一次跟家里通电话,接电话的是我母亲,开始说得都很好,我们娘俩你说一句我说一句的,就这么说着说着,谁知道,突然我母亲在电话那头就哭了,没有任何征兆,就哭了。然后我就劝,我说您别哭,我挺好的,我电话里劝了她半天。从那以后,我跟我母亲通电话,一般不超过一分钟,就是有事说事,没事就不打了,就打一分钟。

这边的事我一般报喜不报忧,总是这也挺好,那也挺好,以后打电话，一般不管是我父亲接，还是我母亲接，说几句就得。

我来了之后，我爱人的压力是比较大了。交暖气费、买煤气、买电、修水龙头，家里家外这些事全都归她了，她不明白的时候就给我打电话，我告诉她怎么弄。原先在家的时候，觉得自己其实不重要，这一走，简直是挺重要的了。

后来听我爱人说，我父亲其实也说过，他也不愿意让我走，要去那么远的地方，他担心我，心疼我，说过好多次，可他就没当面跟我说过。我父亲、我母亲，还有我的岳父、岳母，身体都不是很好，还正好我们夫妻俩人都在医院上班。我来了之后，照顾老人的事就都归她了。有一段时间孩子也是有病，她也没告诉我，我觉得我挺感激我爱人的。

家里告诉我，他们的亲人能来援疆，是一件很光荣的事。就是我自己，也觉得自己很光荣，全家人也都觉得很光荣——自己的儿子、自己的爱人去援疆了，他们对别人说起这事的时候，觉得也挺自豪的。

汶川地震、抗洪救灾、定点援助，每逢北京市外派医疗队的时候，冯涛都自愿报名，从没落后过。可能就是因为他为人友善，岗位也确实特殊，医院每次都没舍得放他走。

2014年10月1日国庆小长假期间，院长找到正在值班的冯涛说，今年的援疆任务下来了，听说你早就想出去锻炼是吧？冯涛赶忙站起来："想去，我去，这次请领导一定派我。"

院长问，要不要回家商量商量？冯涛当即表示，以前多次报名，妻子、父母全都满应满许，都支持他干点事。这次援疆任务更重，更加光荣，家人一定会更加支持，不用再商量。

就这样，相对于绝大多数援疆医生，冯涛的援疆任务很早就确

第二章 光 荣

定下来，比其他人基本上要早一两个月。

这批北京东城区卫生计生系统援疆医疗队，还有来自和平里医院的张越颖和张巍巍两名温文尔雅的女医生，冯涛这唯一的男同志，自然而然就担负起队长的职责。到2015年3月6日，北京第八期第二批援疆医疗队在香山脚下开动员会，冯涛又成了墨玉医疗队的队长，身上的责任就更重了。不过这是后话。

等兴奋劲一过，冷静下来仔细一想，冯涛心里暗说不好，因为今年家里的情况跟往年自己争抢报名的时候不大一样了。孩子马上就要高考了，这才是头等大事！他这一走，接送孩子上课外班、做饭、照顾老人就全指着妻子，家里的既定节奏就全乱了。受苦受累尚且能够克服，可若是因为自己不在，孩子耽误了成绩，那一家老少还不得埋怨他一辈子。

援疆和高考，家里两件大事，他一个人，一眨眼的工夫就擅自做主了，确实有些草率。但是作为一个男人，很重要的品格，就是要有责任，有担当："既然报了名，咱就不能干出那种出尔反尔的事！"

冯涛和妻子是大学同学，她是什么样的人，自己心里自然有数。退一步说，即便暂时想不通，不管过程如何，最终一定还是会支持他的。只要妻子应许，父母那边就容易得多。

冯涛下班回家，几次欲言又止，设想如果猛然一说，"领导"心理准备不足，一下关了门，弄得这7天假期全家郁闷，那岂不是"长痛"又加上"短痛"吗？策略很重要，要琢磨一种方式，婉转地跟她说，在心理上有个缓冲过程。好丈夫冯涛就这么暗自憋着，一直到小长假结束，第二天就要正常上班了，才趁着妻子高兴的时候，柔声细语地请示："跟你说件事吧，我想援疆去。"

"去吧！去了你就别回来了。"

"哪儿有那么严重，就一年。"

妻子这才真正愣了，半天才说："真的假的？"

"真的！院长都跟我谈了。"

"不是我不支持你，不理解你。如果孩子过了高考，你爱哪儿哪儿去，可现在是节骨眼，你要分清楚，到底什么最重要？"

"没那么严重，不就一年吗？"

"重要的是，明年6月份孩子就高考了！"

确实无言以对。以后接下来足足有两个月时间，冯涛在家里就不敢再多提援疆这事了。说到底，我们毕竟都是普普通通的北京市民。

这一段时间里，冯涛脑子里也一直转悠着对自己的一个疑问："以我这个岁数，这个资历，还是一名中层干部，到新疆去一年，我到底图的是什么？"

为了打破僵局，11月份，一家三口到云南旅游。青山绿水，轻松惬意之时，冯涛趁机又给妻子做思想工作。他总得给妻子找到一个能说服她接受的理由吧。

"你看汶川地震我就想去，没去了。以后还有一些外出救灾的任务，或者跟这些有关的机会，我也没去了。每次我老是报名，可领导老是不让我去，把我整得心里很郁闷，你是看见了的吧？对于我来说，这次援疆真的是一个挑战，你要理解我，我也理解你，对咱家来说，谁也不容易啊。"

果然有效果，妻子的态度不像一个月前那么生冷了。

回到北京，冯涛又憋了一个大招，就是把同学们都发动起来，安排他们对妻子，当然也是俩人昔日共同的同学，进行苦口婆心的轮番"轰炸"。开始时候，这些欣然领命的同学们，可没少吃闭门羹，打过去的电话没说几句就被挂断了，过一会儿就接到女同学发来的短信，一般都很简短：要是这事，就别谈。可同学们都很执着，一直执着……

其实俩人都清楚，最终他还是要去的。因为这是医院已经敲定了的板上钉钉的大事，是一项重大政治任务，而且越是拖着，就越没有变更之理。

到了12月底，忽然有一天，冯涛偶然发现妻子已经开始为他走悄然做准备了。那一瞬间，"除了轻松、踏实，更多的是感激"。

小家的问题一解决，别的就好办多了。妈妈很快也策划好了："儿子，你去吧，该去就去！我和你爸商量了，你走了我们上你家，上你那儿住着去，给孩子做饭。"这回，彻底没有后顾之忧了。

老两口一直都在密云，爸爸在密云四中当过校长，后来在五中当书记，直到退休。妈妈也是从密云交通局退休的国家干部，以前也是一名崇高的人民教师。

在儿子援疆那段时间里，每个周一早晨，七十多岁的老两口就要起大早，从密云县城出发，坐980路公共汽车到望京给孙子做饭，一直到周五媳妇下班之后换班，再坐公共汽车回密云去。"在我家住四天，在自己家住三天，就这么给孙子做饭。"

北京市卫生计生委应新疆生产建设兵团第十四师的援助要求，责成房山区第一医院向师下属224团团场医院派出2名援疆医生。其中要求一名心内科专业医师，一名懂医院运行管理、能够胜任院级领导岗位的行政管理干部。

为什么要指派一名懂医院运营干部过去？根据224团医院提供的书面情况，目前该医院是一家有着300张病床的一级医院，现正随着自治区向国家申报成立昆玉市，积极着手筹划，准备将这个团场医院，扩建成规模为500张病床的市属医院。

这么多病床，已经相当于一家二级医院了，管理就成为提高医疗服务质量，保障运营效益非常重要的环节。

房山区第一医院的领导们就此十分重视，多次仔细斟酌。要管理一家二级医院，政治品格、业务能力、管理经验都得过硬。起初想指派一名副处级的现任院领导班子成员过去，但考虑到当地任用、管理问题（当地院长才是正科级），感觉不十分妥当。所以院领导就将目光放在本医院下属24个职能科室的现任负责人中，仔细遴选，可谓慎之又慎。

如此，刘士军就成为第一人选。院领导印象中的这位医务科长年富力强管理经验丰富，孩子在上大学，妻子在一家单位上班，可算是收入稳定，没多大后顾之忧了。不过把已经干了4年、工作得到上下认可的医务科长派出去，医院也真是下了大决心。

自从接到院领导征求自己意见的电话之后，刘士军考虑的比较多，坦言自己紧张，有压力："第一，安全形势众所周知；第二，那里的环境对我来说是完全陌生的；第三，从对方要求看，担子应该说还是挺重的，我得干好呀。"

2015年春节前的那个星期一，早晨交班时间刚过，刘士军和心内科医生主治医师安永为被叫到党办，进屋一看，院领导班子成员全在座。这不是短期出差，也不是个把星期的培训，而是一年期的援疆。"作为一名共产党员，我服从组织安排。"

当领导随后询问两位医生家里都有什么困难、对医院有什么要求的时候，刘士军就不得不说了，他也必须得说！等他详细说完，屋子里就沉默了，没想到，眼见与现实差别很大。作为土生土长的房山人，谁身后没有一大家子人呢？

刘士军的妻子患有脑垂体瘤，7年前曾经做过手术，不想又复发了，复发就得吃药，而且还得长期服药。当医生的都知道，这种激

第二章 光 荣

素类药品吃少了不管事，吃多了副作用就很明显，有时候妻子在家里做着做着饭，忍不住会哇哇呕吐。要说生活能自理吗？不犯病的时候没问题，可啥时候犯病，谁又能说得准呢？实际上，她已经处于长期病休的状态了，因而也就失去了一块稳定的收入来源。刘士军现在是一个人挣钱，养活一家三口。

最后院长发话了："士军，你最后表个态吧，到底能不能去？"

"在这之前，我不是没有考虑过。我原来就是一名普通大夫，把我培养到领导岗位上，医院领导班子可以说付出很多心血。我之所以有一点成绩，那是领导支持，没有领导支持，咱医务科的活儿干不了。现在有这么一个任务，困难我有没有？我有。我认为也不小，对我个人来说，压力也很大。但是我想，既然前提是，要咱们派一个懂医院运行管理的干部去，医院考虑我，领导班子认可我，大家相信我，属于给我的高度荣誉。我觉得我有这个责任，我也有这个能力，我觉得可以承担这项任务。说到困难，是我个人的，我会克服。"

相对刘士军来说，安永为的情况相对好一些，但也强不到哪儿去。安永为的父亲有严重冠心病，每年总要住上一两次医院。两边4个老人都80多岁了，全靠子女照顾。可以想象，离了这个在心血管内科当医生的儿子，相当于身边少了个专职保健。

一年援疆时间里，房山区第一医院书记率队，两次赶赴和田看望两位医生。看到在大漠中辛苦工作的属下，深受感动。又对刘士军提起，可以考虑把你爱人调到房山医院来，这样一方面医疗方便，二来多少可以缓解些家庭经济困难，三是医院心里也踏实。

对于困难与幸福，刘士军有他自己的理解："同样挣3000块钱，人家花2000块钱吃肉，1000块钱吃菜，我们家里的情况就得倒过来。可是我不在乎这个，没关系，我也能够接受。我认为这也是一种幸福指数，我觉得这是一个自我调节的过程。如果说家庭困难就当如何如何，那以后不了解情况的人提起来，岂不成了我刘士军拿援疆作为条件，以环境艰苦当成筹码，个人给领导、给单位提要求了吗？"

首都空港彻夜不停地运转，平均每隔一分钟便有一架次航班升空或者停靠。端坐在柜台后面的值机员们，早已对每天都会发生在自己眼皮子底下的殷殷惜别、执手相看泪眼司空见惯了。

但2015年3月10日这个晴朗微霾、乍暖还寒的春日，值机员们还是被集中发生在眼前多个小型的送别仪式所震动。

孩子紧紧拽住妈妈的手不忍离去，妻子紧紧靠住丈夫有说不完的叮咛，朋友间相拥良久却默默无言。此前，还很少有如此多家各级医院的横幅，那么多身份显而易辨的领导，那么多亲朋故旧，同时出现在宽敞的值机大厅里。人们聚了散了，只为了簇拥在他们中间面色凝重、略显不安的56名出发援疆的北京医生，大厅仿佛变小了。

樊辉说："单位送我出发的时候，那场面不啻于送战士上战场。"

高顺禹说，送他的时候，场面悲壮。

首都医科大学宣武医院神经外科副主任医师梁建涛忘不了，临行前，在科室为他举行的送别仪式上，一曲哀怨悲壮的《昭君出塞》，包含着科室的兄弟姐妹们对他西域之行的不舍、担心与祝福。

高志屹一生都忘不了这春寒料峭的清晨，他抱了抱还在熟睡中的8岁女儿，拉起早已准备好的行李箱，义无反顾地出了家门。

陈晓芳小心地把贴在行李箱上标识着"援疆"字样的圆签保存起来。在和田期间，这枚象征着自豪与光荣的耀眼红色光环，就一直醒目地贴在自己房间的墙壁上。

第二章 光　荣

出发的时刻到了,隆福医院早就通知冯涛,要派车把这位肩负重任的援疆干部送到机场,却被拒绝了。清晨一大早,平时很少开车的妻子坐上驾驶座,她要亲自把丈夫送到援疆之路的起始点上!几天以后,一位哥们儿给冯涛打了个电话:"那天等你走了,嫂子哭得是稀里哗啦的,就当着那么多朋友的面……"那头的冯涛,只能强忍泪水。

第三章　无岸之海

昨天的一场大雪，把新疆维吾尔自治区首府乌鲁木齐地窝堡机场再次染白了。阳历三月的北京，已是柳芽鹅黄、连翘绽放，一派盎然热闹的早春景象了。可透过值机楼通顶的玻璃窗向外望去，无垠白雪中仍然是挂冰柱的栈桥、刚清理出的黑湿跑道、蓝天下丫杈萧瑟的杨树林，西域的早春是纯净而壮美的。

暂别雾霾，久违的晴空雪野，身穿厚厚羽绒服、五颜六色冲锋衣、缠着长围巾，我们这些援疆医生们，心里褪去了些离愁，平添起对远方的向往。

他们之中的很多人北京生，北京长，从小到大还很少离家到如此遥远的地方，还很少在飞机上挨过如此难耐的6个多小时。经停、转机，再往南飞，飞过天山，飞过塔克拉玛干，和田到底咋样？中国真大啊，新疆真大啊，大得超出了以往的认知，超出了从前阅历的边缘。

班机经停乌鲁木齐，机舱里就剩下了不到一半人。邻座之间、过道之间，大家开始相互打量，借机攀谈。试探交流，这一下可不得了，原来他、他们都是援疆的北京医生。

很快，记住和没记住名字的，大家就有了个共同的称呼"援友"！这昵称，代表着崇高的荣誉、真挚的情感、牢不可破的亲情，凝结成一段集体记忆，将一直伴随他们。

第三章　无岸之海

飞越塔克拉玛干

因为没有水汽，远空更加深邃，目力所达极限。俯视天山，像一整块黛青的平顶巨石，长长的，向东西两方平铺延展。深色的褶皱，嶙嶙的皑崖，泛光的冰川，分割出斑纹皴披，写意点染一般。空廓单调的塔克拉玛干上空，黄与青交汇的天地分割线，化作一道刺眼的白光，给人以一种天倾地仰的错觉。

《山海经》有云：共工触不周山，使柱折，地维缺，天倾西北，地陷东南。看着这亘古未变的一幅图景，仿佛进入到天开地分的时光尽头。

如果说没飞越过天山，就不知道山水所表达出的生命精神，那么更可认为，没有飞过塔克拉玛干，就不能理解纯净中所蕴含的自然伟力。

纯净的蓝，纯净的黄，空灵无限。和田是一块比想象中更近的土地，也是一片比想象中更远的土地。

不错，和田就是古于阗，为史书所载的西域三十六城邦之一。

地区总面积24.78万平方千米，相当于近15个北京，占全疆总面积的14.9%，占全国陆地面积的2.6%。其中山地占33.3%，沙漠戈壁占63%，绿洲仅占3.7%，且被沙漠和戈壁分割成大小不等的300多块。

和田地貌以山地、绿洲、沙漠戈壁为主，地区北部深入塔克拉玛干沙漠，与阿克苏地区阿瓦提县和阿克苏市相连，南依昆仑山与西藏自治区交界，东接巴音郭楞蒙古自治州且末县，西北与喀什地区叶城县、麦盖提县和巴楚县相连，西南部以喀喇昆仑山为界，与印度实际控制区克什米尔接壤，边境线长达210公里。

和田地区辖和田市、和田县、皮山县、墨玉县、洛浦县、策勒县、于田县、民丰县等7县1市,91个乡镇,13个街道办事处,98个社区,1401个行政村,还有新疆生产建设兵团第十四师及所属奴尔牧场（一牧场）、47团场、皮山农场及224团。

天空俯视,和田犹如一块天泻人间、色彩绚丽的巨幅挂毯——黄色的是沙漠,绿色的是草场,白色的是雪峰,红色的是戈壁,蓝色的是乌鲁瓦提。古玉石之路从这里发源,古丝绸之路在这里流连,玉龙喀什河和喀拉喀什河就像两道珠链,穿起由白玉与墨玉共同写就的神话传说。

在这片古老神奇的绿洲上,蕴藏着太多的历史积淀与民族精魂。

成书于战国时代的《穆天子传》中记载:公元前947年,周穆王驾八骏之乘,漫游西域,在昆仑山与西王母相会,二人对歌起舞,情意绵绵,"载玉万只而归"。

屈原有诗云"登昆仑兮食玉英"。

登上西方极地,与神仙盘桓,寻求精神长生不死的自然之灵,这表达了三千多年前中国人对于圣界与圣洁、虚幻与现实、生与死最美好的向往与探求。

和田产玉,又位于昆仑山下,从古至今人们无不言之凿凿,如果周穆王昆仑采玉确有其事,那一定是在和田。

说起西王母,人们自然会想到和田的维吾尔族姑娘。和田地区的维吾尔族姑娘被誉为新疆最美的姑娘,她们个个明眸皓齿,身段婀娜。明朗纯朴而不失娇媚的黑眼睛,似乎一下子便可以洞彻心扉。起舞之时星眸顾盼,长腰滴旋,恰好似仙女翩翩,即使人到中年,也一样扶风摆柳,令人不忍移目。

我给你摘一颗金黄杏,你一甩辫子扭过身,是害羞,是难为情,怕酸了你的红嘴唇，啊，阿娜尔汗，我的黑眼睛，我的黑眼睛……

——维吾尔族民歌《黑眼睛》

"如果有行人在黑夜中走路，他们中的一个碰巧落到了别人的后面，他再想追上他的旅伴，那他就会听见鬼在说话，把它们当作自己的同伴，迷失到永远找不到他的旅伴的程度，许多人都是这样丧失了性命。就在白天，也有人听见这些鬼在说话。

"人们往往听见各种乐器的响声，听见敲鼓的喧噪声，更是常有的事。如果有人在沙漠中迷了路，就会听到有人喊着某人名字的声音，那人就这样中了魔，跟着声音走，诱惑他深入沙漠，最后是渴死完事。"

1895年4月10日，瑞典探险家斯文·赫定带着他那由8匹雄壮骆驼组成的队伍，离开位于塔克拉玛干沙漠边缘麦盖提的拉吉里克村。他的目标是，从西向东穿越沙漠，找到和田河，沿河而行，最终到达和田。

"我简直没有抵抗他那神秘魔术的能力！"斯文·赫定被来自《马可·波罗游记》里的无数关于塔克拉玛干的传说强烈地诱惑着。

这一天清晨，拉吉里克村民聚集在房顶和大街上，满脸忧郁地看着这支驼铃庄严、好像是送葬似的队伍。斯文·赫定听见一位老人喊道："他们永不会再回来了。"别的又加上一句："骆驼驮得太重啦。"几个印度钱商向时年正好30岁的斯文·赫定头上扔去一两文铜钱，同时大声喊道："一路平安呀——"

带着5位随从、全套冬装、足以装备一个班的长短火器、从气温表到测高仪一应俱全，还有够用三四个月粮食的探险队深入沙漠的时候，经验不足的斯文·赫定万万想不到，此行将九死一生，几乎全军覆没。因为，他唯独没有带上足够的饮水！

因为斯文·赫定不知道，地图上标示全长806公里湛蓝的和田河，实际上是一条季节河。洪水季节，和田河可直穿400多公里的塔克拉玛干大沙漠，注入塔里木河。而全年约有三分之二的时间，它只流到和田以北便消失干涸。

探险队行至第7天："目前沙丘的高度是60公尺，我站在最高的沙丘顶上用望远镜搜求地平线，除了很高的流沙丘陵之外，别的什么都看不见，但见一片黄色的沙海，可并未露出海洋的半点痕迹来。直到东面的地平线，都有无数的丘涛在高耸着，笼罩在烟霞之中。我们要越过一切沙丘，到越过在视线之外的那里去，但是不可能了！我们的力量达不到那里！人和牲口一天一天地衰弱下去了……"

最后，和田河干涸的河床中，一处寥如陨石的水潭拯救了他。为了"感谢上帝给我这神奇的救助"，斯文·赫定给这处水潭起名为"天赐湖"。此后，英国探险家斯坦因、安博特都曾找到过这个"天赐湖"。

"向未知处走！"1896~1900年斯文·赫定又两度从南向北、从东向西南穿越塔克拉玛干大沙漠，并且穿越千山鸟飞绝的可可西里，从西域抵达青藏高原。

1926年，应美国出版商之约，斯文·赫定结束了探险生涯，静坐下来，写下《亚洲腹地旅行记》这部广为人知的地理学、文化学名著。

由此，塔克拉玛干大沙漠也有了一个广为人知的别名"死亡之海"。

新疆从地形上说，对祖国内地是完全开放的，河西走廊自然连接罗布泊地区，但是面对外界，除了西部的伊犁河谷外皆是崇山峻岭。斯文·赫定的探险经历表明，或者说再次证明：就新疆和西藏而言，从外部进入远比从内地到达要困难得多。

新疆、西藏永远与祖国内地浑然一体。

被认为是蒙古化的突厥人，或者是突厥化的蒙古人，瘸子帖木儿汗曾引号称百万大军，于1405年从乌兹别克斯坦的撒马尔罕出发，试图通过西域征服当时的大明帝国，不过很快就由于高山反应，病死途中。19世纪中后期，受到英国、俄国支持，得到大批军火的浩罕人阿古柏，以中亚为基地，窜犯新疆，但在八旗铁骑面前终究瓦碎。一时间，"见到安集延人（浩罕人的别称）就杀"的口号响彻天山南北，阿古柏在清军挟胜势南下时猝死焉耆。此役，左宗棠调集了几十万军队及更加庞大的后勤人员，很难想象，他的对手通过新疆西部少数几个山口，能够做到这一点。

19世纪，英国和沙皇俄国在中亚竞争甚烈，但都承认中国政府对新疆和西藏的控制权，除了势力均衡的考虑，更是因为从外部进入新疆实在太过困难。中国以当时的弱势地位，仍能维持在新疆和西藏的统治格局，甚至有所进取，交通相对便利当是取胜的决定性因素。

地理因素是自然天成的，很多时候，它本身也就是一种无法逾越的宿命天道。

新疆维吾尔自治区博物馆的西域汉代文物展厅内，陈列着一件稀世珍宝——"五星出东方利中国"织锦。这块成就于东汉末至魏晋时期的五彩织锦，于20世纪90年代在民丰县尼雅遗址一座夫妻合葬墓中出土。织锦长16.5厘米，宽11.2厘米，为五色平纹经编，图案为变形云纹及星纹、孔雀、仙鹤、辟邪、虎等瑞兽纹样，花纹间织出星占祈瑞文字篆书"五星出东方利中国"。

在中国古人看来，唯有"五星"运行一致，精诚团结，才能使国家五谷丰登，繁衍昌盛。"五星出东方利中国"作为祈祝"中国"吉祥昌盛的吉语，出现在西域织锦上，折射出中国历史的渊源和深厚文化内涵。"五星出东方利中国"织锦是西域各族人民情系祖国的历史见证，是西域自古心向内地的真实告白。

生命之洲

和田深入亚欧大陆腹地，海拔1102～7282米，地势呈南高北低走向，年降水量只有34.8毫米，蒸发量却高达2563毫米，是典型的内陆干旱地区。南部的昆仑山脉、喀喇昆仑山脉高山区人烟罕至，山高岭峻，海拔5000米以上为现代冰川和永久积雪带，冰川面积11447平方千米，占全疆冰川面积的43.9%。冰川储量11400亿立方米，年融水量约14亿立方米。

本区发源昆仑山北坡的河流共计36条，均为内陆河。境内主要河流24条，山泉沟9条，间河（山洪沟）9条。中低山区降水较多，为雨洪集流区。山丘陵区降水较少，多有沙土覆盖。绿洲面积与河流水量相对成正比例。和田地区的河流都属冰川融雪补给性河流。由于水量补给主要取决于高山降水融雪融冰，故河流洪峰出现在高空气温升高的六、七、八月份，所以来洪晚，量大，持续时间长，如玉龙喀什河、喀拉喀什河；较短的河流水源补给来源于中低山区，来洪早，量少，持续时间短，如尼雅河、努尔河、杜瓦河等。春灌时期的三、四、五月份河水量占全年总水量的9.3%左右，为枯水季；夏季六、七、八月份河水量则占全年总水量的75%左右，为洪水季。年内洪枯悬殊，形成春旱水不足，夏洪水剩余的基本特征。

和田地区的水资源总量为87.373亿立方米，其中流往印度的外流水量2.93亿立方米，两个羌塘高原湖泊内陆区9.43亿立方米不能利用。昆仑山冰川是塔里木盆地南侧所有河流的源头，也是和田地区主要河流的重要补给来源之一，约占年径流量的20%。

和田、墨玉、洛浦三县及和田市河水径流量44.75亿立方米，占全区总水量的61%，地面水在地区分配上不均匀，各河流年径流量的年内分配也极不均衡，来水与农业需水很不协调。全地区全年降浮尘天数210天，生态环境极端脆弱，荒漠化、沙漠化和土地盐碱化十分严重。

和田境内最大的两条河流——玉龙喀什河（白玉河）、喀拉喀什河（墨玉河）在阔什拉什汇合，从出山口至阔什拉什为和田河的中游，全长约160公里，哺育着和田、墨玉、洛浦绿洲，这片绿洲承载着和田地区60%以上的人口和经济。

据史料记载，当年这里是一片浩瀚海洋，波涛滚滚，一望无际，天神用锡杖在这里戳了一个洞，于是海水退去，变成了绿洲，人们在这里繁衍生息。西王母治理和田绿洲有功，天神赐之以美玉，王母不愿独享，命神龟和灵蛇将玉送入大河，所以有"龟蛇献璧"的故事。

"宁可数日无壤，不可一日无水。"水是绿洲的生命之源，性命攸关！风沙是和田绿洲上最严酷的现实。水与沙，绿与风，其实是统一的一对矛盾共同体。

直到20世纪70年代，和田人民饮水还比较困难。因为路上都是半尺厚的黄土，时常可见走在路上的老乡，肩上一边披着一挂褡裢，另一边搭着一双靴子，快到地方的时候，才拍拍脚上的土，缠上裹脚布，再换上靴子。黄土路两旁是小水沟，那水确切地说是黄泥汤。行路的人走累了，口渴了，从褡裢里掰一块囊，蘸着沟里的水，这就是一顿饭，再捧上一捧水，这就是一顿完整的餐。

由于缺水，千百年来，水成了和田地区各族同胞世世代代说不完的话题。

涝坝，曾经是和田地区农牧民和牲畜共饮的水源，在和田县40岁以上的人，都有着吃涝坝水的记忆。露天深坑，洪水积蓄就成了涝坝水。涝坝水让各族群众深受其害。克汀病、非甲非乙型肝炎、甲状腺肿、结核……这些在内地已经很少进入人们视线的地方流行病，仍相当程度地危害着各族群众的生命健康，仅仅听起来都令人生畏。

春天，风沙袭来，水中尽是沙尘；夏天，涝坝蓄水不到一个月，就变成了绿色；秋天，飘零的树叶夹杂着飞来的杂草，在水面上浮了一层；冬天，水面冻结，村民只好破冰取水。不管春秋冬夏，涝坝边上总是很滑，有时喝水的牛羊一不小心就滑了进去，等人们发现后，把肿胀的尸体捞出来，涝坝水还得照样饮用。

在《和田县志》里记载着一个特别的日期——1994年8月24日，时任中共中央政治局常委全国政协主席李瑞环同志来到了和田县，那一天，就成为改变和田人饮水习惯的历史性时刻，奏响了和田地区防病改水工程的序曲。

鸟儿离不开天空，人民离不开祖国。在中央援疆政策的指导下，北京人民再次给和田送上了甜美，送上了绿色。防风固沙工程、高效节水灌溉工程、自来水入户工程、垃圾处理示范工程……如今的和田，即使是干燥细软的沙土，似乎也散发出一种独特的芬芳。

权鹏飞在《和田的维吾尔》中赞美道："和田维吾尔族人崇拜土地的程度令人惊叹。如果不是亲眼所见、亲口品尝，谁能想象那黄灿灿、香气四溢的肉是烤全从土坑里烤制而成的；谁又能想到，维吾尔族人一年四季的大众食品——馕，无一不是从古堡似的馕坑里烧制而出的。大漠深处的维吾尔牧人还特别喜食沙土灰里烧出的'库乃其'。他们先在沙土里挖个坑，捡来一些干胡杨树枝在沙坑里燃起一堆火，待大火熄灭之后，就把包肉的面饼埋在火灰中烤熟即食。据说,吃了这种'库乃其',一天不吃饭也浑身有劲。"

土,还与古老的创世传说联系在一起。

流传在和田地区有这样一则故事:很久以前的某一天,也许是得罪了老天爷的缘故,沙土从天而降,在和田整整下了七天七夜。只有那些昼夜不眠、一直绕着打场时固定牲畜踩禾的木柱转圈走的人,才幸免埋于沙土之下。这场灾难被叫作"topan balasi"。

李吟屏在《和田考古记》中解释说:"'topan'在维吾尔语中本意为洪水,但在和田维吾尔族人的语言中是沙尘暴或降土的意思,'balasi'意为灾难。显然,沙漠地区的人,把世界传说中共有的洪水之灾,改变为降土之灾,而那供人旋转逃生的木柱,自然就是'诺亚方舟'了。"

第四章 北京来的大专家

北京援疆干部、挂职和田地区卫生局副局长的李国珍，对和田地区卫生计划生育委员会的领导们多次说过：你们应该要多听我们援疆医生的意见和建议，因为他们没有任何的私弊和利益在当地。他们最公正，可以说是全心全意支持和田地区的卫生医疗事业发展。

民族团结的誓言

维吾尔族同胞淳朴善良，乐观幽默，还非常讲究礼仪。每天上班伊始，男同事之间一般要相互握手，互道一声"你好"。女同事之间呢，则是浅浅相拥，轻贴一下脸颊。

经过短暂的岗前培训，进入和田地区唯一一家三级医院——和田地区人民医院的21名援疆医生，在3月13日那天正式上岗，各自进入自己的责任科室。

长长的走廊上、办公室里，大家都受到了这种以前在北京从没体验过的礼遇。肢体简单接触时那自然而发、微微的善意一笑，与刚进医院大门时虚惊一场，自发而热烈的"碰头彩"相比，显然容易接受许多。

二十分钟之前，定时往返于指挥部与和田地区人民医院之间接送医生的中巴班车，刚刚停稳在医院行政楼门口，第一次进入医院的医生们正要拉门下车，不料从车的前后左右簇簇拥拥大声嚷嚷着很快就围上来二十几个维吾尔族人老乡，看他们大都涨红着脸，似乎表情都挺激动。一车医生里没一个懂维语的，根本不知道老乡们嘴里嚷嚷的是啥，只能是瞎猜。"不准私自开车、不准坐公交车、不准独自外出……"自从学习了援疆指挥部选编的宣传资料，每个人的心总是悬着的，本就沉闷的车厢里，当即有人就吓白了脸。因为大伙都瞧见了，一个个维吾尔族人老乡手里都攥着铁锹、拎着镐头！

车里的气氛当即紧张起来，大家慌忙坐回原位，身子紧紧贴在椅背上，全直勾勾地盯住那些随时可能舞动起来的木棒铁器。

不想这时司机却出乎意料地开门下车，与老乡们大咧咧地拍拍打打，一派相熟亲热的样子。

原来，这些老乡都是医院的后勤，此时恰逢3月植树季，按照惯例，南疆地区所有的机关和企事业单位都要组织集体植树。正要出门，看到有两个多月不见，援疆指挥部的班车过来了，准知道新的一批援疆医生正式上岗，就招呼着围上来，向医生们问好，先混个脸熟。大伙暗笑真是庸人自扰，笑自己紧张过度。

不过经此一"扰"，对平时司空见惯，象征生命的绿色，就有了更深一层的理解与崇敬。

在和田，在南疆，人们对树、对绿有着比内地更加深沉的感情，视为比牛羊、金钱甚至玉石更可宝贵的财富。与沙漠为邻的子民，树是他们精神的图腾，是他们抗击风沙、守护家园的利器，是他们遮挡人生风雨的伴侣。有了树，就有了一切，有了希望。

树是和田绿洲的生命！

种树是和田人的美德，恶劣的生存环境让和田人对绿洲倍加爱护珍惜，世界上恐怕再没有哪个地方比和田人更爱栽树的了。20世纪50年代以来，和田人采取外封、边栽、内退等多种办法，巩固着宝贵的绿洲。在农区边缘外围，将天然植被封育，引进灌溉，使其发展成为天然的生态屏障；在农区边缘人工造林种草，形成人工生态屏障；在农区内部施行退耕还林还草。封、栽、退三道防线把全地区绿洲包围起来。

一条绿色的风景线将沙漠和崇山分割开来，这就是翡翠一般亮丽宝贵的和田绿洲。

和田绿洲，确切的名称应为"和—墨—洛"绿洲，是和田地区境内最大的一片绿洲，分布于和田市、和田县、墨玉县、洛浦县3县1市境内，依托和田河水的孕育而繁衍生息。

近半个世纪以来，和田地区人口迅速增长，当地各族群众积极与自然抗争，拓展宝贵的绿洲资源。20世纪90年代以来，在科学的人工干预下，和田绿洲的状态有了向好改善。统计显示，20世纪70年代和田绿洲面积较小，仅有494平方公里。1993~2014年，绿洲面积较大，绿洲增长平缓，和—墨—洛区域内2014年达到4138平方公里，已逐步趋向饱和状态。研究各个时期和田绿洲的空间分布，1973年和田绿洲主要分布在山前冲积扇平原，少量沿和田河两岸狭长分布。1993年和田绿洲在西侧向内收缩，山前平原绿洲与河岸绿洲较1973年均密集分布，河岸绿洲向下游延伸。1999年绿洲在范围和密集程度上并无显著变化。2014年和田绿洲较之前向西南方向扩展。

"农田藏在林网中，渠水流在树林间，道路躺在林带下，葡萄长廊通四方。"

天高风清，盘桓在绿树环绕的团结广场上，如果不是树荫下一个个民族服饰的行人，街边一排排民族特色的美食摊档，我们恍如已是回到望京新城、通州新区、奥体广场。眼望胡杨、红柳、沙枣、梭梭等构成的连带绿色，我们会联想起健康，想到医生的责任与使命。

和田地区远离内地，经济发展水平低，教育资源匮乏，医疗服

第四章 北京来的大专家

民族团结的誓言

务落后,这些都可能成为"三股势力"的可乘之机。为彻底消除这些隐患,提高广大新疆人民的教育、生活、医疗水平,发展经济,国家组织了大量的援疆干部,参与到当地的各项工作当中。

作为一名医务人员能够参与到这样一个伟大的工程之中,既是一个难得的机会,也是无上的荣誉。

贾鑫磊说:"援疆不只是在专业上的对口支援,更是维持国土完整,维持国家稳定,促进民族团结,加深民族了解,反对'三股势力',防止恐怖邪教势力的有效措施。"

来自首都医科大学附属北京地坛医院,在地区医院感染科尽责的高学松眼里,和田地区经济文化落后,广大人民群众卫生观念薄弱,一些传染病高发,时时刻刻都在威胁着当地各族同胞的身体健康。在他刚到感染科时,发现实际情况远比自己来之前想象的还要严重。不少在内地已经基本绝迹了的传染病,在和田当地还存在着不同程度的高发隐患。困于经济条件和某些传统意识的限制,很多维吾尔族人老乡往往是小病忍着,中病自己吃点药,积成重病才上医院,而往往这时候已经晚了。

是的,我们来和田,就是为了解决当地各族群众病患的,就是为了改变当地落后的面貌的,就是为发展祖国的边疆、稳定祖国的南疆做贡献的。作为我们医生来说,个人力量虽然有限,但是与援疆干部、援疆教师们共同坚守在和田,奉献在和田,就拉近了边疆与首都的距离,形成一股推进当地各项事业发展的强大合力,形成一股震慑的威力。

进疆后的第二个周六,北京援和指挥部组织在地区医院的21名医生,到团结广场进行了宣誓活动。站在广场上树立的毛泽东主席接见和库尔班大叔的雕像下面,大家从心底里喊出"不怕牺牲"的豪言壮语!

台卫平在自己的援疆记事中写到:站在广场上,站在国旗下,周围有跳广场舞的大妈,还有警惕守护大家安全的武警战士,心中确实有一些感慨和责任感,和平安定的生活确实来之不易,需要各族群众共同呵护。

一尊金色的雕像是全国各民族人民团结的象征,为后人记录下一位维吾尔普通农民与国家领袖的故事。

库尔班大叔全名叫库尔班·吐鲁木,生于1883年,是新疆和田地区的农民。他从小就成了孤儿,童年是与地主家的牛羊一起度过的。成年后,为了摆脱被剥削、被奴役的生活,库尔班带着妻子逃到荒漠里,靠吃野果活下来。后来妻离子散,他孤身一人度过了17年贫困交加的生活。1949年9月新疆和平解放后,库尔班终于回到人间。

一个在旧政权时期被奴役、被欺辱的农民,60多岁才第一次从属于自己的土地里收获了金灿灿的玉米，得到了自由与尊严。当库尔班知道这一切都是共产党带来的之后，便执意要到北京去感谢恩人毛主席。他不知道世界有多大，北京在哪里，只知道向东一直走下去，就一定能到北京。村民们笑他简直就是异想天开，但老人很固执：北京在地上，只要我的毛驴不倒下去，一直走，就一定能到北京。

1957年春，时任中共新疆维吾尔自治区委员会第一书记的王恩茂得知库尔班·吐鲁木要"骑着毛驴上北京见毛主席"后，勉励他安心劳动，做乡亲们的榜样，"将来有机会一定设法让你到北京去一次"。

1958年6月28日，75岁的库尔班·吐鲁木与全国劳动模范一起，在中南海怀仁堂受到毛主席的亲切接见。

对库尔班的远道而来，毛主席也很感动，他说，新疆的老百姓多好啊！毛主席接下来对库尔班说，你这么远来到北京，我要送给你一点礼物，你要什么呀？

毫无准备的库尔班老人马上说，要一套衣服料子，想穿着新衣服回和田。回来的时候，毛主席果然送给他十多米布，库尔班大叔把它做成大衣穿上了。

大家见到一身新衣服回来的库尔班大叔，为他高兴之余，都笑他傻，说，毛主席让你提要求，他还有啥拿不出？

同年8月21日，《人民日报》刊登了《库尔班·吐鲁木见到了毛主席》的长篇通讯，并配发了照片。随后，这篇文章被选入小学语文课本。

1959年，库尔班大叔作为自治区人大代表又去了北京。到了北京之后，毛主席又接见了他，并亲切地问他："这次你有什么要求呀？"库尔班大叔说，能给我们村解决一台拖拉机吗？毛主席就批了一台拖拉机。就这样,当地头一次来了拖拉机。库尔班的故事后来经王洛宾谱曲,成为脍炙人口的民歌——《萨拉姆毛主席》,直到今天仍在传唱。

"新疆的高铁通车,库尔班大叔就可以坐着高铁去北京了。"这本是一句玩笑话,但是在2014年11月16日,D8802次动车上,亚生·买买提明怀里抱着爷爷库尔班大叔和毛主席的合影,慢慢地坐到3号车厢8F靠窗的座位上。亚生·买买提明,现在是于田县库尔班·吐鲁木博物馆的一名馆员。买买提明说:"我把爷爷的故事给孩子们讲了很多遍,现在我希望孩子们靠自己的能力,坐高铁去很多地方,见很多人,等我老了,在家听孩子们的所见所闻。"

当年骑着毛驴上北京看毛主席的库尔班大叔,希望家中能有人从军,半个多世纪后,这个梦想在自己的重孙女如克亚木·麦提赛地身上得以实现。2012年12月,海军到新疆和田征兵,如克亚木报了名,不到一个月就选上了。经过艰苦训练,如克亚木光荣地成为在中国第一艘航空母舰"辽宁舰"上服役的一名维吾尔族女兵。辗转多地,还是觉得新疆最美。尽管已褪下军装,如克亚木提起"辽宁舰"仍是满心骄傲和欢喜,一直很怀念舰上的日子。

进疆之初

冯芝恩走过的医院不少了,按以往的经验,每进入到一个新科室,肯定是先要熟悉一下工作环境。包括与同事们见见面,相互介绍认识,再被带到各个区域顺序参观一番。可没想到,刚进入口腔科门诊区,买地尼也提主任就告诉他,已经有不少病患在诊室门外等着了。

进来之前就看见大厅的长条凳上坐了不少人,原以为是等待分诊或者临时休息的家属和病人,不料全是被约来等他的口腔科病人。

新来一批北京专家的消息,经过大家口口相传,早已不胫而走。

匆匆借了一件白大衣,身板结实、宽肩魁梧的冯芝恩,在护士长——一位在和田土生土长、懂得维语的汉族女同志帮助下,匆匆上岗。

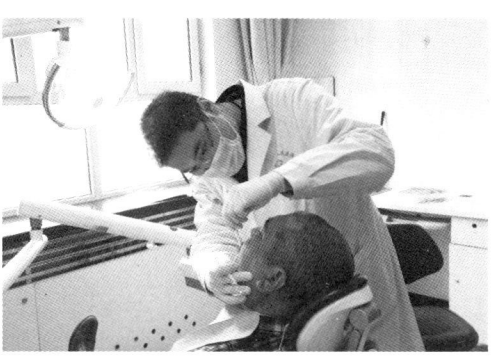

冯芝恩在为患者诊治

"从这一刻起,我知道尽管心理上还没有准备好,但我的援疆工作已经开始了。我必须将对家人的思念尽快转化为工作的动力和对维吾尔族人患者的爱。"

看了几个病号,向来乐观积极、充满活力的冯芝恩眉头锁紧了,这边的疾病种类确实与内地不大一样啊。由于拖延、并发等原因,很多病症很奇怪。仅仅半小时内,就诊治了7名患者,收入院4人。

没想到这时候,护士长反而有些担心了。她小声告诉冯主任,口腔科一共只有6张床位,照这种速度,恐怕就没地方安置了。

一般来说,在地区医院这类综合性医院里,心血管、脑神经、妇产、普外、呼吸是主力科室,口腔、耳鼻喉、眼科等大都属于位列边缘。口腔科已经有3年没有援疆医生过来指导了。前几年北京口腔医院曾经有两个大夫过来援助,但还不是口腔外科专业,是牙科的。来之前,冯芝恩特地向他们了解过,得知尽心尽意好不容易带出来的2名技术水平还不错的徒弟,早已先后辞职,到外面自己开诊所去了。

"这边带出来2个人其实挺困难的,真是可惜。"

冯芝恩的专业是口腔颌面外科,要动手术,没有合用趁手的设备,再好的技术也会大打折扣,甚至没法开展。等设备清单拿来大致一看,第一感觉还真不错,可以说北京有的一般设备全都有。但是挨个具体查看一番,这位挂职的口腔科副主任心里就没底了。由于各种的原因,很多设备是坏的,更多的处于残缺不全状态。

手术开始,心越悬越高。不只设备,一般的器械也是够差的,甚至连门诊器械也都不是很齐全。口腔科用的小钳子、小錾子、小锤子,很多都是特大号的,给普外科、骨科用还差不多。大致猜得出来,他们以前基本上就没有做过什么像样的手术。

在北京口腔医院,一年四季,连同节假日在内,可以说每天都像在打仗。诊室外面等满了人,里面挤满了人,医生自然也是干得热火朝天。可这里就是不同的另一番场景了。

医生们士气低迷。一名汉族主治医师小声跟冯芝恩开玩笑说:"真令人羡慕,你援疆一年属于有期徒刑,而我们相当于无期,许多人就盼着早点病退,去内地生活。"

种种情况,恐怕并不能完全归结于医术。

工作持续开展,最现实的难题是没器械。没器械就不敢做大手术,不敢收病人,想给同事们做示范也办不到。东北汉子冯芝恩说话嘎嘣脆:"没有?进!"

没两天,家里的同事就把北京口腔医院手术室里全部的器械照片,通过网络传过来了。冯芝恩拿着依据给医院写报告,要求进设备。从此天天催,每天问进展,果然很快,一个多月以后,两套完整的器械就进来了。打开一看,质量还不错,用得还算趁手。

但贵的诊疗器械也要进啊,这他可做不了主,只能给科主任打电话,请示办理……

一段时间工作下来,冯芝恩给低迷的士气"确诊"了,主要是因为收入太低了。与主力科室相比,阶段性奖金收入能差 10 倍左右，究其原因，不外"技术"与"管理"。

技术是医生的饭碗，是他们最可宝贵的财富。为学好这门手艺，每个人都要苦熬很多年，甚至要忍辱负重。现在他毫无保留地倾囊相赠——就怕你不学，就怕你学不会。

"技术不行，是最好办的，咱可以给他们一对一地培训，手把手地往上带。一年呢，有的是时间，有的是耐心和精力。"

技术提上去了，留人要靠管理。因为收入少，就只能吃大锅饭，不正经上班的照样拿奖金，请假的也可以拿奖金，就算大家都天天正经上班，干多干少也一个样，干与不干也差不多。相互影响，整体干活的积极性就比较低，科室的效益也就比较差。

先得解决体制问题。冯芝恩就跟科室里的医生们商量，把当前的分配制度改一改，最合理而又简单的就是按劳分配。干得多的，家里有事可以休息；干得少的，你就理所当然别拿钱。

经济手段是一只看不见的手。在二十多年前，再回溯到改革开放之初，内地的医院，甚至大部分的企业、机关，很多还不是靠着这只手的力量，给推动进入到快速发展的快车道上的吗？偌大的和田地区那么多病人，同事们干活的积极性提高了，进而主动学习技术，自觉自愿提升服务也就理所当然了。

和田地区人民医院是2014年新晋的三级医院，医院领导非常重视医院的发展问题。院长几次找北京来的援疆医生座谈，谈学科发展，谈医院和科室建设。

陈启东所在的北京天坛医院有10个病区，200多名大夫，相当于半个医院都是神经内科的天下，有非常大的实力支撑，科研能力很强，能干的事情也非常多。进入到地区医院神经内科，问科室里有多少大夫，科主任白主任介绍说，只有10个，还有三四个没有证的，这就等于有执照的大夫不超过 5 个，而且还都是老大夫，并且设备还落后。陈启东开始很担心没法做太多的事情，辜负了一年宝贵的援疆时间。

"但是白主任对我很信任，希望我来了之后能给他们带来新的、非常多的技术，希望我把介入技术搞起来。但是我发现他们的机器没有这个功能，机器不能自动旋转，得靠人去摇。可是来这儿一年，总得干点什么吧。"

陈启东就和白主任商量，咱们这儿能开展什么，咱们这儿都适应干点什么，经过因地制宜的研究、讨论，最后确定了 4 个项目。其中一个大的项目，就是开展脑出血急性期溶栓治疗，建立"急性缺血性卒中绿色快速通道"。

有北京来的大医生坐镇把控，以前不敢碰的技术现在变成了现成的，但具体实施起来却是个工程。建立快速通道，需要医务处出面，组织、协调多个科室整体联动，环环相扣，谁都不许慢，对整个医院的协调组织能力、管理能力是一个综合考验。往深一点说，需要涉及当地长期养成的某些观念上的转变，因而说"绿色快速通道"的建设是个工程。

心脑血管发病期多见于秋冬季节，此时正是春天，天气渐渐转暖，神经内科的病人不是很多。正好利用这一时间段，陈启东首先在科室内部展开培训，进行技术储备。

绿色，象征急速、高效、安全、畅通无阻，陈启东能把绿色通道建立起来，运作起来吗？

很快进入工作状态的台卫平所在的消化内科有 42 张床，算是地区医院一个主力科室，效益也不错。但是一段时间下来，台卫平认为，与北京相比，消化内科在资源分配、治疗衔接上，还是有一些值得改进之处。

内镜室是一个独立科室，对于消化内科的病人来说，内窥镜检查是一项最基本的检查和治疗手段。但由于病人从消化内科转内镜室，属于跨科室协调，这样不利于诊断，不利于治疗后的复查，更不利于"发现一例早癌，拯救一条生命，挽救一个家庭"理念的实现。

在院长与北京援疆医生座谈会上，台卫平提到：国内70%～80%的综合性医院都是消化科和内镜室合在一块儿的，不应该把内镜室当作一个辅助科室，或者一级科室。建议把消化内科和内镜室整合统一成一个科室，这样就可以省掉一些不必要的烦琐，最大限度地发挥技术、设备资源优势。

技术方面，在科室小讲课、科室查房时，台卫平提出了规范化的诊疗方案，比如消化性溃疡、急性胰腺炎、炎症性肠病、肝硬化、内镜下治疗的适应症和禁忌症等。有一次他给大家讲了一堂胰腺炎的课程，一个小时的时间大家听得意犹未尽；维吾尔族人科主任库主任用普通话说，以后要把胰腺炎都收治到消化内科，如此可以让病人得到更好、更专业的救治。台卫平一了解，原来以前这些病人基本上是收治到外科去了，这与国际国内胰腺炎"以内科为主的综合治疗"理念确实不太符合。

在治疗上，细心的台卫平也发现了一些问题。例如消化性溃疡病人一般在出院后，半年到一年之后才复查胃镜。他就提建议6～8周复查一次胃镜：及时的复查后如果发现症状好转，胃镜显示表现愈合，就能够停药，以减少患者的经济负担；而对于一部分可能有肿瘤，尤其是早期胃癌的患者也可以及时发现。看到有些医生疑惑的眼神，台卫平就把卫生部第8版教材《内科学》、最新版本的《实用内科学》拿出来和大家一起学习，并下载了相关指南和大家一起讨论。

尽自己最大的努力，为科室的发展提供技术上的支持，为患者提供最好的服务。台卫平从一开始就受到内镜室、消化内科两个协同科室维吾尔族人和汉族医生护士的尊重和喜爱。入科前 3 周，他已经完成消化专业 40 余名复杂以及疑难、重症患者的查房和会诊，接待了 20 余名门诊患者，进行了 20 余例胃镜检查、5 例单人结肠镜检查。其中发现了 3 例食管癌、1 例结肠癌。他还与来自北京地坛医院的高雪松一起，对 3 名肝衰竭患者进行了规范诊治，协助内镜室林主任完成了 3 台 ERCP 手术。

内镜室主任老林是一位个子中等、说话沉稳、精干敏捷的中年汉族医生。新中国成立初期，林主任的父辈响应国家号召，支边来到边疆和田，从此扎下根来。作为一名不折不扣的疆二代，林主任对近些年来和田在经济、医疗方面的飞速发展变化，很是感慨。

"我们内镜室刚组建的时候，只有一个别人淘汰下来的镜子和两只塑料桶。桶里倒上药水，一只用来清洗，一只用来消毒。"

台卫平做单人结肠镜时，内镜室主任和年轻医生就在后面看着他操作；他们做结肠镜时，台卫平也在后面看他们的操作手法。在台卫平的带动下，内镜室年轻的聂医生已经慢慢开始尝试将双人结肠镜改换为单人结肠镜了。台卫平鼓励他说，熟练之后可以节省时间、节省人力资源成本以及降低穿孔等合并症风险。

进疆之前，赵巍最大的顾虑是没有病人，不能够充分发挥自身作用，最大限度地为当地群众治病除患。他擅长的是骨科正畸矫形专业，是大骨科里面的一个亚专业，与当初和田县医院提出的援助需求并不十分相符。医院当初提出的需求是治疗外伤、骨折一类的普通外科。因为和田地区公路直，车速快，路面窄，加之群众对交通事故的危害程度认识不充分，交通事故，尤其是车毁人亡的恶性交通事故发生率比内地要高不少。

不料，和田县医院听说北京派了个正畸矫形专家来，十分欣喜，马上放出消息。与冯芝恩情况类似，第一天上班，就看到等在诊室门口一批约来的二十多个病人。

"咱们到这来援建和田，都想为当地做一些事，心气特别高。当地患者一听说北京的专家就都等着，一来一看约了这么多病人，觉得自己有用武之地了，这心里就特别高兴，心气也更高了。"

安排给赵巍的第一例手术，是一个当地医生以前没有做下来的复杂病人。这名16岁的维吾尔族人小姑娘，肱骨近端长了一个骨肿瘤，需要进行完整切除。

赵巍拿到片子，暗暗吃惊！长在骨头里的肿瘤，比成人一只拳头还要大一点，在皮肤表面能清楚地摸到，肿瘤这么大，还是从骨头里长出来的，侵犯骨头范围肯定也特别大，里边都糟了。瘤子切过多，骨头很可能就碎了，再也无法修复。怪不得医院以前曾经给小姑娘做过一次切除手术，但是没有做下来。所幸的是，第一次手术的病理检测结果出来了：肿瘤是良性的。如果是恶性骨肿瘤，就要截肢，否则性命不保。这对于一个花季少女来说，无疑是极端残酷的。

能保肢了，赵巍心里踏实了一些，但是这种少见的复杂病例对任何一个医生来说，都是个不大不小的考验。再说，科室里的同事，甚至医院领导都睁大眼睛瞧着他。

赵巍找到了坐同一架飞机过来的援友，以骨科技术驰名全国的北京积水潭医院的褚亚明，还有放射科专家高顺禹，一起为小姑娘会诊。她上肢所有的血管和神经正好都跨在肿瘤上，或者从肿瘤周围经过，三位名医高手坐在一起，对着CT片子嘬了会儿牙花子，说实在话，感觉都不大乐观。谨慎起见，赵巍又给北京的同学、同事发了CT片子，他们也异口同声，难度比较大，在当地十分有限的设备和器械条件下，风险更加高。

从保险角度考虑，赵巍建议小姑娘还是到北京去做手术，他给介绍医院和医生。但是，小姑娘的家人却摇头了，原因是没钱，他们连去乌鲁木齐看病的钱都花不起，更别提去北京了，到了北京，语言也不通他们不会普通话。

最终赵巍下定决心，给她做！这么多的高水平专家联合在一起给小姑娘研究片子，制定手术方案，她真是太幸运了，幸运得恐怕她自己和家人以前做梦都想不到。

召开术前讨论会，提前把手术入路进行周全规划；为预防手术过程中万一发生骨折，准备好外功能支架；制定切完以后的局部缺损处理方案，备足了血浆……手术开始了，打开患病部位，先将血管和神经一点点拨开，仔细保护起来，再把包裹在肿瘤上面的肌肉一丝丝仔细分离，局部清扫干净，随后进行植骨……和田县医院对手术全过程录了像。

肿瘤终于完整切下来了！病房里，小姑娘断断续续地说了些什么，赵巍听不懂，可记得，她一直在哭着诉说。面对北京电视台记者的摄像机，小姑娘再次落泪。

"他们挺朴实的，没有什么让我印象特别深的话，反正我觉得她哭了，表示很感激，这就够了。这孩子的家里本来准备放弃了……"

小姑娘的愈后功能非常好。很快，家里很多同事就给赵巍打来了电话，说赵巍你上电视了，上《北京新闻》了，大家都在传你治好了一个维吾尔族人的小姑娘，你给咱北京人争光露脸啦——

小门诊，大病房

以前，房山、密云、延庆等远郊区的群众，先坐长途，再倒市内公交，到三甲医院只为请医生给看个片子，单程折腾大半天并不少见。随着近些年咱北京轨道交通的迅猛发展，现在要不了两小时，从小区口直接就到大医院的挂号大厅了。因而北京的三级医院，尤其是三甲医院的大楼里，每天都像过年赶大集一样热闹。随之而来的，北京的二级医院越来越愁留不住病人了，要不为啥刘士军这位医务科长总把"拼服务"挂在嘴边上呢。

照这种模式设想，和田的大多数病人，肯定也都愿意往地区唯一的三级医院，也就是地区人民医院跑。其实情况并不尽然。

和田地区的医疗卫生构架与全国一样，也是三级医疗体制。从乡村的基层卫生院，到县城里的二级医院，再到地区三级医院，相对于内地，和田群众有病一般先自觉到就近的一级

墨玉工作队部分援疆干部沙漠留影

医院、街道医院或者社区医院。经过初步判断诊治，医生认为靠简单吃药、常规药物解决不了的，一级医疗单位会很痛快地把病人转诊到二级医院住院。

究其原因，和田地区地广人稀，医疗资源分散，经济欠发达，各族群众因病致贫、因病返贫、没钱看病现象还相当程度地存在着。按国家政策，越往高一级医院转，社保报销比例就越低。再说和田地方太大，有些基层群众一辈子都没进过城。因而消化病患，主要

依靠的是设在县城里的二级医院。普通维吾尔族人老乡到了地区医院一般就算求医到了头。

所以墨玉县人民医院的门诊量非常小，而住院量却非常大，达到500张床位的规模，最多时候加床能够住到700多病人。如此一家县级医院的规模，在全国范围内也是挺雄壮的。病人的主要来源，是分布在广大乡村地区、技术水平有限的一级医疗单位。

这种小门诊、大病房，经济实惠的卫生医疗服务模式，多年来为当地各族同胞治病解难，提供了最大限度的方便。不仅为民情、地情所接受，也赢得了北京医生们的赞赏。

墨玉县人民医院是一所优秀的二级甲等医院。在2014年，也就是在龙俊标、付士武、张永亮和赵劲松他们援疆期间，墨玉医院在和田地区第一批通过了自治区的二甲审核评定。

都说人生是个大舞台，可是舞台再大，站在台中央的也就只能有那么几个人。想要唱戏的，可能并不一定给你那个机会，而一旦把你放在台中央，你不想唱主角都不行。

墨玉医疗组由来自北京5个区县的10名医生组成。除了东城区的冯涛、张越颖、张巍巍之外，还有来自顺义的刘迎军、魏海滨，来自大兴的王斌、雷敢、王保锁、高再生以及延庆区医院的陈晓芳。

按照安排，冯涛这个医疗组长还挂职担任墨玉县人民医院的副院长。冯涛副院长的行政工作职责是分管医务科、门诊部、体检科、中医科。这个分管范围，是从医院当任几位副院长的行政业务内，每人揭咪下来一部分，打一个包交给他的，还给了他一间专用办公室。

"自己给自己定一个期望值，我对自己的期望值从不定得太高。"冯涛坦言。

隆福医院与墨玉县人民医院同属于二级医院，冯涛有十多年的医政管理经验，再加上对自己的客观定位，因而行政工作就容易找到一个交接点，担任副院长感觉还算得心应手，驾轻就熟。

冯副院长上任伊始，首先找下面各分管部门的负责人或者职能科室主任，跟他们挨个逐一交流：大家都有什么需求？有哪些需要我做的？重点是，找出与隆福医院之间的差距，通过北京医院的既有成果，把现成的东西拿过来，及时给他们补上。

"为了提高医疗质量，首先规范各种流程制度，因为它这个流程，跟咱内地还是有区别的，严格地说就是有差距。"

其次是身体力行，与各职能部门一起进行病理质控的检查、完成院长查房、定期召集各部门一块开会，做些沟通协调方面的事。

除了行政方面的工作之外，专业是中医骨伤按摩的冯涛，每天上午还要到中医科去坐诊治病。"咱们来援疆，为当地各族同胞解除病痛，是天职。"

中医科的特点是维吾尔族人病人很多。北京有人问过冯涛，维吾尔族人到底接受不接受咱们中医？

"其实维吾尔族人是接受中医的。尽管由于极端势力鼓惑，对中药稍微有些抵触，但是对中医的针灸按摩是完全信任的。"

张建服务的洛浦县人民医院在2015年有一个计划中的重中之重的任务，就是通过二级甲等医院资格认证。前几批北京援疆医生已经帮医院在总体建设上打下了很好的基础，做了比较充足的储备，但由于各种各样的原因，此前连续申请了4年，都没能得以通过。

洛浦县医院董军院长感慨道："晋升二甲医院，是我们医院几代医生盼星星盼月亮的事。"

有了北京援疆这一强大后盾，又获得和田地区各部门，尤其是洛浦县领导的鼎力支持，洛浦县医院的规模从以前的一百多张病床，陆续发展到380张、450张，直至2015年的680张床。按既定发展规划，业务范围亦逐步扩大，从8个病区扩展到13个病区。

病床增多了，专业扩展了，医护人员的数量和质量就都有很大的缺口。

对于一家边疆大型二级医院来说，医疗质量、医护人员的专业技术水平永远是发展的根基。"不遗余力，不惜代价！"董院长亲自带队，最大可能在全疆、国家西部范围内，广泛招收愿意进院服务的医生、护士。新疆医科大学、石河子医科大学、石河子卫校、伊犁州卫校的大量毕业生被吸引到洛浦。

吸引人才难，要想留住人才更难！个人事业与集体发展，二者是相互成就的。因而从理论上说，留住人才不外三方面：待遇留人、事业留人、感情留人。

迅速发展中的洛浦县人民医院，对路军、张建、高天、孙国睿、白晓军、刘东海、郝志玲、谢宝芳、曲绍东、单国臣、周光辉等一批11名北京援疆医生抱以厚望。希望他们为医院的人才培养、学科建设再造新高程，为晋升二甲医院这锅"夹生饭"添一把大火。

董院长说："有北京的支持，我现在招人底气很足。我给学生们准备好了带暖气的楼房宿舍，只要你愿意来我洛浦医院，上到牙刷，下到鞋刷，我全都给你配备好。"

之前连到和田旅游都没想过的张建，起初设想其实很简单，就是不愿意白白浪费一年宝贵的援疆时间。不想初来乍到就有些猝不及防："哪料到手术量竟然这么大，人那么累！"

由于长期饮用未经严格软化处理的高山融雪，因而洛浦、墨玉县乃至整个和田地区胆结石、肾结石、膀胱结石等消化、泌尿系统结石病人特别多，结石发病年龄还有小有老，涉及各个年龄段，最小的是只有8个月大的婴儿。此外，前列腺病人也不少。

摘除结石要手术,那么多的结石病患者等着手术,对张建这位年轻的泌尿外科博士来说,到洛浦第一个月就是天天手术、手术……一天两三台很常见,再多一两台也是家常便饭。术前的B超、CT、化验往往要他自己跑,有时候还需要亲自上手做。一会儿在B超室,转眼在化验室,过一会儿就又在病房里了。在张建身后,总跟着好几个当地医生,通过翻译,一边看专家做,一边随时问,用心记。

"诊断不准确,诊断率低,收不上病人。病人进来了,B超医生功夫不够,严重影响手术效果。各项化验指标如果不准确,治疗中有可能产生各种各样的风险。"

"只要能做手术,有钱没钱、再苦再累我都无所谓。"

基本上每天十点上班,晚上过了零点,还要再多加上两三个小时的班,直到夜深人静才能回到宿舍休息。在前三个月时间里,张建天天盯在手术室,与援友们见面仅限于早饭那不到半小时的时间,要是想多聊上几句,恐怕就只能等到周六周日了。可也许还没聊上几句,就又被电话叫到病房里去了。

"不是我想累,是事情就发展到这种程度了。不是朋友,工作也很难开展下去。"

交朋友必须拿出一些实实在在的东西。北京医生们有病人就看病人,没病人的时候就跟大家一起学习、活动。

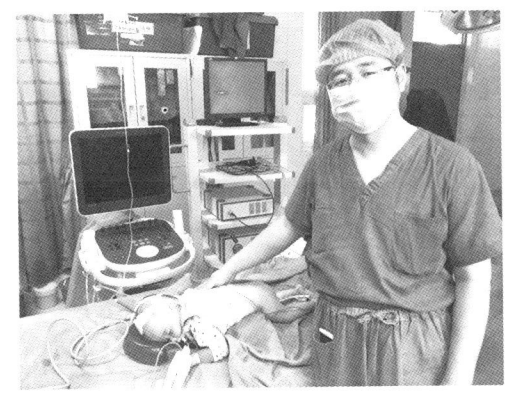

张建为小患者取石

比赛篮球、羽毛球,开交流座谈会,512护士节、626医师节一起唱起来跳起来……在洛浦县人民医院，张建用自己没有任何利益诉求的奉献，赢得了医护人员的尊重和配合，同时也赢得了维吾尔族人老乡们的敬爱。

有一天手术结束，打开手术室的门，张建刚一探头，就被眼前走廊里满满当当的人吓了一大跳！有男有女，大约50多名维吾尔族人老乡，黑乎乎一大片，见医生出来，一下子全围拢上来。从没见过这种阵势，不知突发了何等事件，张建立刻缩回去，随手把门紧紧扣上。维吾尔族人科主任说："没事，你再打开门看看。"

张建稳定心神，忐忑不安地挪动脚步走出去，不料意外再次发生了！呼啦啦，那么多人当即就全跪在他眼前，手上举着的一根根羊肉串后面，是一张张淳朴而殷切的脸，满满的全是感激之情。都说外科医生情感硬，张建说："我控制得住，我说你们别抱我，一会儿就控制不住了。"

在北京不可能出现，即使出现也只是电视剧中的煽情场面。

发自内心的感激源自于张建前几天完成的一台前列腺手术，患者是一位72岁的维吾尔族老人。后来，张建被老人请到家里做客，打听明白又吓了一跳：老人有12个儿子，每个儿子又有4个儿子，儿子下面还有儿子，自然还有儿媳妇、孙媳妇……可三代人里面到底有多少闺女可就不清楚了。因为维吾尔族人风俗一般不说有几个闺女，只说有几个儿子。简单掐指一算，这一大家子至少有100多号人！这在北京不可想象。

大量手术病例给医院争得了荣誉，创造了效益，但董院长认为这还远远不够。

除了做手术，他和陆军又交给张建一个更重要的任务，"留下一支不走的医疗队"，为洛浦县人民医院组建一个人员齐备、技术完备、高起点的泌尿外科。

一支专科技术队伍，能完成一系列相关难度手术的医生梯队尤为重要，此外，还要有一支专业的护理团队为支撑。董院长对张建发话："别的科室你相中谁，我就给你调谁。只要给我组建一个好的泌尿外科就行。"

为了让张建更好地发挥作用，开展工作，医院领导班子任命张建为院长助理。尽管有院领导班子的全力支持，可人员组合也不是一马平川。想进泌尿外科的，人家北京医生不一定看得上；而他们看得上的，人家嫌太累，可能还不愿意来。难度比较大的是，他们看中的医生，往往就是别的科室的业务骨干。业务骨干到哪儿都是稀缺资源，人家科主任不放。

专门技术的培养要从最前端开始，包括 B 超、CT、生化指标检验等精细环节。

理所当然的，对张建和他新组建团队的真正考验，还在后面。

第五章　家在和田

三月墨玉安了家，满眼看到是黄沙；清真饮食吃不惯，思乡心切夜不眠。

语言交流不习惯，暴恐事件曾出现；出行活动不方便，单位宿舍两点转。

你腹泻来他发烧，队里乱得一团糟；你送药来他做饭，相互关爱心里暖。

人民医院董院长，处处都为我们想；自费掏钱请吃饭，大家感到心里甜。

墨玉领队国书记，为人豪爽最仗义；家属探亲接待好，队员心里忘不了。

——冯涛《大爱医者心　真情洒边疆——援疆工作总结》

和田地区年降水量仅为32.6毫米，年蒸发量却高达2450～2824毫米，年重度污染天气306天，年均8级以上大风8次以上，每年扬沙浮尘天气总数达到200多天，平均每平方公里的降尘量达到600吨。每当沙尘暴刮起，天昏地暗，细细的流沙瞬间疯狂无比，威力无穷，大树被连根拔起，飞禽走兽落荒而逃。此时的塔克拉玛干就成为真正的无岸之海。

第五章　家在和田

一天半斤土

2015年4月16日，中国新闻网消息：新疆和田遭遇今春最强沙尘侵袭，能见度不足百米。

其实，落地和田伊始，被雾霾天困扰了两三年的这些北京市民们，就有幸见识到了什么叫真正的雾霾。

3月10日那天的停机坪，黄色薄烟接地连天，烈风扑得人几乎说不出话；细沙顽强地钻透任何保护措施，在嘴里、衣领里与身体融合成一层细膜。从机场到指挥部十几公里，车玻璃外一直像拢着一层质地均匀的橙黑幔帐，鼻孔痒痒的，手指尖上糙糙的。要是风沙完美融合在一起，那就一定是狂飙了。

褚亚明苦笑道："跟和田的沙尘暴相比，北京的雾霾天根本不算什么。"

"和田人民苦，一天半斤土。白天吃不够，晚上还要补。"这是很多外地人初进和田听到的第一句当地俗语，自然我们这些援疆医生们也不例外。

和田的沙尘是分等级的。"黄风"天，就是浮尘，平均一年下来要"慷慨"地给城市沐浴上二百天左右，较小的沙尘在天地间悬浮，形成胶体，无边无沿，连天接地，掩住了楼宇、清真寺、巴扎和街道，这是最轻的。

让医生们眼界大开的是所谓的"黑风"，这是特强沙尘暴在我国西部的俗称。

和田地处盆地沙漠与万仞巨山之间一块近乎东西走向的狭长绿洲上，地理结构简单而又复杂。春夏之交，寒暖交错，空气常常处于不稳定状态，狂风暴起，很容易形成高速涡旋。来自塔克拉玛干无穷无尽的黄沙，搭载上这股强劲动力，轻易就可以实现长距离输送。

"黑风"暴起时,地表瞬时风速可达到 25 米/秒,甚至更强。能见度不过 50 米,太阳蜷缩成一个青白色的斑点。麇集在接近地面的较大砂砾,在高速对冲气流驱动下,像城墙一样,席地滚滚,漫卷而来。黑城压顶,鸟兽无踪,撼人心魄。此时若想象为昆仑山上的王母娘娘发脾气,或者《西游记》里的黑风大王来巡山,一点不为过。

在和田,每年约有 60 天要刮这样的黑沙尘暴,是一种严重的自然灾害。

很多和田人不会忘记,1986 年 5 月 18 日,一场被称为"黑色五月"的罕见黑沙尘暴袭击大部地区。傍晚时分,绿洲西北方向的天空突然像开了锅的水,在大风的带动下,粉尘卷动细沙,铺天盖地。当时报纸写到:霎时间天昏地暗,能见度迅速降为零,屋内屋外非常黯淡,空气呛得人喘不过气来。8 级大风持续了 3 个小时,5~6 级大风持续了 3 天,最高风力达到 10 级。

事后统计,在这场风暴中,和田地区死亡 11 人,失踪 14 人,13 万株树木被连根拔起,200 多根电线杆被吹倒,牛羊等牲畜死亡 7896 头。635 间房屋、棚圈被大风掀翻,12 万亩棉田仅剩下光秃秃的棉秆,8.2 万亩小麦倒伏,农业直接经济损失 5000 万元以上。

从 3 月到 5 月中旬,在刚来的那一段时间里,两个多月之间竟然有大半没见到太阳。不少医生还以为,和田这边每天都这样呢。常开玩笑说:要是跟和田相比,北京即使雾霾最严重的时候,也可称为碧水蓝天。

谈起和田的沙尘,很多援疆医生都会讲出自己的一段感受。

褚亚明说:"和田的沙尘暴还真没见过,有时候你关在房间里,嘴里都能吃到沙子。就在白天,看起来白亮亮的,可是 5 分钟之内,

第五章　家在和田

天就黑了，就全是土，就变成黑夜了。也是奇怪了，一旦有领导过来，都是风和日丽；只要领导不来，就天天看不见太阳，马上沙尘暴。冬天天气好，一到春天就完蛋了，一刮刮半年。"

郝志玲说："就像是一堵墙，慢慢地向前移动。那边全是黑乎乎的暗无天日，这边还是亮亮的。一看不好，哎呀，赶紧往回跑。"

4月27日，和田天昏地暗，高志屹到达医院后，发现所有的手术间里面都蒙上了厚厚一层沙土，无奈只能停掉了大部分非抢救类手术。他在微信中感慨：只有在这儿，才能体会到沙尘的威力。

台卫平在自己的援疆记事中写到：5月12日，护士节，天气不好，漫天风沙第4天了；5月13日，风沙已经持续5天了，曾经尝试着将玻璃窗打开，很快5分钟，窗台上就是一层薄薄的细沙，没办法，只有重新关上窗户。这样一个天气，大家连晚饭后去院子里面葡萄架下遛弯儿的固定活动放松都不得不取消了，再加上最近上面讲安全形势不太好，晚上一起吃饭时，援友们的心情也都不太好，都打蔫了。希望天气转好后晚上可以到院子内遛遛弯儿，打打球。5月14日，白天持续的风沙天气已经是第6天了，天气还是不太好，不过可以打开窗户透透气了。晚上天气终于转好了，一片晴朗！晚饭后可以到院子里面葡萄架下遛遛弯儿了，大家的心里都给憋坏了，终于可以改善一下心情了。

大家欣喜地看到，初进疆时，光秃秃一片的葡萄架，小小的果实已经长出来了。

其实日子过得还是挺快的，不知不觉中已是冬去春来，万物复苏的时节了。台卫平感慨：横向来说，比起内地来，和田以及新疆的经济还是欠发达；从历史的纵向角度来看，在中央全面援疆政策帮助下，在本地人民自己的奋斗下，已经比以前改善了不少。日子终究是一天天、一年年在快速改善的。春天的一切都是欣欣向荣，给人以希望和憧憬，一如和田和新疆的今天，又如这边蓬勃进步的医疗卫生事业！

  雄壮高耸的圣山昆仑，浩瀚神秘的塔克拉玛干，倔强的和田绿洲在绿色保护的风沙里善待着自己，展望着未来。恶劣的自然环境教会了和田人用诗意繁衍生息，教会了他们种绿色的树，吃艳丽的果，编织美丽的花帽来化解风沙，美化家园。

  沙尘暴撤了，大家的心情也阴转晴，相约下班之后逛逛和田的街景，心平气和地感受这浓郁的异域风情。不看不知道，一看真奇妙，原来和田的大街上可以说是餐馆林立，店铺鳞次栉比，交通线四通八达。

  烤包子、馕包肉、羊肉串，走进街边餐馆享受一顿维吾尔族人美食，是每个来到和田内地人的必需。"葡萄美酒夜光杯"，美食当前，怎么能缺少美酒？这时候，餐馆的老板往往会亲自走过来，操着鼻音沉重、抑扬顿挫的维吾尔族普通话，打趣道：

  "唔——80年代，人们见了面都问你吃了没有？90年代，人们见了面都问你吃饱了没有？00年代，人们见了面，都问你减肥了没有？现在见了面，问啥？问你体检了没有，血脂高不高，血糖高不高？好日子，多好，多活几年，别喝酒，多吃肉！"

  好日子改变了和田人民的衣食住行。不变的是他们一如既往的乐观幽默的性格。

  大美新疆，离不开淳朴善良的维吾尔族人。有人说，不到新疆就不了解维吾尔；更有人说，要想更好地了解维吾尔就要去和田。严酷的自然环境，成就了勤劳质朴、豁达开朗的维吾尔族人。

  有一篇小学课文《和田的维吾尔》，作者权鹏飞描述了自己在和田的一次经历：沙尘暴铺天盖地地撕扯着黑暗中的一切，飞奔的马

第五章　家在和田

车上，一个维吾尔汉子扯着沙哑的嗓子，迎风引吭……

随着沙漠公路的畅达，就连"死亡之海"塔克拉玛干也变成了"靓丽瀚海"。

阿和沙漠公路全长424公里，北起天山南麓绿洲城市阿拉尔市，南到昆仑山北缘的和田市，于2007年年底建成通车。这是我国继塔里木沙漠公路之后，建成的第二条沙漠公路，穿越塔克拉玛干腹地，堪称中外筑路史上的创举。

停车在位于沙漠公路37公里处西侧的沙漠观景台下，沿着红砖砌成的游步道，登上天然巨大沙丘成就的百米高台。临风送目，西可瞻观玉龙喀什河，渺视和田市区的高楼大厦；向东可以心随这条黢黑的公路巨龙，神驰塔克拉玛干大沙漠。在那里，在那边的深处，你可曾知道，一百多年前，曾经有一支瑞典探险队，被它童话般的种种传说所吸引，死而后生。

援　友

从北京到和田，如何能够在7个小时里完成5000公里的转换？用尽一切办法来适应，我只能做到不好不坏。在墨玉，我像一只刚搬了家的小猫一样，好奇地上蹿下跳左顾右盼，很快，我被沉闷的生活禁锢下来，除了偶尔借助酒精催眠外，几乎成为一个墨守清规的尼姑。离家最近的距离，不是地图上连接两个点的直线。横亘在家前面的茫茫沙海，让想象的翅膀都难以展开。

——陈晓芳微信，2015年4月13日

走进北京援疆指挥部所在的"京和大厦"，上到援疆干部们住的那一层。洁净、安静的全包围走廊两侧，是他们一间间单身宿舍，也是办公室。

有北京的酒店管理团队规范服务，有服务员每天定时清洁，大厦内有阅览室、放映间、健身房，还有北京来的厨师给做饭，这应该可以算作星级宾馆的住宿、工作条件了。

走进西城区援疆干部周庆逸的房间。一张床，一张电脑桌，两只衣橱柜，衣服散落在椅子上，一摞子书摆在纸箱子上，简单的茶具里积淀着茶渍。这就是他每天上班和下班所在的小天地了。泡上一杯正山小种，开朗的周庆逸呵呵地笑道："孤独吗？两年了，习惯了。"

办公室副主任张传武说："每天就是在这个小圈子里转，就那么些人。"

来自丰台区的援疆干部高洪波负责指挥部内部事务，经常十天半个月不出一次大楼。

只身来到和田，每一位援疆人身后都有一大家子，都有别在北京的父母妻儿，京和大厦里的一间间屋子，成了他们临时而固定的家，因而也可以称作是真正的家。一串串小家通过一通通电话铃声、一份份文件、一声声相互关爱连接起来，穿成了一个由兄弟情、姐妹情维系的简单大家庭。这个大家庭，把北京668万户小家的记挂带到和田，把全国56个民族大家庭的温暖洒在和田这一方遥远而广袤的土地上。

对于一心只为给予、奉献、付出的北京援疆人来说，孤独与寂寞是必然的。他们处在一个严格封闭的环境里，最大的温暖来自于身边的亲人——援友。

在2014年中期，各级政府加大力度整治南疆地区社会治安，铁腕打击"三股势力"。每位援疆干部都有关于那段时间的深刻印记。

没家少事的付士武总是替同事在疾控中心值夜班。时间长了，看门的也习惯了,晚上只要来了急诊,就往二楼上那个亮着一盏孤灯的窗户一指——找我们付主任去。

一个闷热的深夜,办公室的门咣当一声撞开了,侧身看电脑的付士武循声一扭脸,冷不防给吓得浑身热汗变作冷汗,簌的一下全冒出来,脸色苍白,椅座湿了。

冲进来的两个全副武装武警战士分列左右,乌黑的冲锋枪斜跨在胸前,食指全扣在枪机上,皮带扣在灯下闪着寒光。片刻工夫,又进来一个少校,手指上缠着一条纱布。看见纱布,付士武就知道人家肯定没走错,可想站起来却两腿发软,说话打颤。

"就说人在那种复杂环境下,精神都是时刻紧绷着的。"付士武至今心有余悸,"在北京,就算屋里进来多少武警,我也不会害怕。"

墨玉县委大院,每当下班之后就人静楼空了,偌大的一块区域只剩下来自北京的这二十几位援疆干部。遵守指挥部的规定,不能不请假出大门,不能独自进商场,更不可以自己去被称为"巴扎"的集贸市场。夏天19点半,冬天18点半,每天从这时候起一直到第二天9点半钟,这些北京人就相当于被围在县委大院里了。

冯涛说:"'不准自驾车'是'十不准'中的第一条,是指挥部一个铁的命令,要求得非常非常严。"

在没有风沙、短暂而宝贵的季节里,大家就在房前房后沿着树下的小石板路,一圈一圈地绕,没完没了地聊。聊完了工作聊现实,聊了妻子聊孩子,聊完了孩子聊父母,聊完了父母聊往事……短短的时间,以前素不相识的他们,就成了最知根知底的亲人。当连小学、童年都聊过了,自己的糗事也聊完了,再聊无可聊的时候,就只剩下彻夜难眠。

墨玉医疗组的成员来自北京市的南北两面。这是一支没有什么特定责权利的临时家庭,往昔素不相识的兄弟姐妹习惯各异、性格

援疆一家人（墨玉工作队）

有别、经历不同，同住两个相邻单元，譬如五湖四海走到一起。夜半更深，有谁睡不着，在 QQ 上随便发点感慨，一般很快就能得到回应。十条二十条，回复越来越多，才知道原来谁都睡不着，于是就又聚拢到一起，继续聊……付士武的房门 24 小时都是开着的，只要谁感觉孤独寂寞，都可以随时走进去，坐一会儿，哪怕就面对面啥也不说，就静静地待着，也能从心底感应出融融暖意。

张巍巍说："来了以后满眼都是黄沙，满街都是武警，满心是家里的亲人。"

从 3 月到 6 月，甚至到了 9 月份，墨玉还一直是黄沙天，只能整天关着窗子。热爱生活、喜欢一切美的陈晓芳，每天出门上班前，都要把小屋扫得一尘不染。可从医院下班回来，地下、床上就又铺上了一层细细的沙土。

民族饭菜看着诱人，开始吃起来新鲜，可不到一个月，就都吃不动了。"再好吃，也不是生下就习惯的饭菜。"

衣食住行，普通人的生活，就再没有别的了。

墨玉工作队的每一位援疆干部都对初到和田一段时间，指挥部和当地政府给予的关心念念不忘，永存感激。

陈晓芳说："一落地，领导就来接我们。墨玉县领导，还有指挥部领导，包括我们领队，对我们的工作、生活、饮食处处都特别关心，我们就觉得特别温暖，当然也逐渐在主动适应。谁要是身体不

第五章　家在和田

舒服啦，互相关心，送药送温暖，10个人建立起特别深厚的感情。这一年，就这么抱着团，相互温暖着走过来了。"

水土不服成为刚到时候的一个大问题。腹泻、发烧就跟传染病一样，往往是这个刚好，那个倒下了，或者这个还没好，那个又撂倒了，连这些医生也对自己束手无策。怎么办？只有坚持，只有情如亲人般的相互帮衬。

微信群里，只要知道谁发烧了，医生、教师、行政干部，大家全都动起来。你拿一盒药，他送几个红苹果。吃不下饭没关系，大家合在一起想办法，热乎乎的饭菜一定会送到床前。

张永亮笑着说："墨玉县城里所有的汉族餐馆，似乎永远只有5个菜。到了哪家，还都只有那5个菜。倒是可以喝酒，不过猪肉哏得真嚼不动。"

要想吃得顺口，只能大家一起结伴上街。要想买到猪肉，还只能去位于县城中心的"民街"。"民街"，顾名思义，就是少数民族一条街。在和田，除了维吾尔族老乡之外其余反而都是"少数民族"，墨玉县城里的汉族买卖，基本都开在这条位于县城中心的大街上。

钱已经不重要了。哪个摊子上的菜新鲜，咱就买什么；哪家铺子里的肉嫩，咱就要哪块，买回来自己炖。那么多援友，一炖要炖上一大锅，尽管比北京要贵上许多，还嚼起来像胶皮。

预备好锅碗瓢勺、菜刀案板，经过马马虎虎、七手八脚的筹备，简单的一个小灶食堂亟不可待地开张了。

樊辉和冯涛鼓动大伙，谁都不许谦虚，认为哪人菜做得好，就让他多做。公认没有天赋的，好歹也要做一个出来。

比拼过几轮手艺之后，大家心里有了排序，要说"大厨"就非王斌莫属。

从此下班之后，十多个人就可以围着一大桌子菜，拖延打发无聊的时间。要说最热闹的，还是在一起包饺子，围桌簇在一起，和馅、擀皮，这时候每个人都有说有笑，忘记了身在异地，忘记了黄沙漫天。

张越颖说："我们是一个团结、和谐的集体。"

"我有一个信条，用属于我自己的人格魅力，把大家伙给拢到一块，平安来，平安回去，这是第一位，首先重要的。"一年援疆即将结束，冯涛自豪地感慨，"应该说，我践行了当初的想法。"

听说墨玉伙食不错，很多想要改善生活的援友便慕名而来。他们之中有到墨玉会诊、手术的医生，有北京电视台驻和田记者站的记者，还有过来进行短期采访的作家和记者。

王斌说："凡是上我们这来过的人，吃过我们这饭，都说好吃。来了一次，以后还想来。"

这是家乡的味道！

水土不服经过一段时间自然会消失，饮食可以一起上手，但有一种"绝症"就属于无药可治了——思乡。

夜半更深，刘迎军仰躺在床上，听着存在电脑里的一首首熟悉的老歌，直勾勾盯住光秃秃天花板某一个点上，就这么长时间地躺着、瞪着，全无困意。

魏海滨说："你要说想啥呢？也没想啥。就这么瞅着，瞅着，硬是睡不着。天都快亮了，迷迷糊糊的，不知道怎么着盹了一会儿。"

有人提议QQ上再聊几句吧，你敲一段，他一敲段，有打字快的，有打字慢的，发一张图片半天上不来，再看看时间，两个小时又过去了。越聊还越睡不着，索性把笔记本一合，下楼开两瓶啤酒，就点儿花生米，一起面面相觑。

高再生说："从3月份来到墨玉，我们基本上睡觉都很晚。一般要到三四点钟。"

经过大家集体"会诊",其实没什么,就是想家了!想繁华的北京,想平时最为烦心的家事。不知怎么的,人还变得脆弱了,不可思议地多愁善感了。

这些比一般人见过更多生老病死、轻易不掉泪的医生,不知不觉就发现,自己的眼窝变浅了。聊着聊着,彼此间不知提起啥事情,恍惚间一股热乎乎的湿润就把眼睛给蒙上了。

很多平时不看电视的人,也看起了电视剧,看起了青春都市剧,借以自我安慰,可往往却适得其反。

《北京爱情故事》正在热播,看到的是北京人、北京事,听到的是京腔京韵。眼睛盯着的不是演员的表演,不是剧情演变。对意志力具有摧毁作用的,是最简单的街景画面和无关紧要的那些过场戏。国贸双子大楼、摩托罗拉大厦、望和公园,家门口那些花花草草,老太孩子,近在眼前而又可望而不及。

"就在望京拍的,"冯涛说,"看着看着,我就受不了了,夜深人静的时候就怕这个。"

索性关掉电视,呆呆地长久坐在床沿上。深夜中无尽的乡愁,百般滋味,五味杂陈,无意识泪水又开始打转了。真正是"思乡心切夜不眠"。

大家坐在一起没得干,渐渐地就发现了个高雅的、自娱自乐的好消遣,就是谈诗歌,谈文学,重新鼓捣起很多年前大学时候的字斟句酌。

"感触最大的是孤独!再怎么说我们也是远离家乡。"张瑞军写诗道:茫茫沙海浩如烟,点点胡杨立海间;千里黄沙援疆路,万般艰辛为和田。

是的,我们不怕万般艰辛,到和田就是为了解除当地维吾尔族人同胞的疾患，就是为了祖国的边疆能够长治久安！

援疆指挥部专职干部高洪波，一位干练踏实的复转军人，曾坚守在门头沟区大山深处，默默为祖国服役多年。他对于"军功章"内涵的解读，要比这些从大学校门走出来直奔事业单位的医生和教师们有所不同。面对当地时有发生的暴恐事件，这个曾经的"兵哥哥"比旁人要镇定得多。高洪波说："来了之后，我倒是没有太多的孤独感。"

这位负责智力援疆的干部，业余喜欢运动，打台球、打篮球、敲三家都是一把好手，可就是不喜欢出去玩。

"交给我的活儿，我就认认真真干好。平时感觉挺充实。"

平心而论，情感孤独也是个体差异较大的情感需求，仁者见仁，智者见智，关键还是看自己以往的经历与自我调节能力。

第六章　石榴花开

如果有来世，我愿意做一棵树，不卑不亢，傲然挺立。

如果有来世，我愿意做一棵树，宠辱不惊，世俗不移。

如果有来世，我愿意做一棵树，春天萌芽倍发，跟朝阳同步。

如果有来世，我愿意做一棵树，夏天遮蔽酷暑，跟骄阳比酷。

如果有来世，我愿意做一棵树，秋天落叶不悲，跟秋风劲舞。

如果有来世，我愿意做一棵树，冬来寒风不惧，大雪压不屈。

如果有来世，我愿意做一棵树，随那尘世流走，惯看春花秋月。

如果有来世，我愿意做一棵树，无爱无恨，无悲无喜，
不受世俗困扰，不受轮回之苦。

如果有来世，我愿做一棵树，一半沐浴阳光，一半倍感凉爽。

如果有来世，我愿做一棵树，只愿陪伴你一生一世。

——摘自陈晓芳援疆期间微信

女　童

北京有很多石榴树。初夏，胡同深处、四合院内、小区道边，常常可以看到碗口粗的石榴树盖过了房梢，弯过了路沿，密密斜斜

地舒展着枝条,翠绿间那一朵朵殷红的石榴花,像团团火焰在燃烧。纯粹的红,美到让人血脉沸腾,就像援疆人的激情,热切而真挚。

在和田,同样也有很多石榴树。在石榴花热烈开放的季节,我们的援疆医生每天上班下班,都会被车窗外高扬在浮尘中灿烂蓬勃的花朵所吸引。一如家乡美艳动人之外,此时他们心中又生出另外一种从未有过的情愫,仿佛那不再是单纯的花儿了,而是一个个激荡燃烧着的鲜血外化的生命,如璀璨的朝霞,炙烈而顽强。

红色是祖国的象征,就铺洒在国旗和国徽之上。

在这个沙尘漫天的季节里,我们的援疆医生与和田地区的各族医护,已经如花朵与绿叶,枝脉相依,要不了多久,累累硕果就会挂满枝头。北京与和田,尽管远隔万里,尽管风俗不同,可都在同一块祖国大地上。一粒粒紧密团结在一起纯净的籽粒,在血脉相连新的精神丝路上,孕育着甜蜜,迸溅出芬芳。

来自昌平区中西医结合医院的副主任医师白晓军说:"我们和维吾尔族人医护,在工作、生活当中确实有很多交流。交流吧,就是民族大团结的重要组成部分。人家对我们很尊重,我们也对人家的风土民情、生活习惯很尊重。尊重民族习俗,就是尊重历史、尊重各民族的信仰。"

相互尊重,体现了中华民族大家庭的和谐与包容。56个民族紧密团结在一起,互相汲取养分,走向繁荣和富裕,实现共同昌盛兴旺的百年梦想。

早晨查房时间,地区医院刚成立不久,只有8张床位,很小的儿童ICU病房里,贾鑫磊正仔细观察刚收进来的一个病情危重的维吾尔族女童。

因为营养不良,小女孩本该如蛋清一般娇嫩的小脸凹陷着;因为高烧，胳膊和小腿紧紧地蜷着。撩开孩子的衣服，就连见多识广的贾鑫磊也禁不住"哟"了一声。女孩肚子胀得老高，呼吸急促，全身泛着青绿，像一枚杨桃不安地躁动着。听到呼唤，孩子慢慢张开眼睛，眸子像外面的天空，浑黄而无奈。

徒手探查，肝脏严重肿大，查看化验单，正常40的转氨酶值竟然达到3000多，收治时初步诊断是肝衰竭。孩子才刚刚一岁半，年小体弱，情况很不好，地区医院的儿科医生以前还没见过如此严重的肝衰竭病例。

杠杠的帅哥天使们（左一为贾鑫磊）

女童的父亲，一位身穿粗条纹黑布衣、脸色也是同样黢黑的年轻维吾尔族农民，看到医生、护士簇拥着一位皮肤白皙、高个帅气的汉族医生从ICU出来，赶紧跑上前，却搓着手一句话也说不出来。而事实上，这位简单淳朴的农民也确实不知该说些什么。

维吾尔族医生不停地用言语安慰着父亲，让他等一等，告诉他孩子正在抢救。

低头想了半响，维吾尔族人农民摇了摇头。说他想把孩子抱回去，因为没有钱了。没想到带来给孩子救命的几百块钱，一夜之间就花没了，再也续不上费用。抱回家，死活都是她了。

查看医学检验报告，贾鑫磊诊断，孩子的肝衰竭应该是细菌感染导致。如果确实如此，那么就自己的医术水平来说，应该还有希望。而如果这样抱回家，无疑意味着对骨肉生命的放弃！

当地医生把爸爸找过来，真主保佑，你遇上了北京来的大专家，孩子也许有救。

没想到爸爸继续摇头。救命要靠治，住院需要钱；治病要靠药，用药需要钱；而他现在恰恰就是没有钱。

贾鑫磊通过维吾尔族人医生告诉他，孩子就这样抱回去肯定是死，积极治疗可能还有希望。

农民慢慢出去了，所有的医生、护士都沉默不语。

诊疗系统是电脑排好的既定程序，每一道程序都好比环环相扣的铁门闩。不交费，药房就拿不出药，没有药，即便华佗再世也没办法。

办公室里，所有询问的目光都在贾鑫磊身上。同事们都在等着北京专家最后拍板。如果说一点希望没有，就是花再多的钱也买不来孩子一条命。而要是专家认为有可能，有钱就能救活她，一定要努力说服父亲，让他回去借钱、筹钱。可现实问题是：要是治了几天之后，钱又花光了，结果还是不好，那可怎么办？

最后贾鑫磊说话了："我认为希望很大！"

再找青年农民谈，详详细细地谈。可他现在穷得连借钱都不是很容易。

这时候医生、护士们全急了，大家围在一起，商量要给危在旦夕的孩子凑钱。

经过说服，农民的眼睛终于冒出了亮光。说那就治几天看看吧，如果能活就接着治；如果不好，还是把孩子带回家。

医生、护士无论汉族，维吾尔族，当场凑钱，几百、几十……脚步匆匆的走廊上，一个药盒子紧急穿梭，里面装了越来越多的大票小票。

在几近干涸的幼苗面前，没了民族、地域的概念，所有人都紧

第六章 石榴花开

紧联结在一起,要将一股股殷殷清泉注入进那个幼小孱弱的生命。泉水潺潺的动力,来自于对贾鑫磊的认可,来自于对北京专家的信任,不只是职责所系。

经过进一步诊断,贾鑫磊判断孩子之所以很快陷入垂危,除了细菌感染之外,还有先前用药不当,导致肝脏急剧加速损伤的因素。基于此综合考虑,他适当调整了治疗方案。

药拿出来了,打进去了,医生、护士们紧密配合,随时观察。果然,经过一两天的治疗,女童的病情大见起色,贾鑫磊再次调整了治疗方案,孩子更加快速地好转起来……

两周之后,地区医院的门诊楼前拉起了"北京儿童医院专家和田义诊"的横幅。坐在如石榴花一般红艳夺目横幅下的贾鑫磊,被儿科的一位护士小声叫到一旁。

台阶下,一位满脸虔诚模样的维吾尔农民脚旁,站着一个眼神灵动、头发乌黑卷曲的小女孩,孩子完全康复,今天就要出院啦——

"热和买提、热和买提……"青年农民不断重复着一个单词,最后弯腰给医生鞠了个躬,放下手上拎着的一篮子大枣,抱起孩子转身走了。

"他说什么?"贾鑫磊问身边的维吾尔族护士。

"他一直在说谢谢、谢谢……"

淳朴直率的维吾尔老乡,不会表达得太多,一句"热和买提"让贾鑫磊回忆很久。

感谢的话语,应该由维汉两族医护们共同来领受!没有他们自发凑起来的三四千块钱,没有他们的仁爱与坚持,这女孩长大之后,恐怕不会有机会读到这一段文字了。

希望她将来有机会知道,在她那么小的时候,给予她第二次生

81

命的，是来自北京儿童医院的贾鑫磊医生，知道北京大援疆，知道祖国与母亲并重的生命内涵，成为民族团结丝路上的一位美丽天使。

"孩子最后恢复得挺好，都好了，没事儿了，以后也不会有什么问题。"贾鑫磊感慨地说，"在我们儿科，医生、护士给孩子凑钱治病的事情还有很多。"

交流的魅力

每当暮色笼罩，很晚才身心疲惫回到指挥部的医生里面，李晟辉和高志屹是榜上靠前的。

来自北京妇产医院的李晟辉所在的妇科，是医院的拳头科室；麻醉师高志屹，要照顾所有科室手术的麻醉。妇科医生要开肚子，做微创，麻醉师得从始至终盯着。因而妇科与麻醉科属于协同科室，两位医生的工作经常绑在一起，整天围着手术台转。

最忙的时候，高志屹差不多每天要盯下来大大小小六七十台手术。可以说李晟辉是手术量最多，高志屹是手术量最大。

有一天中午，高志屹很少见地回到指挥部吃中饭，在自助餐餐台旁大惊小怪地嚷嚷道，原来咱们指挥部中午还做虾呢！哈哈，几位援友不觉同时笑出声来，告诉他咱指挥部中午经常做油焖大虾。

"可我一次都没吃着啊。"

地区医院新上来的领导班子，对援疆医生高效发挥作用，带动医院建设十分重视，几次召开座谈会。一次偶然的闲聊中，汉族妇科主任告诉李晟辉，院长对她印象特别深。

"不完全是因为我是会场里为数不多的女医生，而是因为我比别的医生显得更加急迫，对领导提出了太多的问题和要求了。"李晟辉自己解释，"所有的同志都是想做点事的，那么我申请的这些器械，是希望它们能够在我的手里达到它应该发挥的作用，实现它应该达到的目的,所以我很着急。"

一个属于大外科范畴,一个属于内科一类,这两位医生从性格上来说,也很符合各自的职业特点。

拿钳子、动刀的李晟辉麻利泼辣,说话脆声快语。

"李医生,你名字里的'晟'字标准发音是啥?"

"shèng,光明、兴盛。"漂亮的女医生继而补充道,"晟辉,就是早晨第一缕阳光的意思。"

"我们麻醉师嘛,"也许是刚下了手术不久,高志屹的嗓音有些沙哑,"人都说嘛,麻醉师实际上是一个,嗯,是一个很恐怖的职业。"

李晟辉坦言,从3月来和田开始一直到5月份,是最难熬的阶段:"那时候跟谁都不认识,不管怎么着就我一个人,感觉很孤独。网络视频信号也不好,想孩子,就使劲儿地往家里打电话,几乎是白天打完了晚上打。"

过了5月份,援友们相互之间慢慢就熟悉了,友情建立起来了,更重要的是科室的工作逐渐上手,主动打电话的频次自然而然也就降下来。7月份以后,心理上已经完全过渡,头脑里最主要的位置,早就让给地区各族患病姐妹,思虑最多的是努力工作。

"骚扰"电话少了,丈夫也许就有点不满意,在电话里"夸"她:"你现在很少来吵我们啊。"

相对于李晟辉的刀光闪闪、贾鑫磊的开方用药,高志屹自诩他的工作是在幕后救人。麻醉师不仅在手术中管控着病人的安全,还承担全医院的抢救责任。哪个科病人心脏骤停、呼吸困难,就要去插管,上呼吸机,来了垂危急诊病人,也会参加抢救。

因为总躲在幕后,因而就不容易出彩。用高志屹自己的话说,援疆的效果,还是更多地体现在给当地同行的知识与理念输送上,体现在"软件"方面的补充、充实、打补丁上。这种智力输送，需要更紧密的深度融合，因而高志屹常常有种"尽快、尽快"的紧迫感。此前自己还从来没有过随时随地讲先进的监测方式、监测方法，介绍新的理念，需要手把手地教，一遍遍地教。

"如果说到临走的时候，你要真的什么都留不下，也觉得挺遗憾的，是不是？"

虽然由于技术基础或者医疗体制的限制，有些新技术可能在短期内暂时见不着显著的经济收益，或者普及的可能性不是特别大，但是高志屹觉得只要有可能，就应该让同事们从自己身上更多地得到一些东西。把先进"软件"尽可能多地留在这块古老的绿洲上，对得起自己一年的援疆生活。

高志屹是援疆医生里面自觉学习维语的少数人之一。这既是出于对民族文化载体——语言的一种兴趣，也是麻醉师岗位的需要。

刚到医院，满耳朵听到的全是维语，确实感觉到挺不适应："比如常有这种情形，这人跟你刚说两句普通话，转身过去，就跟别人聊起维语了。听不懂，一点都听不懂。当时不由得有一种什么感觉呢？就好像是背着咱们说什么坏话似的。"

没过几天，高志屹想明白了，原来实际上是一种交流习惯，把维语当作一种方言看就完全可以释然了。全国方言多着呢，相对应的，传授知识也要符合当地的日常交流习惯，才能够更多、更好地被理解消化。肌肉、意识、全程监测……这些医学专有名词转换成维语，下面的医生才能更好地理解，继而融会贯通。这就是一般所说的语言环境问题。

相互间交流多了，高志屹又有了新发现。原来维语里不少词汇是从英语、普通话里借鉴、对音翻过来的，认真听，细琢磨，真能把同事之间大段对话里的意思猜个八九不离十。

"小伙子"叫"巴郎子","漂亮姑娘"是"古丽","女士"尊称"阿牙","您好"是"牙合西莫","再见"发音"火西";"很好"这个词,通过歌声大家都会了,是"亚克西"……麻醉师最常用的一个词,发音"串串得啦"意思"大口喘气",用于观察病人从麻醉状态清醒过来的自主意识反应。

援疆后半程时间里,高志屹在语言沟通方面就显得比较游刃有余。"你该说什么说什么吧,说什么都可以。当然我知道,他们肯定不是针对我们援疆医生的。"

寂寞想家的时候,跟维吾尔族人兄弟姐妹们聚在一起,了解维吾尔风俗文化、宗教信仰,总是很高兴的一件事情。高志屹也向他们传播汉族文化,讲礼仪习俗,讲称呼称谓,讲年节由来典故。两方面互相对比,同事们都觉得挺有意思,也更加喜欢跟这位随和的北京医生聊天了。深层次的民族了解、交融一点点扩展深入。

"哥,"经常就有古丽体贴地叫高志屹,"你在这头挺孤单的,给你送点民族特色的东西吃吧。"于是就有葡萄干、无花果,装在篮子里的黄杏、红苹果摆在他的办公桌上。

科里有个维吾尔族小伙子对高志屹说过好多次:"你要是从机场回来,不要叫什么出租车嘛,直接就给我打个电话,我开车去接你。"

高志屹感慨道:"我们援疆来了,把一些知识还有一些理念都给传输过来了,他们即便是不能说完全掌握吧,但是至少知道有一个明确的方向了,我认为对一

褚亚明在接受采访

些年轻的医师是很有用处的。"

年轻医师最有发展前途,更值得我们下大力气,随着医院的成长、年轻医师的进步,和田的卫生计生事业一定会发展得更好。

去维吾尔族人朋友家拜访,气氛轻松和乐,闲聊之间,大家对于暴恐分子都是一样的特别痛恨!

缺水,可以在国家的大力资助下打出甜水来;经济落后,全国都会伸出援手;医疗卫生欠发达,就来了高水平的援疆医生。可要真乱起来,一切都是枉然。

褚亚明协助所在的地区医院骨科申请自治区重点科室,大家一起坐车去乌鲁木齐。沿途经过县市,基本上只要看到和田牌照的车,就要仔仔细细地全车检查,还问你清楚:要到哪里去?为什么要到那里去?即便是褚亚明这位戴着眼镜、器宇不凡的汉族医生坐在车里,那也要查验身份证,叫下车来仔细盘查。眼瞅着很多别的地方牌照车辆,带起滚滚烟尘从身边畅通无阻,望着车屁股,大家的心里还是很不是滋味。

"实话实说,没有人不想过好日子,没有人不希望安定。"褚亚明认真地说。

每天看新闻联播,像叙利亚、伊拉克这些中东国家,一乱起来,幸福生活全毁了。这些在当地属于较高层次的维吾尔族人医生是最不希望乱的,痛恨极少数坏人,毁了这块宝贵绿洲上比水还要宝贵的资源——和平安定的发展环境。维吾尔族人朋友会对北京援疆医生强调:我们维吾尔族人人里面99.99%肯定都是好人,只有那极少数坏人毁了和田的名声。

北京医生,如果你想提升专业能力,那差不多每个周末都有对口的学术会议可供选择参加,来自世界各地、天南海北的新技术、新成果就跟轰炸似的,想躲都躲不过去。可在和田问题就大了,地处偏远，信息不畅，首先就很少有高水平的会议。开个学术交流会要跑去乌鲁木齐，那么每个周末都去乌鲁木齐？不可能，不现实。因而大家对能够得到去北京学习的机会都很珍视。

科室里有一位年轻的维吾尔族人护士要到北京儿童医院进修半年，兴奋之余又有点担心，找到高志屹诉说，到了首都，她一个维吾尔族女孩，又是来自南疆，会不会遭到白眼？

"不会，当然不会，你放心。"高志屹就给她宣传"爱国、创新、包容、厚德"的北京城市精神，给她讲北京的包容性。还拿自己举例，他就是生长在外地，到北京工作的，在北京和他一样扎下根来的外地人太多太多了。全国各地、各民族的人到了首都，都能找到各自的归属，只要努力工作，都可以扎下根来，平等发展。

听完了，古丽发自内心地笑了。北京学习期间果然愉快、顺利。

援疆，是一场爱国主义的实际体验，是对幸福含义的再认识。

和田市医院，也叫和田市北京医院，是北京市政府投资3亿多元，在一家简陋小医院的基础上，通过交钥匙工程，盖高楼、添设备，援建、扩建起来的。由于交工时间不长，技术力量尚弱，现在改为和田地区人民医院西院区。与总院区不同，西院区维吾尔族人医护人员所占比例更大。

在尹铁伦所在的大内科，除了他这个北京人，周围全是维吾尔族人医护。他们专业知识不是十分全面，以前重病例处置经验少，部分医生也不是专业科班出身。在尹铁伦到来之前，和田市医院接到心脑血管方面的棘手病人，一般都转送到地区医院去了。科里病源不足，床位收不满，加之毗邻实力相对雄厚的地区医院，以前经常完不成指标。

北京专家来了，大家底气就足了。刚开始那会儿，还有人问：

"尹主任，这病人咱收不收？能不能治？"

"有病人，该收肯定就得收呀。"

"可要是遇到危重的，需要抢救的，咱们经验不足怎么办？"

"没关系，有我在这儿把关，尽管放心大胆地收病人。即使咱们治不了，我们在和田还有一大家子人呢。"

同事们就知道，那一大家子人，就是是指和田地区医院两个院区全部的北京援疆医生。天坛医院的陈启东、肿瘤医院的高顺禹、护国寺医院的张瑞军……各个都是北京人民选派来的大专家。这些高手们坐在一起集中会诊、治病，比北京当地市民还方便，效果还要好！

深夜，和田号码的手机响了："尹主任，刚才门诊来了个病人，说头疼，这可怎么办？能不能收？"

"别着急，这样，这种人往往伴有头疼，一般的外科也不需要做什么特殊处理，这个不用管他，跟咱们的正常治疗没有太大关系。他愿意住院观察几天也行。"

正下乡义诊，科室里的电话追过来了："尹主任，刚才来了个脑外伤。"

"没关系，跟他解释，可能在一周或者两周之间，容易出现迟发性硬膜下血肿，现在看起来脑实质应该是没事的，但是再过几天，他有可能出现别的症状了，要及时治疗。那个第五透明隔囊肿，不用管了，就是一个先天发育的问题……好的、好的。"

尹铁伦感触很深："身边的医生、护士包括科室的主任在内，大家对北京援疆医生是非常信任的。自然，我们也没有辜负大家的信任。"

援疆一年时间里，尹铁伦与其他援疆医生一样，手机总是24小时开机，随时接诊，不分时间、地点，有需求随叫随到。

有了主心骨，神经内科方面的病人明显增多。随之而来的是维吾尔族人医护学得越来越多，技术水平显著提升，干活的积极性也提高了，科室效益增加。

走进维吾尔族人朋友家

维吾尔族是一个多源民族，是由生活在西域广大地区的多个民族经历漫漫历史长河，融合而成的中间民族。维吾尔族的祖先为回纥，回纥是Uighur的汉字音译。今天"维吾尔"这一族名的原音仍然是Uighur，可见Uighur这一名称的渊源之古，也可知自上古以来，这个族名的原音始终未变，变化的仅是族名的汉文译写。

身边都是维吾尔族人医护，尹铁伦很幸运地能够有更多机会走进维吾尔族人朋友家里。

"他们挺好客的，愿意而且希望把咱们北京人请到家里做客。他们很朴实、很真诚地邀请你，没有过多的言辞。"

殷勤的主人一般会先带着心怀好奇的北京朋友，参观他们的房子，重点还是卧室。

在北京，各家的卧室往往具有私密性，可维吾尔族的住房，卧室却是最有民族特色，最为华美，装修最下功夫的亮点所在，这一块玲珑区域，最能显示主人的自豪——吊高的圆顶、洛可可风格的贴金

走进维吾尔族民居

床榻、丝绒长穗窗帘、雅致的混油家具。踩着地毯悄声走进去，恍若踏进情调暧昧的哈里发后宫。

由于伊斯兰教禁偶像崇拜，所以穆斯林们从不在服装、饰物和建筑上描绘人物、动物。而是以各种自然纹样——植物的枝蔓、花朵、果实，以现实生活中的壶、盆、瓶、炉、坛、琴等点缀装饰自己的生活。爱美的维吾尔族朋友，更以直线、圆形、三角形、菱形、星形、新月形、锯齿形等各种各样的规则或者不规则的几何图形，在自己的民居、丝绸、地毯和美丽的花帽上尽情创造着浪漫的风情。

窗格装饰在维吾尔民间建筑中占有很重要的位置。和田地区的窗棂奇特，具有独特的地域风格，有独到看点。刨好的杨木细条，经过周密裁截以榫卯拼接成步步锦、蜗字纹、回纹、冰裂纹、画框式等图案造型，格木上还要用平底浮雕或者镂空浮雕，雕刻出更加精细的花样纹饰。不管是常见的方形窗、经过塑型的龛形窗，还是整片落地的木棂花格隔断，无不体现出东西方文化的交叉影响，值得细细研究欣赏。

和田地区具有悠久的木雕工艺传统。如果走进乡间民居或者农家乐，一定别忘了欣赏大门上特有的木雕装饰品——门压缝条。

门压缝条是装在大门左侧门扇合缝处的一根通长雕花木柱。通常用刻线、浅浮雕、圆雕通体做出各种图案，经旋木加工，破分固定在门扇上。顶部为装饰重点，以圆雕技法做成几何形、弯月形、石榴形、桃形、花瓣形等样式。这种早期基督教堂大门上的装饰构件形制，被伊斯兰教所吸收，并随着伊斯兰教的东渐，通过伊朗、中亚传入新疆的喀什、和田、库车地区。

不过维吾尔族人朋友带北京人参观房子，一般不引领进厨房观瞻。这是因为他们是清真饮食，而汉族是饕餮百味。管你天上飞的、地上跑的，只要有营养，不论煎炒炖炸、蒸煮焖烧，想方设法也要大快朵颐。再有，伊斯兰教义很讲究男女间的礼数。厨房是女人们大显身手的地方，这就不分清真不清真了，男人非礼勿视，一视同仁。

时间进入 9 月，就快到国庆节了。地区医院消化内科的维吾尔族人护士阿米达邀请台卫平到家里做客。一打听，原来恰逢古尔邦节。大家这才想起，怪不得这些天维吾尔族人同事跟大家相互问候，加上了一句：过年好。

节日期间，穆斯林们都要精心打扮，家人团聚。晚辈先要给长辈拜年，有家人过世的也要到坟地去祈祷，怀念并为死去的亲人祈福。之后亲朋好友就走出家门，互相拜年。每到一户，主人必会为客人端上一盘清炖手抓羊肉，客人即使吃得再饱，也得尝尝，以示尊重。

2015 年的古尔邦节在 9 月 23 日，这一天，我们所有的援疆医生都被盛情邀请，走进维吾尔族同事家里，共庆佳节。

像刘姥姥要进大观园，台卫平向林主任请教去维吾尔族人同事家做客的礼仪。林主任就告诉他，别的没什么，就是阿米达护士给你倒水洗手的时候，你就洗三下，她给你一个毛巾，你擦一擦就行了，千万别甩水。

到维吾尔族朋友家里做客，饭前洗手，是挺有意思的一件事情。维吾尔族同胞洗手有讲究，"给洗手水"是维吾尔族的一种礼仪。女主人端上蜂腰长嘴、紫红泛光的高把铜壶，一弯腰，一抬手，一注清水就优雅地从鹤喙模样的壶嘴里哗哗流淌出来。客人得赶紧伸出双手接住水溜，手心手背叠在一起，使劲地搓，因为只给你三次享受的机会。搓快了不行，那样水就全溅到底下接着的錾花大铜盆外面去了，弄脏了人家的地毯，那该多不好意思；搓慢了也不合适，总不能让漂亮的"阿佳"总保持一种曲线的姿势给你服务吧，那可就该更不好意思了。沾了三次水的手一定不能甩！据说如此就把殷勤好客的主人家的财运给甩走了，那更是重大失误。得接过女主人在臂弯里搭着的那块雪白蓬松的大毛巾擦。毛巾太干净了，每个客人都擦一遍手，真担心怕给揉皱了，弄脏了，因而只能轻轻地按着擦。

医生们来到维吾尔族人朋友家中，餐桌上已经摆满了各式点心、糖、干鲜果品，房间被收拾得窗明几净。据说这一天，地直医疗组长、挂职地区医院副院长的渠浩，代表我们的援疆医生，走进维吾尔族朋友家里，一共吃了7顿饭。

别看维吾尔族同胞对食材的烹调方法比较简单，无非就是比较原始的烤和煮，但绝对是花样百出，美味飘香。

当地日常餐饮最大的特色，一个是抓饭，一个是拉面。只有在这种家家必备的技术活里，才能体现出女主人的造诣高下。维吾尔族人家与汉族习惯不大一样，人淳朴，请客也是简单。人家一般不给咱弄一桌子菜，除了抓饭、拉面必备，一般还有烤肉和馕。

"很实在，量很大。用大盘子摆出来，即使不多几样，看上去也满满一桌子。"尹铁伦说，"他们就是把家里最好的都给你端出来，然后呢，就辛辛苦苦自己去做拉面，做抓饭，再简单弄点烤肉。"

大家盘腿坐在精美的地毯上，一顿饭很快就吃完了，随后再上几盘水果、糖，当然少不了全国驰名的本地瓜果，继续畅叙友情。

民族同事

"塔吉姑是那种一看就是很善良的人。"说起身边帮手，台卫平对内镜室维吾尔族人护士塔吉姑称赞有加。

第一，她技术好，有时候做肠镜特别困难，需要护士帮助压病人的肚子，只要塔吉姑在，就没有一个病人做不成功的。第二，她对身边的人，不论是同事还是患者，都很有爱心。来了急诊、紧急

第六章　石榴花开

会诊，医生们经常需要加班，一干可能就要到晚上七八点种。刚来那一阵子，指挥部不允许医生们打车，塔吉姑的丈夫就经常开自家车，绕道送台卫平回指挥部："台大夫坐我的车走吧。"有时候正要上车，看到车里还有孩子，台卫平就有点不好意思。这时候他们就先把孩子放回家，再返回来送台卫平。

社会治安比以前大为好转，身边的维吾尔族人同事会主动要求陪北京医生到巴扎去，观赏、采购南疆的民间特产：丝绸、地毯、花帽等农副产品，尤其是玉石。

"巴扎"在维吾尔语里，意为集市、农贸市场。由于新疆因地处丝绸之路这条中西贸易通道中段，各族人民，特别是维吾尔族人具有重商、崇商、经商的传统。在南疆维吾尔族人聚居地区，巴扎历史悠久，早已经形成相当的规模。

但是付士武他们上一批援疆医生，就只去过一次巴扎："快要走的时候，想买点当地的水果带回家，也想见识一下当地的风土人情，5个人一起才去了一趟巴扎。走进巴扎，偌大的市场里乌泱乌泱上千人，全是维吾尔族人老乡。在形势紧张的时候，还真是有点胆怯。"

现在形势好了，安全多了，只要有需求，跟维吾尔族人同事们说一声，他们会很痛快地答应下来，开上自己的车，带汉族朋友们见识一番。

尹铁伦说："体会当地的特色市场，体会民族氛围，这实际也是跟维吾尔族人朋友交往，是民族融合的一个方面。"

在和田县人民医院，一炮打响的赵巍很快赢得了同事们的敬佩。

"我们跟他们都成朋友了，觉得你来我们这儿，离家那么远不容易，因此每个周末都打电话约。嗯，基本上每个周末都约：问你没去过哪儿没有？有什么安排没有？没安排就主动开车带你出去走走看看，和田县基本上跑遍了。"

体验南疆风情的准备工作分头展开。不管是维吾尔族人同事还是汉族同事，他们自己先买好鲜嫩的羊肉，仔仔细细切成块，再用不锈钢的钎子穿成串，放进冰箱保存着，当然还要采购必需的饮料、水果、馕，最重要的是少不了一块地毯。

出发的早晨，各私家车的后备厢里，都挂上烤肉的工具，拉上咱们的北京医生赵巍、杨广伟、任海强，一支小小的车队就出发了。

"把你当家人一样，我们自己也跟在自己家一样。"

一路上走走逛逛，在这些北京人眼里，到处都是迥然不同的西域风光。中午饿了，路边找一块树荫，铺上毯子，支起架子，各族兄弟边吃边聊。

有一天，一位维吾尔族人医生问赵巍，玉龙喀什河上游去过没有？

那种地方就比较偏远了，人生地不熟，就算有人带着，轻易也走不到那里去。

"我有朋友，我来联系。"话虽不是很多，但是很真诚，听着就感到舒服。

一听说北京的大专家要来家，并不富裕的农民朋友准备了新的毯子、新的烤肉架子，还有家里种的瓜果，当然，临走的时候还非给装上一袋。

"他们买不起肉，我们自己带的肉。家鸡下的鸡蛋差不多一筐，都煮出来放在你面前。一家人把最好的都拿出来招待我们，我们心里挺感动的。"

从村里到玉龙喀什河边，还有段距离，也没什么机动车、电动车，维吾尔族人朋友和妻子，加上两个孩子就推辆手推车，装上炊具、家什，来到河边一处菜地，树下铺上毯子，开始给大家做饭。

第六章 石榴花开

除了食物，别的都是就地取材。大人支起烤肉架子，孩子捡柴火，搭一丛篝火，大大小小的枯枝烧白了，就成了烤肉用的炭。一顿饭，差不多一两个小时就完了，可淳朴的维吾尔族人老乡不让北京医生们走，把家养的一只鸡给炖了，当然用的还是玉龙喀什河里的水，河水炖鸡一炖炖了8个小时。

村里的维吾尔族人老乡闻讯也赶来了，围坐在毯子上聊天，给医生唱歌、跳舞。跟北京人一块儿，村民们都有种特别骄傲、特别自豪的感觉。嘴上说的最多的是：北京的专家到我们村来啦——

来自北京市第一中西医结合医院的杨广伟，他所在的和田县医院普外科实力比较强，属于拳头科室。杨广伟对科里那个年轻的维吾尔族人主任挺欣赏："特别聪明，别看是个大专生。"

主任早先在地区医院进修集训了十三天腔镜，也就只学了十三天，回县医院自己就干起来了，现在已经是正高职称。正高在这里那就算了不得了。

说起自己的援疆出发经过，杨广伟还真有点哭笑不得。接受了任务之后，就没下文了，具体哪天走不知道。直到春节过后的3月6号，刚上完夜班，正准备回家休息的杨广伟冷不丁儿的接到通知，要他去香山参加出发动员会。好在还在班上，医院就派了一辆车，把他和院长拉到了香山底下。

会上，杨广伟一听就愣了，他还什么都没有准备呢。回家一说，妻子也吓了一跳，只有4天准备，虽然知道这个事肯定要来，但也太突然了点吧！立刻全家出动上街采购，打电话通知亲友，当然不忘了交代家里的水卡、电卡都放在哪儿，正赶上孩子小升初的紧要时候，该嘱咐的也要多说几遍……最没谱的，也是最紧急的一件事是，飞往和田的机票还没订呢，得赶紧跟指挥部联系。

"哎呀，那几天真是手忙脚乱，紧赶慢赶，总算赶上跟大部队一起准时出发援疆。"

在和田县医院，杨广伟给自己摆在一个锦上添花的位置上。主任不在的时候，他带别的医生做手术，一点点讲解，慢慢更多人也能上手了，可基本功还就是差一点。杨广伟就想到，应该从路径观念、路径操作上给予帮带，把概念先系统地建立起来。

杨广伟说："当地最期望得到的，还是北京比较先进的医疗理念。"时间长了，有他在旁边，有了靠山，磕磕绊绊的，有两三个医生也能独立做下来较大的手术。

有时候开晨会，主任说，是我不教你们吗，你们哪个真能开腹？遇到并发症了，你们能处理吗？哪次不是叫我处理善后？科里的医生们聚在一起，主任也几次诉苦，不是我不教他们，是真不学嘛。如果真想学，在那什么时间，有个病人条件允许，可以开腹做几台，我看到你有处理并发症的能力了，你再独立做这个。

看起来是真不放心哪！同时也可以品味到，维吾尔族人同事说话真是特别真诚，简直可以说是率真。

县医院经常要组织下乡医疗，间歇常会顺带北京医生体察风土民情。在沙漠里，杨广伟吃到了极富特色的沙漠烤羊、沙漠烤鱼。科主任还请杨广伟到自己老家去，让他兄弟实际表演做沙漠烤羊。

整只宰杀洗净的羊，膛里放进去十几种中药，埋进沙坑里，上面烧上一堆火，就完全靠沙子的热量把整只羊焖熟烤焦。还有一种做法，把羊肉切成块，合上洋葱和孜然，装进切开的羊肚里，扎紧口，直接放在火上烤，烤熟了"特别嫩，特别香"。当地还有一种美食，光看名字就足已让人咽口水，叫"西瓜烤鸽子"。足球大小的西瓜，上面切掉小半截，瓜瓤掏出来了，把鸽子和各种香料一起放进西瓜盅里，封盖架火，先烧，再烤。完成之后，揭开西瓜盖，那叫一个鲜嫩香甜。

第六章　石榴花开

女医生之间交往的方式比男人们多多了。相视间的会心一笑、一盒北京牛街大顺斋的清真糕点，天意市场里钥匙链、相框、梳子之类的小礼品，虽然不值多少钱，但你给她，或者她再回赠给你，就表示出彼此之间的关爱。

金玉女身边有个做肺功能的维吾尔族人女医生，年龄比她小点，人挺热情，经常邀请北京医生到家里做客，还把家里出产的枣啊、核桃啊等应季瓜果带给北京医生。她也好奇地向金玉女打听，你们北京都有什么特产呀，哪种好吃？金玉女讲得来劲，女医生听着也挺来劲。回到宿舍，金玉女就想有机会给姐妹们带点，可就是拿不准哪种合适，有代表性。

科里一个平时很熟悉的年轻女医生，她爸爸也是个医生。一次对金玉女说起来，在汉族市场上买过一包栗子，觉得味道甘甜，回家后凉了，也不知道该怎么热。

当地没栗子。金玉女就告诉她，凉栗子吃了不容易消化，并且也不好吃。

闲聊间，一件小事就这么过去了。

10月份回北京休假，正值金秋，怀柔大量鲜栗子上市，金玉女就想到相交甚好，平时对自己照顾有加的几位维吾尔族人姐妹。不远万里，一个文文弱弱的大姐背了一袋栗子回到和田，真正是礼轻情义重。在维吾尔族人姐妹家里，金玉女就像在医院一样，手把手教她们怎么做高压锅爆栗子。意料之中的，大家都说好。还有的说：真有意思，没想到栗子原来是这么弄熟的。

在墨玉县人民医院，所有的援疆医生都被维吾尔族人同事尊称为"老师"。多高的荣誉！

在检验科里工作，怎么做指控、数细胞，张巍巍说的普通话，除了她带的那个小徒弟，别人真是听不大明白，可着急也没用。张巍巍这么评价这位总跟在自己身边转的维吾尔族人小姑娘："她挺聪明的，人也特别热情。她先从我这儿学会了，然后再教别的普通话不好的。"

一起出去，进饭馆，也是如此。别人听不懂张巍巍，张巍巍也听不懂他们，徒弟就给老师帮办。"反正她点什么，我就吃什么。"时间长了，以前不吃牛羊肉的张巍巍，对清真饮食也多少能够适应一些。小徒弟还跑到老师的宿舍里来玩，聊天。也许是很少走进汉族人的"家"里，小女孩这屋转转，那屋瞧瞧，很多都觉得新鲜，觉得好奇。

有求知欲的小姑娘，学得自然比较快，教起别人来也热心、细致。听说老师要回北京了，徒弟给师傅送来了小纪念品，虽然不大值钱，一串钥匙链，但是说话太让人感动了。小女孩拉着张巍巍的手说："你别走啊，我不想让你走，我会想你的。"

早晨上班，维吾尔族人医护到街上买早餐，一般会多买一份，是给老师带的。有时候是馕，有时候是热腾腾的烤包子。

"您尝尝。"

"我吃过了。"

"您再吃点，尝尝我们的早餐。"

有时候下班晚了，不用你吱声，水、方便面自然就给买回来了。简单往桌上一放，同样没吱声，这就够北京人

陈晓芳一直把行李签珍存

回味很长时间了。

北京人之所以能得到认可，除了医术，更离不了首都风范。

由于语言障碍，交流沟通困难，一些维吾尔族人老乡对祖国大家庭认识淡漠，对现代文明理念有些排斥，工作开展就不够顺畅。总在检验窗口后面一排仪器前转悠的陈晓芳说："虽然我是默默无闻的一个人吧，但在和田，我就代表着咱北京人的整体形象，一个援疆干部的形象。每一言每一行都必须严格要求自己，传播正能量。"

陈晓芳下决心从自己做起："克服困难，在日常工作中，起积极带头作用。"

检验科的工作环境比北京差多了，险些可以用脏乱来形容。每天上班，陈晓芳做的第一件事就是穿上干净的白大衣，带头擦土、扫地："哎呀，土特别特别大，然后我们就用笨拙的笔道，写一些简单的维语做宣传。"

偶尔在个别场合听到有不利于民族团结的私话，陈晓芳当即会义正词严地指出来："咱们都是中国人，新疆人也是祖国大家庭的一员，都是在一个共产党领导下。听党的话跟党走，都要遵从国家的法律，遵从统一的规章管理制度。"

在墨玉县医院，北京医疗组用自己严谨的工作态度，严格的工作程序，严肃的政治立场，潜移默化地影响带动着身边的各族同事。

每次回北京，陈晓芳总忘不了把延庆的一些特产、特色小吃带些过来。可当地饮食必须是清真的，条件很苛刻，她就动开了脑筋。检验科女同事比较多，口红、指甲油，每人都有一份。家里有小孩儿的，给点五颜六色的铅笔、书包、文具盒。尤其爱美的女同事送纱巾、笔筒、根雕这些玩意儿。当然每次最受欢迎的是大家都喜欢可没处买的糖炒栗子。

"让她们接受咱们这份礼物，接受咱们这份感情，然后接受咱们的人，接受咱们的工作。"

陈晓芳自然也收到了倾情付出的回馈——富含薰衣草精油的香脂、一双丝袜、一块手帕。"虽然咱北京那边都有，但俗话说礼薄情义重嘛，代表了一种感情的纽带，代表他们逐渐逐渐接受我们了。"和田的香脂果然特别香。

在墨玉县人民医院，院长、工作队领导想方设法组织大家开展集体活动，医院里的同事、科室主任也经常主动邀请离家万里、轻易不离开住处的北京医生到家里做客。频繁接触，情感在加深，刚开始来的时候很多不习惯，慢慢化解，思乡病一定程度得到了缓解。

冯涛说："到了下半年，第一次休假回来，大家伙就已经很适应这地儿了。"

双休日，各个科室的主任会主动邀请这些远离家乡的北京人出去散心、看风景。墨玉县的旅游景点基本上都走到了，自然风光基本上看全了。夏合勒克封建庄园、英艾日克水库、桑皮纸之乡……走累了，当地医生从车后备箱里搬出烤肉架子，树荫下铺张毯子，其乐融融地各展手艺，谁愿意烤肉谁就烤，闲着的就漫天聊天。烤肉尝了一圈下来，大家评价，有个当地的汉族医生烤得最好。

让北京人印象深刻的，还有千年梧桐树王。

这棵位于阿克萨拉依乡古勒巴格村的法国梧桐树高35米，树干周长9米，7个彪形大汉手拉手才能围住，树冠南北长30米，东西宽28米。树冠遮盖地面1.5亩，远远望去，蔚为壮观。经中科院植物研究所有关专家测定，树龄达到1000年左右。更奇的是，在树干的3米多高处，分出7大树杈，每个树杈的直径都在1.2米左右。

在佛教中，有释迦牟尼面壁7天或者七七四十九天顿悟成正果的传说。

7根丫枝，一枝不多，一枝不少，叶茂根深，给这片绿洲带来福音。在当地人心目中，千年梧桐是一棵圣树。不管是谁，只要围着这棵法国梧桐树虔诚地转 7 圈，好人可以免受 7 次灾难，坏人则要遭受 7 次报应。

梧桐树顶着风沙生长千年，看人世间生灵生生灭灭，繁衍轮回，却始终没有引来凤凰仙鸟。在全国人民的关怀下，古老的绿洲迎来我们的援疆医生。这些救死扶伤的白衣天使与和田医护共同携手，用爱心编织起救死扶伤的七彩圣光，守护着梧桐树下各族群众的幸福梦想。

第七章　丝路人间

也许人们对和田的认识，是从举世无双的和田玉、古老美丽的丝绸、地毯，以及那一句印在初中课本上"万方乐奏有于阗"的著名诗句开始的。

关于和田的名称源流，国内外学者各有自己的看法。汉文史料中一般称之为"于阗"。

有关于阗，记载比较详细的是唐玄奘法师。他在《大唐西域记》卷十二中写到："瞿萨旦那"为梵文名称，古音 kosatana，意思为"给予初乳的地方"。匈奴人称和田为"于遁"，古音 ytiyn（《突厥语大词典》为 ydyn），其他"胡人"称为"豁丹"，古音是 kuttan。

和田地区是一个以维吾尔族为主体的多民族聚居地区，有维吾尔、汉、回、塔吉克、柯尔克孜等 22 个民族。不同民族的生活习俗、宗教信仰、文化娱乐等均有自己的风格，在偏远、相对封闭的广大乡村地区，服饰、餐饮、语言等，依然保持着原生态。

和田边缘的沙漠中掩埋着一百多座废弃的古城。和田地区人类活动的历史可以追溯到石器时代。今民丰、于田、皮山等地都发现了不少制作精良的细石器，说明距今六七千年前，和田地区已经进入新石器时代。与此同时，和田的玉石已经开始被人们认知采用，并作为一种珍贵物品向东西两方输送。

秦汉时期，从印度和中亚传入的佛教和佛教文化在于阗得到发展，并中转传入中原，为中原文化发展注入了新的内容。

公元前60年，西汉政府统一西域，设置西域都护府，统领巴尔喀什湖以东、以南广大地区的一切军政事务，治所设在乌垒。从此，于阗和西域其他地区一起，正式纳入中国版图。这一时期，今和田区域范围内有精绝国、戎卢国、扜弥国、渠乐国、于阗国、皮山国等，同属西域36国之列，他们与中原王朝的政治联系大大加强，经济文化进一步交流互融。

《汉书·西域传》记载："西域以孝武时始通，本三十六国，其后稍分至五十余，皆在匈奴之西，乌孙之南。南北有大山，中央有河，东西六千余里，南北千余里。东则接汉，厄以玉门、阳关，西则限以葱岭（即帕米尔高原）。其南山，东出金城，与汉南山属焉。其河有两源：一出葱岭，一出于阗。于阗在南山下，其河北流，与葱岭河合，东注蒲昌海。蒲昌海，一名盐泽者也，去玉门、阳关三百余里，广袤三四百里。其水亭居，冬夏不增减，皆以为潜行地下，南出于积石，为中国河云。"

丝绸之路进入繁荣的东汉王朝，于阗亦发展成为西域三大丝都之一。

进入魏晋南北朝时期，日益强大的于阗国统一了周边5个城廓邦国，形成了与今和田地区大致相同的管辖范围。于阗国主要使用佉卢文，也流行汉文和婆罗迷文。

与此同时，于阗的佛教文化进入鼎盛阶段。中原取经使者不仅频繁经于阗往印度求法，而且还有的使者就将于阗作为求取真经的最终目的地。

历史进入隋唐时代，于阗人继续向中原地区传播佛经。现代发掘出的古佛寺、佛塔、古城遗址，热约克、约特干、买利克阿瓦提、丹丹乌里克和麻扎塔格等地出土的文物，都反映出于阗国的佛寺建筑、装饰、绘画、雕像艺术已达较高境界。隋唐时代，于阗流行普通话、本地语（塞语）。

此一时期，于阗与内地之间的文人交流加速，多处古遗址的壁画上，描绘了于阗行佛法时载歌载舞的盛况。

新疆地区是古代东西丝路交汇的中心，也是人类历史上多种文明相交融的中心。在唐代，由于受地缘文化的影响，伊斯兰教首当其冲地传播到了今新疆境内。经过"安史之乱"，大唐由盛转衰，而大食也由于内部严重的教派纷争停止了向东的步伐。西迁回鹘人的一支乘机崛起，建立喀拉汗王朝，汉籍史书称作"黑韩王朝"。

公元960年，喀拉汗王朝首领穆萨宣布伊斯兰教为国教，依靠对伊斯兰教的狂热组建的军队以"四万军队攻于阗，围二十四年之久，陷之"。经过数十年的武力扩张，原来信奉佛教的于阗、龟兹地区被迫改信伊斯兰教，从此颠覆了西域这个佛教的"第二故乡"。后黑汗王朝被辽所灭。

丝绸之路

2013年习近平主席在哈萨克斯坦参加上海合作组织峰会时，在纳扎尔巴耶夫大学讲演时提出建设"新丝绸之路经济带"的设想。随即"丝绸之路"这个词迅速被各国媒体反复提及。2014年6月22日，中国、哈萨克斯坦、吉尔吉斯斯坦三国联合申报的陆上丝绸之路东段"长安——天山廊道的路网"成功申报世界文化遗产，成为首例跨国合作成功申遗的项目。

"丝绸之路"一词由德国地理学家李希霍芬于1877年在《中国》一书中首次提出：从公元前114年到127年间，连接中国与河中（指中亚阿姆河与锡尔河之间）以及中国与印度，以丝绸贸易为媒介的西域交通线路。

这条又被称为"文化运河"的丝绸之路，东方起点是汉唐都城长安，一路向西，穿越河西走廊、天山南北、塔里木河流域，翻过葱岭到达中亚、西亚诸国，最终经里海、黑海远达罗马。

张骞开辟的丝绸之路在汉历典籍中称为"凿空"，意即疏通。从此这条民间贸易孔道有了官方色彩，有了驿站，有了关卡，有了集市，成为坦途。

在绵延7000公里的丝绸之路上，商旅、使臣、僧人、学者络绎不绝；塞人、羌人、丁零人、月氏人、匈奴人、回鹘人、蒙古人自东向西交易、迁徙；希腊人、阿拉伯人、雅利安人、粟特人自西向东贸易、传教；中国的玉器、丝绸、瓷器、火药、造纸和印刷术通过这条道路传到了西方；景教、摩尼教、佛教、伊斯兰教的文化艺术又顺着这条道路传入东方。

长时间深入考察过"丝绸之路"的斯文·赫定这样写到："可以毫不夸张地说，这条交通干线是穿越整个旧世界最长的路。从文化——历史的观点看，这是连接地球上存在过的各民族和各大陆的最重要的纽带。"

如果把丝绸之路理解为一种技术，而不是单一层面上的途径，将更有助于我们理解为什么在众多的传播途径中，丝绸之路是如此让人难以释怀。

丝绸之路在一定程度上就像电话或是电报技术进入人类通讯视野一样，作为一种很好的物化形态的技术，它解决了有关技术层面上的问题，使有关生存状态的信息，以其他载体的形式在延伸中得以传达。因此，丝绸之路上传递的不仅有丝绸，还有一种信息。在丝绸之路上流动的是一种夹带着精神的物质。通过丝绸之路，中西文明第一次碰撞，并在以后的历次碰撞中互相激发、互相学习、互相从对方的体系中汲取本文化发展需要的养分，相互滋润，使得人类在征服与被征服中不断地向前发展。

斯文·赫定如此总结："这样一条世界上最长的公路交通动脉，当然不会仅仅是为了游乐而建筑的。它应该起到比这更伟大的作用。这条路不仅有助于中华帝国内部的贸易往来，还能在东西方之间开辟一条新的交通线。它将连接的是太平洋和大西洋这两个大洋、亚洲和欧洲这两块大陆、黄种人和白种人这两大种族、中国文化和西方文化这两大文明。"

《汉书·西域传》记载的"丝绸之路"有两条："自玉门、阳关出西域有两道：从鄯善傍南山北，波河西行至莎车，为南道；南道西逾葱岭则出大月氏、安息。自车师前王廷随北山，波河西行至疏勒，为北道。北道西逾葱岭则出大宛、康居、奄蔡焉。"

葱岭，古代对帕米尔高原及昆仑山、天山西段的统称。奄蔡，在里海、黑海之间。这两条路都在天山之南，以塔里木河为界。

《隋书·裴矩传》记载丝绸之路南道："从鄯善、于阗、硃俱波、喝槃陀，度葱岭，又经护密、吐火罗、挹怛、帆延、漕国，至北婆罗门，达于西海。"

西海，指今波斯湾、红海、阿拉伯海及印度洋西北部。

丝绸之路南道到达皮山后，又分为南北两条支路。一条由皮山往西，南行入克什米尔；另一条经皮山西北至莎车、疏勒，越葱岭至大月氏。

交通枢纽的地位，决定了和田地区是丝绸之路南道上的重要组成部分，是驼队、商旅的贸易重心、补给中心，更是不同文化交融碰撞的节点和焦点，因而一直被冠以"西域重镇"、"丝路名城"的美称。

其实，在丝绸之路的中央位置，即帕尔米高原西侧，还有一条更早的玉石之路，和田出产的宝石很早就经过这条线路，被运往地中海沿岸。尽管此处所说的"很早"无法指出具体年代，但早已被多次考古发现所证明。自古以来，以帕米尔高原（葱岭）为中心的"玉石之路"陆路交通，到达中亚诸国与中国内地。这种被地中海沿岸国家称作蓝宝石的晶莹透明的石头，从古至今一直以天赐美玉闻名于世，这就是"和田玉"。

早在汉代，西域五乐之一的于阗乐就传入中原，对中原艺术发展起到积极作用。浸满了佛教特色的"于阗佛曲"成为盛唐乐舞的组成部分。《东府杂记》记载了著名演奏家于阗人尉迟青在中原演出的盛况，也记载了作曲家和笛子演奏家于阗人尉迟峰在中原活动的情况。

《大唐西域记》记载："于阗好乐舞。"1600多年前的晋代高僧法显西行取经经过于阗，就见到"其国丰乐，人民殷盛，尽皆奉法，以法乐相娱"的场景。

樊辉在接待首都网络媒体访问团时感言："大美新疆到底美在哪儿？除了占国土六分之一的面积之外，最美的是维吾尔族淳朴真挚的情感，迥异于内地的维吾尔族文化。"

飞天舞女轻舒飘带，漫天飞花降福人间。以佛教文化为中心的"于阗乐舞"经过继承和演变，现已发展成为著名的"和田乐舞"。到了和田，一定别忘了去欣赏和田乐舞！

舞台上灯光渐亮，神秘的蓝绿背景色调勾勒出窈窕与壮美，阴柔与挺拔。点动，腰动，腰动协同手臂，民族风格的音乐缓中有急，急中有缓，鼙鼓阵阵，弦声清冽。巴郎子凌空腾跃，古丽急速旋转，花枝一样的腰身，幻化出万紫千红、热情奔放的绿洲风情。

和田人"学会走路的时候就学会了跳舞，学会说话的时候就学会了唱歌"。扬眉动目踏花毡。如果说舞蹈是演绎这个民族"气质"

的语言，那么妩媚而不轻浮、羞涩而不失奔放、琐碎而不乏稳健的"摇身点颤"，就是千年来和田人民在沙漠煎烤下豁达坚毅、悠然自乐性格的肢体诠释。

把维吾尔木卡姆艺术推向世界的周吉先生说："一边是黄沙，一边是绿浪；一边是悲凉，一边是欢乐；一边是生，一边是死！严酷的自然环境形成了绿洲人不乐生、不悲死的意识，也使得他们具有高度的乐观精神。心胸开阔、诙谐幽默、爱说爱笑、爱唱爱跳、能歌善舞成了绿洲人的优良传统。哭也是歌，笑也是歌，生也是歌，死也是歌，绿洲人一生和音乐结下了不解之缘。这种传统世代相袭，就使得绿洲人对音乐具有了特殊的情感和才能。"

提到从地理上规划了丝绸之路，几乎不可逾越，导致人类只能选择经中亚地区到达波斯湾线路的葱岭，就很有必要为"瓦罕走廊"写下一笔。

《后汉书·西域传》中记载的呼罗珊大道，即起于今伊拉克的巴格达，终于今阿富汗东北角的瓦罕，行程约2500公里。呼罗珊大道通过瓦罕走廊与我国新疆连接。

瓦罕走廊为东西走向，北依帕米尔高原南缘，与塔吉克斯坦相邻，南傍兴都库什山脉最险峻高耸的东段，与巴基斯坦及巴控克什米尔相接，西起阿姆河上游的喷赤河及其支流帕米尔河，东接我国新疆塔什库尔干塔吉克自治县。

瓦罕走廊其实被牢牢夹在帕米尔高原与高耸险峻的兴都库什山之间，整个走廊东西长约300公里，南北最窄处仅15公里，最宽处约75公里。如果说，被称为"亚洲命运的十字转门"的阿富汗，国土形状像一片树叶的话，那么叶柄就是属于高寒山区300公里长的瓦罕走廊。

自然造化，这条总长度约 300 公里的走廊，竟以其妖娆颀长的身段，穿越了撒拉阔雷岭、喀喇昆仑山、穆斯塔格山与兴都库什山的交混地带，东西凿穿高耸的帕米尔天界，形成一条狭长的连通华夏文明、印度文明、中亚文明、波斯文明和欧洲文明的高原通道，为千年来的丝路商旅提供了演绎人类文明交流的时空舞台，不能不说是个地理奇迹。

瓦罕走廊在过去 2000 多年的时间里既是贸易圣地，也是文化要道，促进了佛教、伊斯兰教，甚至包括基督教的传播。晋隆安三年（399 年），已经 65 岁的高僧法显和尚，经瓦罕走廊越过葱岭，到印度求法，完成了中国历史上第一次西向求取佛教真经的壮举。唐玄奘由印度归国之路也是取道瓦罕走廊，越巴达克山进入新疆。张骞、马可·波罗、斯坦因都曾在这条山谷中留下过足迹。

在这条狭长的山谷里掩藏着香宝宝墓地和公主堡的传说、"冰山与鹰"的神话、秦公主的故事。这里悠扬的草原鹰舞、民族风情，更具有草原文化的神奇魅力。

瓦罕走廊是西亚直接到达东亚的唯一一条路上交通管道，战略位置及战略意义极其重要！平静的瓦罕走廊是南疆、新疆、中国乃至亚洲、欧洲地缘安全的锁钥。因于地缘政治位势的关联性，中国新疆的稳定既关联中原，亦关联亚欧。

璞玉出昆仑

璞玉出自昆仑，经玉龙喀什河的打磨，来到人间。而几个世纪以来，和田地区最广大的维吾尔族老乡，却没有因为这条寓意为白玉的河流过上同样美好的日子。

进入 21 世纪以来，全国各地，尤其是北京、天津、安徽等内地经济发达地区，向和田人民施以无私的援手，其中北京援建的三县一市人口数，占和田地区总人口的三分之二。但是由于历史欠账太多，加之语言、认知、理念等方面的原因，和田地区依然还很落后，人均GDP仅相当于全国人均的1/20左右。

生活在偏远乡村的维吾尔族人老乡，生活依然相当贫苦。

和田地区的群众，一年中有半年时间在沙尘里度过，气候干燥，飞沫传染容易，因而尘肺病多、结核病多，加之经济落后，小病不治往往积累成了大病。

休息时候，金玉女喜欢在医院的葡萄架下遛弯儿，偶尔猛然间会感觉肩膀被人拍一下，扭头一看，原来是治疗中的病人。因为言语不通，他们常用这种顽皮、亲热的动作表达谢意和友情。有一次走到医院门口，远远地就有一个人冲金玉女点头。金玉女问他，你认识我吗？那人就用生硬的普通话喊了一声"金大夫"。走近前仔细辨认，原来是自己曾经治好的一个病人。

"虽然点个头就过去了，但是记得我，知道我曾经管过你，这就够了。"

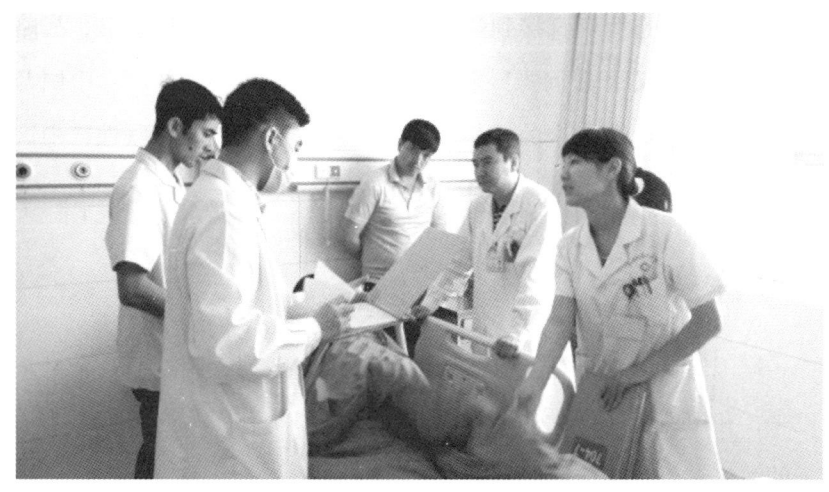

尹铁伦（左二）在病房

尹铁伦讲述了一位肝硬化到了晚期，已经重度引发腹水的患者，也许是他生命最后一段时间的揪心往事：腹水压迫肚子，患者气憋得非常厉害，非常痛苦。医护们都清楚，实际上病情发展到了这种阶段，在医疗上已是属于晚期，在任何医院都不会有什么太好的办法，只能对症进行缓解治疗。经济条件好的，用好一点的药，治疗到位，痛苦就可以多减少一些；条件差一点的呢，就稍微多受点罪。

尹铁伦说："我们当医生的不是神仙，包括护士也都尽全力了，在现有条件下能给他做的服务尽可能全做了，还尽量想办法给他省一些钱。"比如说输不起蛋白，就告诉让他自己买些蛋白粉，或者让家里给他煮点鸡蛋，在体质上补一补，增加些抵抗力。更多的，是在心理上给予他更多的关照和关怀，这也是一种安慰性治疗。

尹铁伦说："说治疗上，他们对医生的治疗方案，尤其对我们北京援疆医生来说，是非常信任的。不像在内地，他有时候会质疑你这块治疗的是不是不对，或是那块不好。在和田，这种质疑是没有的。当地百姓非常淳朴，医生如果对哪个患者说，你明天出院吧。上午输完了液，他下午真就能走，而且这种事发生的还不是一桩两桩。"

11月的某一天，尹铁伦收治了一个心功能不全、心脏发生衰竭的病人。检查结果显示，心脏及各个腔室都大，由此引起的症状是：病人躺不下、躺不平，一躺平了心脏负荷加大，憋气严重，人就承受不了，就只能坐着。通过给他服用药物暂时缓解一些，但是心脏的收缩功能已经不行了，射血分数很低，随时可能停跳。

有天早晨尹铁伦去查房，发现昨天还在的病床上已经换了别人，他就赶紧问值班护士，回答说昨天下午出院了。

尹铁伦一下子着急了，埋怨说这种情况怎么能让他出院呢？解释原因很简单，还是因为钱花光了，再也凑不上费用了。

5月3号，一位31岁的结核性腹膜炎维吾尔族人女性患者，又重新在地区医院住院了。之前规律使用抗结核药2个月，症状好转，怎么出院才3个多月，这么快就又复发了？台卫平看到这种情况，就和主管的医生交流，才知道这边好多患者，因为没有规范治疗意识，出院之后认为症状消失，便自行停药，致使前期治疗半途而废。

"虽然现在情况比几年前好多了，患者住院基本上可以报销60%～70%的费用，但是有好多患者还是掏不出两三千元的住院押金。"

洛浦县人民医院的白晓军，在下半年的某一段时间，治疗了一位汉族孤寡。这位65岁的老人没有亲属，没有收入来源，丧失了劳动能力，是个经过认定了的五保户。所谓的"五保"，就是政府出钱保吃、保住、保穿、保医疗、保安葬。而今在北京"五保户"似乎已经成为一个历史名词，一般很少使用也很少听到了。

老人患有脑出血，脑神经受到压迫，一直瘫痪在养老院。营养差，特别瘦，体形也不好，语言能力、吞咽能力退化，还有褥疮。因为病情加重，养老院将他送进县医院。尽管由政府支付医疗费用，可是伙食费、营养费还是低，也没有外界资助，确实令人怜悯。

医生们根据老人的体质状况，有针对性地给他定制了营养套餐，缺哪块就给他补充这方面的营养。护士也跟待小孩儿一样，给他擦洗身体、换衣服，由于老人吞咽困难，只能一口一口地给他喂饭，耐心等好不容易嚼碎了，慢慢咽下去了，再喂下一口。科里当班的护士、医生，大家吃白班饭、吃夜班饭，不管谁值班，都主动在食堂给他买一份，有时候还从家里带好吃的，为给他恢复体质。

经过一段时期的治疗调整，老人体质得到改善，竟然能够自主吃饭了。最让人想不到的是，经久不愈的褥疮也消失了。虽然语言能力还是不行，但是从他每天盼望医生、护士到自己床前的目光里，大家都能体会到老人表达不完的、由衷的感激与快乐。

"照顾得可以说特别无微不至。"白晓军感叹,"护士们真是很辛苦!"

可是又有哪位医生自己说过一声"辛苦",想到过"应该"或者是"不应该"呢。

杨广伟(左二)在义诊

经济落后带来一连串卫生环境健康问题。与内地相比,有些内地早已绝迹、只存在教科书上的病症,仍然在和田地区存在着。

杨广伟见识到当地医生采用囊内切除手术方法,对肝包虫病加以根治。

肝包虫是一种寄生虫,会在肝脏内形成一个结节。人感染包虫病的主要原因是接触狗,或处理狗、狼、狐皮过程中,误食虫卵引起,虫卵在人的胃、十二指肠内孵化,放出六钩蚴,此幼虫循门静脉至肝,发生就肝包虫病。

年过五旬尚且主动报名援疆、怀柔区医院主任医师单国臣说:

"看了有些边远地方的农民患者,确实很让人揪心。这些人什么情况呢?不重不看病,不重不进医院,轻的时候进诊所买点药,不行了才往医院送,可是很多时候已经晚了。"

除了经济原因,观念问题也不可忽视。很多老乡主观认为,只要能扛就扛过去了。岂不知真有大病,不仅扛不过去,一扛反而更重了。

洛浦县人民医院的医生们经常深入基层乡村义诊。可惜义诊现场设备条件有限,很多病不便于采取措施,只能对维吾尔族人老乡们一再叮嘱,你应该注意什么,后续应该怎么看,哪些病该怎么治,听听心肺,做个简单的 B 超,给他们进行一个基础的诊治。遇到重病人,劝他们到县城里的医院去治疗,但回到医院,往往还是等不来,只能急在心里。

有一次,高天给一位维吾尔族老年妇女做心电图检查,感觉她也是轻易不会跑到县城,去大一点医院做什么检查的样子,就拿着长长的打印纸条,耐心地给她讲解,告诉她,平时可能会有什么症状,如何预防,应该注意这,注意那……高天讲着,感觉自己的手被越抓越紧,不由自主地抬头看了老太太一眼,不想心却往下一沉,只见老太太深陷的眼窝里面饱含着泪水,嘴唇颤抖蠕动,不住地说着"热合买提,热合买提"。

"就真的是握着我的手,就一直在说谢谢,谢谢。"美丽的高天医生洁白的脸颊泛起绯红,"其实我觉得我们就是单纯的义诊,也没有做太多的事情,这在我们看来好像还是挺简单的一些事情,在他们看来就觉得特别了不起,就特别感激我们,这种表达特别令人感动。"

郝志玲在义诊时发现,一位维吾尔族老爷子,病情确实非常重,赶紧把陪老爷子来的家属叫过来,嘱咐一定要到医院做进一步的检查治疗。家属转达了北京医生的话,老爷子拉着这位端庄可亲北京女医生的手,一大串一大串地说着她听不懂的话。经人翻译郝志玲懂得了,而且很容易地就记住了,老爷子一遍一遍重复的是:"感谢党、感谢政府……"

刚落成的北京援建洛浦县人民医院门诊大楼前

郝志玲说:"这边生活条件还是比较艰苦一些,但是老乡们大多数还是非常质朴的。"

"对,特别纯朴,"高天强调,"那种感情特别纯真,不像传言所说的,这儿那么多暴恐分子,真正的维吾尔族人老乡,其实真的不是那样。"

刘迎军说:"维吾尔族人的同志,大部分真是挺纯朴的,真是挺好的。"

墨玉县医院放射科来了一位20岁的年轻维吾尔族人女病人,要做增强造影检查。做增强需要经过静脉向体内注射药物,但是病人当时情况不好,身体很虚弱,心脏还有一些问题。有这么两条禁忌证,一般情况下,放射科的医生就不给做了。可是陪同家属表现出对医生十分信任的样子,一直在说,心里显然十分焦急。

是啊,谁家有这么年轻的姑娘得了肿瘤,能不着急呀!刘迎军犹豫了。

给她做,没出现问题皆大欢喜;可一旦出现急性并发症,病人撂在眼前，那可就出大麻烦了，谁也承担不起责任。刘迎军跟自己足足进行了20分钟的思想斗争，终于决定给她做。过程很顺利。把病人从机器上放下来，没想到病人开口说话了，开始还没听明白，说了三四遍，刘迎军知道了，就是一直在说"谢谢，谢谢"。谢着谢着，不想姑娘的眼泪哗哗地就流下来，一直在哭……

"那个女同志20多岁，得了肿瘤，家里比较穷，经济负担比较大。在我们放射科弄来弄去的，她可能也感觉出来了，知道比较麻烦。最后做完了，她哭了，哭了躺在床上，一边流眼泪，一边跟我说，谢谢，谢谢。我特别受感动！"

"怎么说呢，主要是经济困难，交通不便。"赵巍说，"咱们去了，下去了，好多小病的苗头可以给老乡们说一下。"

和田县医院是一所二级医院，医生们每周都要下乡，到了后半年，下乡频次更高。朗如乡、塔瓦库勒乡、伊斯拉木阿瓦提乡等，几位援疆医生把县下的11个乡镇几乎全跑到了。下乡医疗一般是由县医院的领导或者中层干部带着，进到当地的乡镇卫生院里，给他们查房，遇到疑难杂症参与会诊，指导诊断与治疗。

在援疆医生的建议下，县医院跟乡镇卫生院之间建立了绿色通道。如果在下乡过程中，发现下边有病人因为设备或者是医生水平所限，不能满足治疗需求，就可以叫120救护车给拉上来，直接送进县医院。同时这个通道也是双向的，在县医院治得差不多，或者需要长期治疗的患者，或者符合基层医疗机构接纳条件，也会把他转回去。这样便于最大限度地调配有限的医疗资源，减轻患者的经济负担。

几次义诊之后回到县城，赵巍都会与和田县医院的领导坐在一起，抒发感慨。院长每次都鼓励他，这么多的典型病例，正好跟你的专业对口，你来和田来对了！可以让更多的家庭过上正常的日子。

不过一说起相对不菲的治疗费用,几个人不约而同就面面相觑了。

赵巍轻叹:"好多时候,医生这一职业所看到的人间无奈,要比别的领域多。"

他不可能跑到村子里给患者动手术吧,只能接到医院里,可那又要涉及钱。其实就算在内地有些情况也差不多,大部分有残疾孩子的家庭,经济条件并不很宽裕,而这种残疾孩子,很多时候还伴有别的并发疾病。抛却长期的不可间断的医疗费用不说,家里有这么一个残疾或者脑瘫的孩子,要有人专门照顾,一家子的心理上都是负能量的。赵巍他们在门诊时常常可以见到,带着残疾孩子的父母,或者爷爷奶奶,脸上都是黯淡无光的。

"家里有一个残疾孩子,他一个就把自己家甚至三代一大家都给拖累了。"

此时正好和田地区残联做了一个残疾人状况普查,里面有一项就是在册和新增的肢体残疾人统计。赵巍就跟院领导建议,请医院出面跟残联合作,将普查结果分类统计:按不同年龄段,将哪些是能够保守治疗的,哪些是能手术恢复的,哪些是确实没有治疗价值的,分门别类做一个调查报告,最终作为一个官方材料报上去,争取能够得到北京和国家的救助支持。

在内地,有一种地方政府主导的救助机制,残疾人联合会也有这种内部机构,吸纳社会上的善款或者联系爱心人士对孩子进行医疗资助。现在社会上发行筹集的社会福利彩票一部分去向,也是用在改善残疾人员的生活境遇上。

"救助医疗的重点是孩子。治疗一个残疾的孩子,就相当于照亮了一家人的生活。"

六月份的时候,地区医院组织北京医生们去和田县西北 25 公里比较偏远的英阿瓦提乡义诊。早几天通知就放出去了,听说来了北京专家,乡政府的院子里早挤满了等待咨询、看病的男女老幼。北京医生们到来,看到已经有二三百人排起长队等在那里。他们有的天不亮就早早排队等着的,有的是从更远的村子赶过来的,还有的重病人是用驴车给拉来的。

尹铁伦说:"大量等待看病的人,有时候把柳树下搭起的长条桌子都给挤歪了。我们中午都顾不上吃饭。"

下午时分,院外一阵骚动,很快,就有人跑进来说,有一个急诊病人,请医生们赶紧过去给看看。

院子门口停着一辆驴车,棉絮铺垫的车板上,躺着一个脸色青紫的病人。心音紊乱,血压忽高忽低,心脏随时都有停跳的危险。初步判断应该是神经内科和外科的专业范围,赶紧把病人直接拉到就近的卫生所,包括尹铁伦在内的好几个医生,扔下长条桌前排得老长的人,匆匆就赶过去了。

尹铁伦(右一)在义诊

乡下卫生所条件有限,不可能有 CT,有个 X 光机就已经不错了,一般就是简单的 B 超机。附近有急症病人,都到小卫生所去,但是这么重的病人,他们肯定是处理不了。不过基本药品还是有的。

金玉女说:"正好赶上那天出义诊,所以很多大夫在那里,应急给他解决了很大问题。"

这个病人本来是准备用驴车拉去县城的,路过乡政府所在地,得知北京专家正在义诊,经过简单的紧急处置,保住了生命。

普通情况的下乡义诊是一种带有疾病筛查性质的免费公共服务,有时候带一个 B 超大夫,可以现场做些简单的判断。重要内容是普及性的卫生保健知识宣贯。如果遇到重病人和急症病人,现场一般处理不了,就直接判定转诊。如果不是那么急的,又可疑的情况,就建议赶紧上县医院,告诉他去查哪些项目,把结果交给医生们再做判断。

第八章　高原下，沙漠中

　　垦边寂寞胡杨畔，移海屯田精卫叹；
　　十万铁骑出天山，埋骨他乡盐碱滩。
　　胸怀拓疆千年路，铁血柔情万古长；
　　古来家国先贤至，今有铸剑第一犁。

　　　　　　——谭玉军（北京援疆干部皮山农场副场长）

　　新疆自古以来就是祖国不可分割的一部分；新疆自古以来就是一个多民族聚居的地方；新疆自古以来就是一个多宗教的地方；新疆各民族自古以来就有着维护祖国统一、反对民族分裂、抵御外来侵略和压迫的爱国主义优良传统；新疆各民族自古以来和睦相处，团结友爱，共同创造了灿烂的中华文明。

铸剑为犁

　　1949年10月，中国人民解放军一兵团第二军进军南疆。为迅速解放和田，制止叛乱，一兵团决定第二军出奇兵，横穿大漠，直取和田。

　　以前只是断断续续地听到过这一段遥远的历史，却没想到真正的戍边人就在眼前。

在去和田的路上，我和兵团14师门诊部张主任聊了一会儿。她讲了她的父辈当年是如何从内地随王震将军的部队来到和田，后来集体转为兵团，屯垦戍边，在这里安家、创业，和恶劣的气候作斗争，再也没有回去过河南老家，直到最后20世纪90年代长眠于这片热土的壮丽而又包含艰辛的过程。张主任还讲到她的婆婆，一个知识青年，20世纪50年代响应号召，从天津来到和田这个边疆地区，后来就在14师扎根了，始终没有忘记家乡，而魂牵梦绕的天津最终也没能回去，最终也是长眠于边疆！

听着张主任这个疆二代讲述她们兵团人在沙漠中艰苦创业，开垦荒漠，种植和田玉枣，直到这个品牌在全国有了名气；讲述14师如何在"三股势力"猖獗时，听党指挥，同他们做毅然决然的斗争，维护了社会和边疆稳定，兵团人在艰苦条件下为守卫边疆做出的突出贡献，获得了政府和军队的表彰。她还说，明年14师要建市，师部医院明年要开张了，面临着人才、资金等方面的困难。而她自己，在这样那样疾病缠身的情况下，仍然坚守在工作岗位上没有办理病退。

整个完整听下来，就是一个两代兵团人在和田屯垦戍边、边疆创业、保家卫国、家国天下的故事，比起电视和小说里的描述要生动许多，让不再年轻的我一路上也唏嘘不已！一路下来，大家成了很好的朋友，给她留下手机号码说，专业上如果有何问题，一定会尽力协助解决！结束巡诊后特意找到张主任合影留念，当面向她以及固守边疆的"疆二代"致敬！而她也对北京援疆医疗队的看法很好，与一批一批的援疆医生好多都成了朋友，希望我们将来可以有机会北京再见！

民族的团结，边疆的和平、稳定和发展，很大程度上靠的就是这样一个一个"疆一代"、"疆二代"默默的付出和坚守。我们在内地享受着安定团结、和平发展的红利，这里面，一定有他们/她们的青春和岁月，有他们/她们的奉献和付出！

——摘自台卫平《援疆记事》

1949年10月初，解放军第一野战军从甘肃酒泉出发，挺进新疆。第二军五师十五团由酒泉乘汽车到达焉耆后，由于汽车损坏严重，油料供应困难，改为徒步。经过16天艰苦的戈壁行军，于11月26日抵达南疆重镇阿克苏。面对和田的分裂危机，全团紧张动员，决定12月5日出发，穿越塔克拉玛干大沙漠，向和田进军。时第二军十五团参谋高焕昌奉命带领一个侦察排，作为前导，为大部队穿越"死亡之海"侦察道路，寻找水源，铺设路标，选营设点，执行探路任务。

侦察排于11月29日从阿克苏出发，第二天即到达沙漠边缘的阿瓦提县。在当地维吾尔族人同胞的大力支援下，先遣分队很快完成了筹集粮草、雇用马匹、运送物资、侦察行军路线、宣传群众等工作。按预定方案，全团主力1800人于12月5日出发进入沙漠。

茫茫沙海，杳无人烟，人骨为标，哪里有什么路，全靠指南针判定方位，先遣分队摸索前进。白天，在经过的沙丘插上红柳枝挂上布条，用戈壁石摆放路标；夜间，每隔一段距离燃一堆篝火，为部队指示方向。隆冬季节，全团官兵每人身负70斤以上的重荷，每天要在沙漠中行进百里，同风沙、干渴、寒冷搏斗。

行军是艰苦的，但苦中也有乐。一望无际的瀚海之中，几千人马像一条前不见首、后不见尾的巨龙，十分威武壮观。早晨，迎来大漠里的朝霞；傍晚，送走瀚海中的晚霞。有时还能欣赏到海市蜃楼的奇观。到了宿营地燃起篝火，营帐相连，篝火熊熊，人欢马啸，嘹亮的军号声划破寂静的夜空，把沉睡千年的大漠戈壁点染得更加

第八章 高原下,沙漠中

雄奇壮美。

　　自古多征战,由来尚甲兵。长驱千里去,一举两蕃平。按剑从沙漠,歌谣满帝京。寄言天下将,须立武功名。

　　——《采桑》唐·张祜

　　行军到第 12 天,部队终于走出大漠腹地。这时,突然接到情报,国民党政客和当地封建庄主策划组织叛乱,阴谋将和田分裂出祖国怀抱。团党委决定立即集中全团骡马,以教导队战斗骨干为主组成一个骑兵连,由高焕昌带领不分日夜,强行军四百里,以最快速度赶到和田,稳定局势。骑兵连来到和田,全副武装,乘马围城绕了几圈,震慑住了敌人,不敢轻举妄动。当分裂分子们大梦初醒,十五团主力已浩浩荡荡开进和田城,古城和田得以解放。

　　第二军五师十五团 1800 余名指战员历时 15 天,行军 792.5 公里,沿和田河古河道穿越塔克拉玛干大沙漠。以穿越途中仅减员一人的微小损失,创造了大部队整建制成功横穿死亡之海的历史。第一野战军司令员彭德怀、政委习仲勋发出嘉奖电:"你们进驻和田,冒天寒地冻,风餐露宿,创造了史无前例的进军纪录,特向我艰苦奋斗的胜利进军的光荣战士致敬。"

　　让从此扎根新疆 60 年、后来成为新疆军区司令员的高焕昌将军最难忘记的,是新疆的维吾尔族老乡。部队从阿克苏出发时,当地各族群众组织了二百人的护送队陪伴部队一起进入沙漠。与此同时,得到部队进军和田的消息后,和田各族人民也派出自己的代表拜地拜克、阿吾提等近二百人,带上了几百头毛驴、马等一大批物资进入沙漠接应部队。两支队伍和穿越沙漠的部队在一个叫比的里克胡塔库的地方会合了。几百名各民族群众紧紧拥抱在一起,群众和部队官兵紧紧拥抱在一起,喜极而泣,泪水交流,沉睡千年的沙漠一片欢腾。

1949年年底到和田,元旦一过,"南泥湾精神"直接传人的十五团部队就开始种地。骑马看地十几天,到老乡那儿借来坎土曼,人拉木犁,就把麦子种下去了。

三五九旅战士、曾任皮山农场场长的吴建国回忆:没有一个当兵的手上没有血泡,血泡摞血泡,把镢头把子都染红了。每天一早上工,手硬得弯不下指头,得使劲搓一阵。就这样,一天开荒两亩地。那年夏装没有发,棉裤烂了,脱了衣服干活,蚊子咬得人受不了。最怕的是进城背粮,衣服破得肉都露出来了,怕人笑话就用手捂住……

1952年2月1日,毛泽东主席向驻新疆官兵发出命令:"把战斗的武器保存起来,拿起生产的武器。当祖国有事需要召唤你们的时候,我将命令你们重新拿起武器,捍卫祖国。"

15团随即整编,在和田留下294人,成立临时战斗指挥部。1954年,部队要调往阿克苏,但是为了维护和田的稳定,他们主动请缨,留在了和田。1955年,农一师派人调查,看到土地东一片西一片,用水困难,条件太差,决定把部队撤走。但一部分人再次坚持留下了:"我们是战士,部队给我们的任务就是保卫和田,我们要执行命令。"

1982年,部队发展成为新疆生产建设兵团和田农场管理局47团,即为现在的兵团十四师47团。

一道"保卫和田"的命令,让老兵们执行了半个多世纪,而且传之后人,继续执行下去。这支从南泥湾走来的英雄部队,为共和国边疆的和平稳定多次建功立业。

20世纪50年代,一小撮反动分子不甘心自己的失败,多次煽动群众，制造武器，密谋串联，滋事暴乱，严重破坏了和田地区的社会稳定，在以15团主要领导任和田地委书记和军分区政委、军分区的领导下，我团从解放初期到1957年先后参与平息大小暴乱40余起。其中，规模较大的是1954年的墨玉县五区匪首阿不都·依米提策划发动的两次反革命暴乱，他们公开叫嚣反对共产党，消灭农三师，占领全和田。矛头直指15团留下的这支具有光荣战斗历程的英雄部队。在上级党委的坚强领导和群众的大力支持下，我团农垦指战员奋勇反击，平息了叛乱，保卫了人民政权。在此后的几十年里，我团一直是一支稳定和田、处置突发事件的重要力量。

——兵团农十四师47团军垦纪念馆解说词

应该追记的是，新疆解放以后，党中央、毛泽东主席作出进军西藏的决策。1949年12月，毛泽东主席在出访莫斯科的专列上，急电中央："进军西藏，宜早不宜迟。"据此命令，中央军委决定分路从西康、云南、青海和新疆等四个方向往西藏进军。

根据新疆军区代司令员王震上报的进藏线路及准备情况，军委令新疆部队进藏任务由驻南疆地区的第二军承担。这样，以第二军第四、五师为基础，于1950年5月组建了新疆军区独立骑兵师。

1950年8月1日，新疆军区独立骑兵师奉命派第一团第一连为先遣向藏北进军。先遣连136名战士经过1年零3天的艰苦进军和坚守，克服了高原反应、营养不良、雪盲、严寒、缺药等一系列常人无法想象的艰难困苦，于1951年8月3日14时，胜利抵达阿里噶本政府所在地——噶大克，以63位英雄长眠雪域为代价，终将五星红旗插到了喜马拉雅山下，胜利完成和平解放西藏阿里的任务。

先遣连进藏的卓绝故事在2011年被拍摄成24集电视连续剧《雪浴昆仑》，剧中主人公车青云的原型就是进藏先遣连原副连长彭青云。2012年1月,彭青云临终前获悉,《雪浴昆仑》将在中央电视台一套播出,倍感欣慰,安然长眠。7月14日该剧在央视一套首播,改名为《先遣连》。

西域屯田有力地维护了祖国统一,为联合兄弟民族将领和西域各族人民做出了卓越贡献,极大地增加了中华民族的向心力和凝聚力,使丝绸之路成为多民族繁衍生息、汇合交融的大舞台。

西汉时期的西域屯垦点在战略要地及丝路沿线星罗棋布。大的屯田点有车师、伊循(今若羌县境)与西域门户楼兰;东汉时期北匈奴势力称霸西域,中央政府经营西域的方针摇摆不定,反映在屯田上时断时续,出现了西域丝绸之路三绝三通的现象;魏晋南北朝时期,虽然中原战乱不已,但沿丝绸之路与中亚、西亚和罗马各国的交往从未间断,屯田西域一直在坚持,此时的西域屯田不仅保障了丝绸之路的畅通,还促进了西域经济的发展;隋唐时期,国家统一,进入西域屯垦戍边的兴盛时期。唐中央政府为保障丝绸之路的畅通,采取了一系列措施,以解除丝绸之路的给养之忧。如伊州、高昌、安西等地,都是唐代重要的屯田基地。

蒙古统一西域之后,建立了四个汗国,丝绸之路复通。元政府在全国广设驿站以"通达边情,布宣号令"。西域驿站的建立,保障了丝绸之路的畅通,屯田保证了驿站来往使者和商贾的供应,极大地促进了中西经济和文化交流互通。

明朝以后,特别至清代,随着西方列强相继入侵中国,丝绸之路趋向衰落,但是中央政府在西域的屯垦却达到历史上前所未有的鼎盛时期,清政府再次统一西域建立了新疆省。西域屯田的繁荣发展,使中央政府在新疆一次又一次地挫败了帝国主义的阴谋侵略、分裂活动,巩固了西北边防,为现代新疆的规模和疆界奠定了基础。

第八章 高原下，沙漠中

屯垦是历代中央政府治理新疆的国策。纵观 2000 多年的新疆屯垦史，凡兴屯田，边疆就迅速得到开发，经济繁荣，丝绸之路畅通，边防巩固，祖国统一，人民安居乐业。当屯田废弛的时候，边境就不安宁，丝绸之路阻绝，经济凋零。

新疆生产建设兵团是历代屯垦在新疆的继承和发展。在 21 世纪的新格局和条件下，新疆的社会稳定和长治久安面临极为复杂的挑战，"丝绸之路经济带"的提出和实施，使处于"丝绸之路经济带"必经之路上的新疆迎来新的发展机遇。中央明确定位新疆为"丝绸之路经济带"的核心区。兵团作为新疆的重要组成部分，将发挥自身的独特作用，闯出一条新的发展道路，为新疆的稳定与发展再立新功。

团场医疗组

北京对口支援新疆除了和田市、和田县、墨玉县、洛浦县等一市三县外，还包括新疆生产建设兵团十四师及其所属的 47 团、224 团、皮山农场、一牧场。这些兵团团场中，47 团、224 团、皮山农场位于远离和—墨—洛绿洲的塔克拉玛干沙漠中的单块绿洲上，一牧场则是在昆仑雪域下。

远离城区，我们的援疆医生与其他援友相比，自是别有一番艰苦与付出，另一种的经历与感受。

来自北京丰台医院的李群是十四师医疗组长，他说："援疆是一项政治任务。不仅是医疗援疆，也需要人气援疆。"

刚到 47 团这片沙漠边缘区块，正值团领导班子进行调整。李群和来自丰台南苑医院的焦春海见到的最高领导，是北京长辛店镇的常务副镇长、担任 47 团副团长的援疆干部王涛。

抛家舍业，不远万里，从丰台大街聚到沙漠绿洲孤岛，本不认识的几个大男人，比一家人还要亲。喝一瓶二锅头，开一盒中南海，高谈阔论或是相对沉默，自是别有一番滋味在心头。

47团医院，其实是个门诊部性质的基层诊疗机构，整个医院加上勤杂人员一共才十几个人。李群和焦春海到的时候，在用的医疗设备只有1台心电图机，当然也有B超机和X光机，但是没有技师。本地3个大夫，也不分科室，叫作全科医生、全能医生，不管什么病都管看：发烧感冒、骨折创伤、皮疹疖子，还有儿科、妇产。

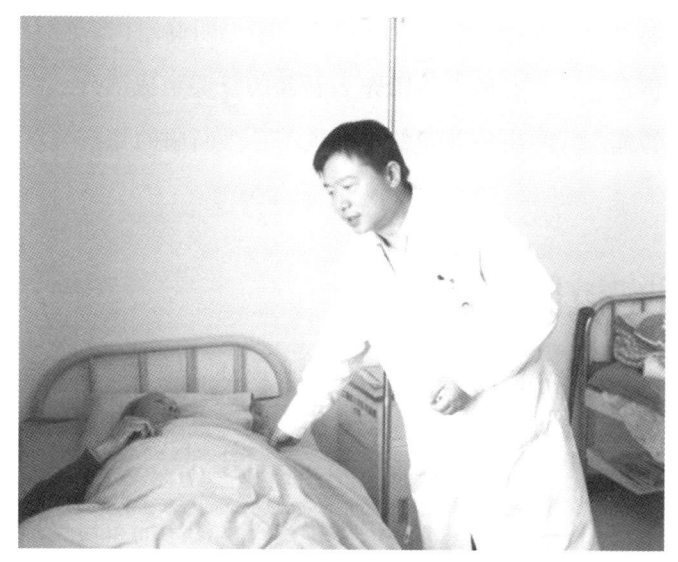

李群在病房

院长刚刚辞职，就没人告诉二位心血管专业的内科医生，这个全科门诊部今后要往哪个方向发展，发展到什么程度。可既然是要待上一年，就得全心全意，为团场职工们提供尽可能好的医疗服务。李群和焦春海商量，先自己干起来再说吧。

从基础工作做起，首先得把医院的布局给改改，至少先在楼内增加两间厕所。

做过一方父母官的王涛，善于总结归纳，把当地的风土人情总结成了三多三少。其中有一少就是"厕所少"。大概不会有人立刻相信,新建起来的三层医院楼里,楼上楼下跑个遍,竟然找不到两间厕所。

不过这么说也并不完全准确,因为在外面的露天野地里,挖有一个大坑,围上一圈席棚,坑边铺上几块木板,就是厕所。冷天冻得难挨,热天熏得晕人,且不说在极端恶劣的沙尘暴里,人站着都不稳了,在大坑上方便更加提心吊胆。

王涛在团里分管基建,因为这部分资金全来自北京援助,听罢连连点头,很快就拨出每层小楼把头的两间屋,接上水管,安上便器。

重新规划调整诊疗区域布局同时进行。原来门诊部有两个办公室,一个是财务,一个是药房,都在二楼。工作人员少吃了沙子,一层病房里,病人可就要多受些苦。李群给职工们开会,宣布要把病房、护士站全挪到二楼去,果然大家都赞成,说该这样办。

要提高服务水平,离不开设备条件,一个医院,没有基本的设备手段肯定不行。这时候有人告诉他们,说上级以前支援了一些设备,因为没有人会用,很多在仓库里睡觉呢。打开门诊部的仓库,俩人眼前顿时亮了,好东西还真不少!不仅有监护仪、治疗仪,还有各种输液泵,更有简单的呼吸机,上面还全贴着捐助单位的标签呢。

把仪器搬出来,将常用的首先配置起来,接通,很快就能够正常使用了。接下来,李群和焦春海手把手地教别的医生、护士怎么用,很大程度上保证了医疗安全和医疗效果。

不过设备也只是一方面,要治病就得有药。焦春海和李群着手制定《药品采购目录》,根据国内、国际相关疾病最新诊疗指南,完善药品更新制度。一年援疆期结束,医院的药物品种已超过500余种，满足了团场职工的基本用药需求，不少患者得到了科学规范的治疗。

来自北京石景山医院的朱俊峰和刘志贤刚到皮山农场医院的时候，看到的与李群和焦春海大同小异。朱俊峰和刘志贤一个是麻醉师，一个是普外科。之所以派他们结伴来，是应农场医院要求，要共同组成一个最基本的手术团队，为团场职工施行比较基本的手术治疗。

兵团十四师皮山农场，在皮山县的东北边，塔克拉玛干沙漠边缘，是一小片人工开垦出来的独立绿洲区块。从和田开车出发，穿越沙漠，将近200公里才能到达农场，这个地方距离最近的皮山县城还有20多公里。

团场大楼前

在这一小块孤独的绿洲上，工作、生活着近3万名团场职工及其家属，他们在这块贫瘠而宝贵的半荒漠化土地上，种大枣、苹果，种棉花、山药等农作物，向自然顽强地索取着，这些职工中98.5%

第八章 高原下，沙漠中

是维吾尔族人同胞。

十四师皮山农场医院成立于1958年1月，是十四师所属最大的一家农场医院，为一栋三层小楼建筑，在它的对面还有一栋更加简单的门诊楼。医院负责团场及其附近农村几万人口的医疗卫生和保健工作，规模比47团医院强点有限，也就相当于北京的一家一级医院，跟社区医院差不了多少。

朱俊峰和刘志贤刚来到医院的时候，医院里有2名普外科医师、2名骨科医师、1名五官科医师、2名器械护士、1名麻醉师，8个人共同组成了外科医疗手术系统。而仅有的那名麻醉师已经怀孕7月了。

上班第一天，两位北京医生在院领导的带领下，进入到未来的主要工作岗位——手术室。推开开门看，不觉被眼前的景象吓了一跳：手术台、桌椅、灯罩上全铺了厚厚一层黄土，满地死苍蝇，简陋的手动调节手术床摇起来像掰手腕。呼吸机没有检修记录，麻醉药品也残缺不全。

院领导介绍说，医院本来可以做一些简单的骨科手术，但是因为没有麻醉师，这些手术也停半年以上了。

满腔热情地大老远赶过来，做好了在最艰苦环境中为团场职工服务的准备。此情此景在意料之外，也在情理之中。

朱俊峰和刘志贤商量了一下，要尽快让手术室正常运行起来，尽早恢复手术。

首先做一次彻底大扫除，再就是消毒、清点、淘汰过期的药品和残破的手术器械，同时申请补充必备的手术器械和药品，检测呼吸机等设备。朱俊峰和本院的一位护士一块儿动手，护士打扫卫生，他就检点药品，过期的药该扔的扔了，该处理的处理掉，再填单子申请购进新的麻醉药、新的手术器械。

一周之后，药领齐了，气管、插管等必备品有了，抢救物品也齐了。朱俊峰试了试麻醉机，发现不能工作，原来氧气罐早空了，在北京的大多数医院里，早使用上管道氧气了，罐装已经成为历史。没办法，赶紧申请换一罐。

"作为单纯的医生，这些在北京是不需要、也不必熟悉的工作。"

新氧气罐卸到楼下，这才想到医院没有电梯。大半人高，上百斤重的钢瓶气罐，一个人搬不动。幸好农场不缺劳动力，随便叫上两个保安帮忙，大气不喘就给扛到三楼了。氧气罐进到手术室里，就剩朱俊峰一个人了，可却找不到移动、固定它的配套推车，据说以前就没有。只能自己一点点转着氧气罐的边缘，斜着慢慢滚，终于把氧气罐立在了麻醉机边上。接上管子，打开阀门，试着再次启动麻醉机。嘿，真不错，能用！

朱俊峰施行的第一例手术，是为一个本院医生做的骨折患者，取出内固定钢板。

在兵团团场，骨折、外伤患者特别多，可不是锐器扎伤、砍伤、肚子大出血那种。

"在整个团场区域，基本看不到打架斗殴的，也很少看到当街口角的，应该说社会治安有完全的保证。"

那么为什么骨折、外伤患者还特别多？因为公路好，全是笔直的，电动车、三轮车在路上随便跑，不少小孩儿都开个电动或者是三蹦子，在路上哒哒哒地窜得飞快。当地群众的交通安全意识还比较淡漠，交通标志形同虚设，闯红灯普遍，因此交通事故就比较多。

尽管取内固定钢板是一个很小的手术，但如果没有北京来的麻醉师，患者就要跑到200公里之遥的和田，或者20公里外的皮山县城去。朱俊峰和刘志贤的到来，为团场职工提供了最大的便利，也提高了医院的服务质量和效益。

第八章 高原下，沙漠中

有一次，朱俊峰给一个骨折的维吾尔族人老太太取钉子，拆固定钢板。麻药打下去，老太太一直在说话，朱俊峰听不懂，就让身边的大夫给翻译，原来她夸咱北京医生麻得好，这回一点儿也不疼。说她上钉子时候，非常疼。最后还用普通话对朱俊峰说了一声"谢谢"。

"我印象挺深的。她别的不会，就会这句'谢谢'，我听懂了。"

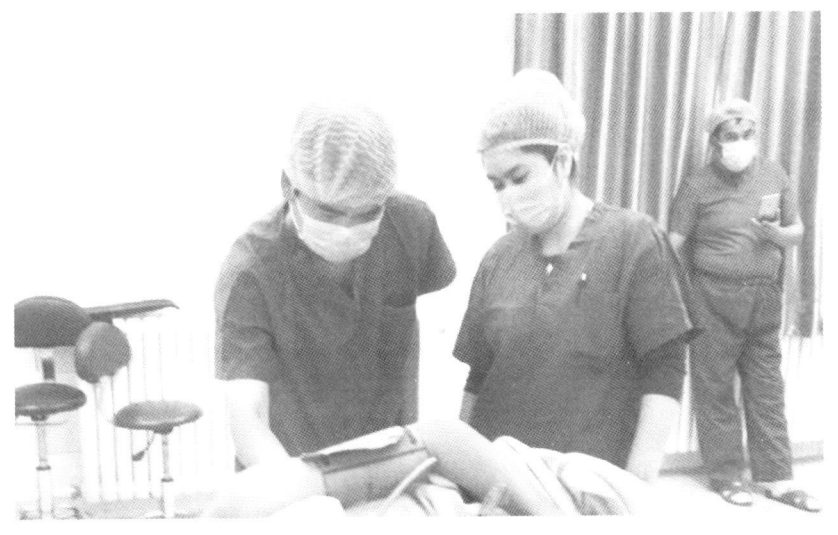

朱俊峰（左一）在操作

给朱俊峰留下印象比较深的，还有一例女性的疝气手术。按说这不是大手术，但是维吾尔族人患者站在手术室外面就是不肯进来，表情看上去非常紧张，嘴里还不住地嘟囔，弄得经验丰富的朱俊峰也不觉跟着她紧张起来。

经过翻译，弄明白了，她要求手术中给她全麻，让她睡觉。询问病史，原来患者以前做过剖腹产手术，麻醉师的水平大概欠缺一点，疼啊！是啊，开肚子那还不疼吗？她被吓着了，落下后遗症了。

朱俊峰告诉她，这手术不大，不用全身麻醉，不过不全麻也可以让你睡觉，我保证你不疼。"你感觉到疼了，咱就不做手术了。"

经过说服，患者同意了，朱俊峰给她腰麻，果然手术中她还真睡着了，整个过程中患者十分平静。等手术快完成的时候，患者醒了，醒来之后也非常安静。控制得非常好！

这已经不是疼不疼的问题了，而是让你睡就睡，让你什么时候醒就醒。旁边的外科医生们都赞叹，不愧是北京来的大专家。

皮山农场医院本来有一个麻醉师，辞职走了，院长就让一位维吾尔族人内科女医生去农一师医院进修麻醉。朱俊峰来的时候，她还在进修期间，5月份回来，却已经怀孕7个月了，挺着个大肚子工作很不方便。开始时候，朱俊峰单枪匹马，好不容易有个帮手，可还不能完全指得上，大部分时间还得独立操作。后来女麻醉师生孩子了，朱俊峰又是一个人在那儿干，等女麻醉师休完产假，已经到10月份了。

朱俊峰赶忙抓紧时间，手把手地带了她两个多月，尽量放手，尽量锻炼培养她。全身麻醉、气管插管，让她自己上手操作。等临走的时候，基本上已经能够放手了。在朱俊峰的监督下，像臂麻醉、硬膜麻醉、腰麻、全麻，她自己基本上都能盯下来。但朱俊峰还是不完全放心，因为麻醉风险还挺高的。临走之前，细心的朱俊峰一再叮嘱医院，打个硬膜、腰麻应该可以放心，但还是最好能给她配一个帮手。

再说跟朱俊峰搭档的外科医生刘志贤。

当手术室能够正常使用的时候，一个大家没想到的问题却冒了出来。由于手术已经长期停止，患者和医院对重新开展手术都陷入犹豫之中，以至于两方面都要求，将需要进行开腹手术的病人转到和田或者皮山去。说来说去，最终，还是对北京援疆专家的信任占了上风。

事后回想起来，病人转走的意愿并不是完全没有道理。第一例手术的过程确实是让人心惊胆战。

手术对象是一名阑尾坏疽穿孔的 67 岁老年男性患者。原定晚上 8 点手术，没成想手术室没提前消毒，手术衣和手术器械也都没准备到位，只能现招来器械护士、消毒室护士……一直耽搁到了快 22 点钟。术前，刘志贤检查了病人化验单，发现没有凝血检查项目，以为是漏掉了，只能打电话找实验室的值班医生急查。可实验室医生居然回答说，他们一般不查凝血。把二位北京医生着实吓了一跳。

准备手术，更"奇妙"的又接二连三：患者穿着自己的衣服，而且是 T 恤衫和长裤就进到手术室里来了，并且没有备皮。术中，步步惊心：止血纱布只有 5×5 厘米大小，刘志贤特别担心遗留在腹腔而找不到。后面关腹时，他对器械护士说"点器械"，不想护士居然没有反应！原来这里此前根本就没有术前、术中、术后的"三查七对"制度，同样不敢想象。这要是在北京，一般连二线医生都不用操心。刘志贤脑门上的冷汗这时候已经流尽了。但是还不能急，不能气，只能自己上手，小心翼翼地进行清理。

做完第一台手术之后，刘志贤和朱俊峰下决心，整理围手术期的管理制度。他们分别制定了手术预约制度、术前常规检查制度、术前手术部位标记制度、术前中后查对制度、病号服管理制度，以及围手术期的其他管理办法，并逐渐推行实施，从此医院的围手术期管理渐入正轨。

随着医院和患者的信任度增强，手术量逐渐大起来，胆囊摘除、胆结石等比较大的手术也开展了，从无到有，从少到多，手术平稳进行。

皮山农场对二位援疆医生给予了力所能及的充分照顾。两位医生吃饭是跟农场领导在一个饭桌上的，借着这时候，领导会关心两位医生：生活习惯吗？开展工作还有什么要求？

朱俊峰说："要说生活习惯，肯定不习惯。都是清真餐嘛，那的饭吃一段时间就腻了。我还不算挑食的，还行，我吃啥都还可以。生活，就适应他那儿的生活。他们那的老百姓确实不容易。"

农场附近周边几万人，有个大病小灾，头疼脑热，就全都靠着那么一个门诊部规模的医院。因为医生也少，所以很多人都认识二位北京来的援疆医生。跟团场职工们也熟悉了，大家见面已经可以按照维吾尔族人的习惯，互相握握手，今天握完了手，明天早晨再见面还要相互握手，互道"你好"。每天和大家一起上下班，走在路上，经常能碰到一群群上下学的孩子，他们都会有礼貌地主动跟医生打招呼——你好！大冬天的，农场职工送孩子上学，好多孩子就蜷缩在电动三轮车后斗里，那么冷的天，冻得鼻涕一把泪一把的。

当地医生虽然技术可能稍微差点儿，但人都挺不错，跟二位北京人的关系都非常融洽。在食堂吃饭有饭点，有时候做完手术就没饭了，他们会请医生们走进维吾尔族人饭馆，吃拉面和维吾尔族人特色饮食。

回忆一年援疆生活，让朱俊峰唯一感到遗憾的是，没能将妇产科手术开展起来。其实医院的剖腹产病例挺多的，这也属于常见的一类手术，还有卵巢肿物、宫外孕等。但是因为皮山农场医院没有血库，也没有病理科，所以这一类妇科手术只能暇以时日，留待以后了。

在兵团十四师医疗组里，确实有一名妇产科的专业医生，她是来自北京市密云妇幼保健院的副主任医师张玉春。张医生在比皮山更加遥远的一牧场医院援疆。

一牧场就坐落在昆仑山脚下，离和田220公里。此处天低云淡，白雪皑皑，牧草青青，牛羊成群宛若飘进人间的云朵，绝不会有雾霾天。但是去一次指挥部，中间要经过100公里杳无人烟的茫茫戈

来到美丽的一牧场

壁,最远的牧民住在山上,离医院居然也还有100多公里的路程,因而一牧场医院是北京对口援助医院里最偏远、也是最贫穷的医院。全院有12名工作人员,其中只有1名医生,还面临着即将退休的情境。另有4名来自北疆六师医院的援疆挂职医生。

"这里缺医少药,群众看病难。"张玉春也是所有第八期第二批56名援疆医生中,工作环境最为艰苦的一位。俗话说熟视无睹,再好的风景也有司空见惯的时候,工作之余,辛苦寂寞可想而知。

要为农牧民解决最基本的医疗保健问题,可是医院只有一间简易的手术室兼检查室,另有一个门诊室。没有自己的妇产科医生,只有一个计划生育手术包,做手术需要自己洗刷器械,打石蜡油,自己洗包布,自己包包消毒。这里用的还是最古老的压力锅消毒,张玉春从大学毕业上班后就没见过这种方式了。但没办法,还要学习如何用,如何自己消毒,尽量利用现有条件,尽可能多地为病人服务。全年她开展了人工流产、放环、取环20余例,门诊人数200余人。打破了几年来广大牧民有妇科病及计划生育手术要到200公里外的和田和100公里的策勒去就医的现状。

有妇科疾病需要诊治,张玉春会积极给予会诊并提出治疗意见。

由于医生少,这里工作就更需要一专多能的全科医生。张玉春也经常学习内、外科知识,时常负责内科门诊常见病的治疗。病房收治的主要是内科常见病及骨科外伤病人,由于医院条件实在是有限,遇有特殊病人,就需要及时转至和田上级医院。

224团是一个年轻的团场。其前身为皮墨垦区,是国家"九五"期间重点项目工程——新疆乌鲁瓦提水利枢纽工程下游配套建设项目,位于皮山县与墨玉县交界处的阿克兰干,这里曾是一片人迹罕至的亘古荒原。2001年,新疆维吾尔自治区行政划拨该区域30万亩土地(一期)给十四师进行开发建设。作为兵团在21世纪新建的第一个垦区,该工程在中央、自治区和兵团党委的高度重视下,于2002年9月全面启动。经过十多年的屯垦建设,昔日黄沙滚滚的荒漠变成了绿洲,224团也成为了维护和田地区稳定的排头兵、生力军。

截止到2014年底,224团已开发土地18万亩,种植近16万亩,其中以红枣为主的特色林果近13万亩,各种生态防护林近3万亩,荒漠林保护0.8万亩。2013年,224团实现生产总值4.95亿元,人均产值5.19万元,在岗职工年平均工资41162元,是十四师唯一的非贫困团场。建成连队居民点8个,引进安置新职工4129名,人口12000多人。

2016年2月26日,新疆生产建设兵团直辖的县级市昆玉市挂牌成立,成为中国最年轻的城市。昆玉市人口4.75万人,其中维吾尔族占68.1%,是新疆生产建设兵团下属9个城市中,少数民族人口比例最高的城市。按规划,昆玉市的基础设施服务范围将涵盖兵团第十四师所有团场。

昆玉市市政府所在地即位于兵团十四师224团驻地。

第八章 高原下，沙漠中

此一批援疆医生选派的时候，正值昆玉市筹备、申请报批前期，这是和田地区一件政治大事。要建设一座新兴城市，要吸引人、留住人、用好人，医疗卫生、教育科技一定要先行打好基础。因此十四师向北京提出援助要求的时候，特地提出准备将现有的300张病床的医院，扩大到500张病床规模，要求派遣一名等够胜任此种中型医院规模管理的医政干部，再加一名心血管专业的医生。

可是当满腔热情的刘士军和安永为到达224团医院之后一看，心里却不免产生了一点不大不小的落差，摆在眼前的是只有一栋3层小楼，实际病床数量30张，初级卫生保健性质的一家一级医院。医院里一共有6名医生，影像科室2人，化验科室2人，药房2人，还有五六个专职护士。剩下的基本就是没有行医资格证的助理医师和护工了。包括前勤、后勤在内，全部加在一起51人。自然，医院也不可能分科室、专业，仍然还是全科的路数。

此时，规划中500张病床，9层楼的中型医院还停留在图纸上。一年之后，等刘士军、安永为都快回北京了，一度调整了规模的医院大楼才封顶。

"援疆首先是政治需要。"刘士军说，"一万多名团场职工中，90%是汉族，90%的汉族人里，90%来自河南。"

医院上上下下对援疆医生都比较尊重，很多大夫愿意跟他们交流，都叫刘士军、安永为老师，当地的老百姓来了，就称他们专家。每到团场一处，都有热切期盼许久的人老远迎上来说，欢迎北京的大专家来我们这儿。他们常常能体会到一种救死扶伤的成就感。

初来乍到，也就是3月末的一天，突然有一个40多岁的男人来看急诊，表现为心口痛。安永为当时考虑是心脏，但心电图检查结果不是很明确，因为初来乍到，对医院的情况不是很了解，再加之药品不是很应手，安永为就跟着救护车，把患者转诊到地区医院，一查果然是急性心梗。"救活一个人,这时候确实很有成就感。"

会上会下,刘士军经常给医院的医生们讲,最重要的是沟通,跟患者沟通:对于病人来说,他一般不知道你看不了他这个病,因此我们必须得想办法,妥善解决,因为医院没这么多投入,条件仅限于此。

在这个年轻的团场区域里,人际关系都比较融洽,与北京相比,医患关系也相当和谐。

同在这一块人工建设的绿洲上工作、生活,图纸上就那么巴掌大一块面积,流动人口少。在医院里两个候诊的患者碰见,一说你是7连的,他是8连的,论起来都是半熟脸。可是要遇到特殊纠纷情况怎么办?如果闯进来一二十人,一水的黑衣裳,一般的外来医生肯定会非常紧张,刘士军坦言,自己自然也会紧张,不过他有他的想法:"对于我个人来说呢,它有一个圈子叫好人怕坏人,坏人怕法律。国有国法,家有家规,你作为大夫不容易,说你懂医学的同时,你得懂法,什么法?包括治安管理法、执业医师法、护士管理条例,你都得知道。"

团场医院与地区医院、墨玉、洛浦等县城里的二甲医院相比,条件要差很多。很大一部分责任是医疗保健。作为心内科医生,安永为在房山区第一医院,主要业务是介入治疗,他是给血管放支架的高手。可惜在224团医院,因为设备条件的限制,不能施展专业技术所长。

急性心梗除了做支架,还有一个方法就是静脉注射溶栓药。团场医院是一级医院,不常备溶栓药,因为这些药不常用,存贮着就过期了,就再也无法使用。前两拨援疆大夫留下的一些药品,有些就过期了,而药品一旦过期,医院一般也就不愿意再进了。可是等真碰上需要这种药救命的病人,医生又没得使。这是一种互动情况

第八章 高原下，沙漠中

下少见的单循环现象。

安永为在 10 月份就碰到这样一个病例。

诊室里来了个第一次发病的心律失常患者，安永为诊断为"室上性心动过速"。正常情况下每分钟跳七八十下的心律，突然间就开始增速，可能一下子上跳到 200 次，再就蹿高到 300 了，反复如此。这种心动过速超过一定时间，病人可能就跟虚脱了似的，全身冒汗，脸色苍白，浑身无力，时间再拖长了，有可能危及生命。

如果医生有趁手的药物，立即用药，把他的心律给降下来，然后让他转成正常的治疗，应该问题就不大。

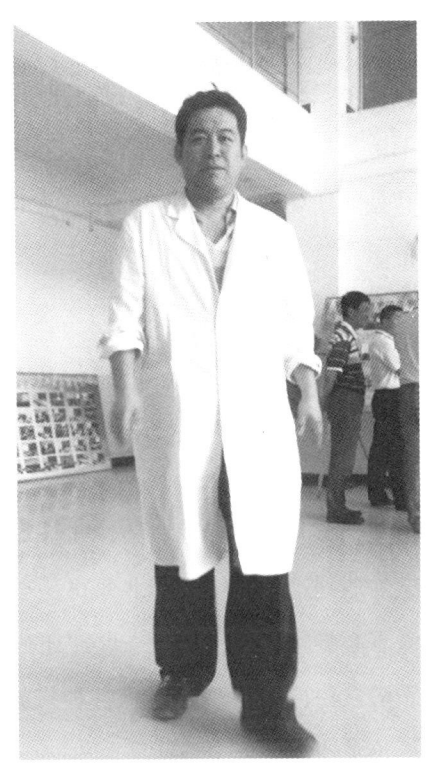

忙碌的安永为

安永为问药房，有这个药吗？有。哎呀，很顺利就把这个病人治好了！

病人转好，安永为一再叮嘱他，赶紧做根治手术，去和田或者乌鲁木齐都行，而且详细地给他讲了手术的必要性和重要性。

"可病人他就种枣呀，忙呀，没有时间。"

不想个把月之后，这人又来了。安永为一瞧，旧病复发。问药房，上回那药呢？药房说，药还有，不过就剩下两支了。那也没关系，先控制住病情再说。但是拿过来一看——药已经过期了，虽然刚刚过期几天。不过那也不敢用，治疗本身就有一定的风险性，用过期药，岂不风险更大？

"唉，那就没办法，只能用最简单的维持给他慢慢一点点地控制下来，但是效果肯定不如特效药效果好……"安永为说，"这个地方药品的缺乏程度比咱们北京要大得多，医生可选择余地相应的就小得多。"

这就是团场援疆医生的无奈。他们要应对的意外事件，在北京有时候是想象不到的。在这块几万人的地面上，没有拆迁占地这种大纠纷，往往就因为家里拌了几句嘴，邻里间传了几句闲话，夏天就连续发生了好几起想不开喝农药的。农业团场，田间地头，甚至家里，哪儿都够得着农药，够得着就容易出事。

遇到这种事情，咱北京医生就显得经验不足，被叫过去，只能看看心脏怎么样，只要一说"还行"，就只有靠边站了。团场医院对于喝农药抢救经验丰富，各种措施也相当到位，洗胃、打药，各方面急救药也很齐全。

安永为不仅长了见识，并且为当地医生们救死扶伤的精神所感动。

现代医学已经从生物医学模式发展到社会医学模式。从原来的生物病理医学逐渐转变到社会身心医学方面。衡量一个人是否健康的标准扩大到身体、心理两方面指标的反映上，也就是说，一个心理不健康的人，也不能算做一个真正意义上的健康人。

安永为呼吁："由于所在团场是农业团场，农药可及性容易，喝农药自杀遇到多起。提供有效的心理疏导干预也是重要需求。"

刘士军挂职医院副院长，他首先去摸底：咱们有多少科室？健全不健全？水平有多高？

现实情况是：内科有，外科有，援疆的儿科医生来了，后来石河子援助的医生来了,妇产科医生也来了,但是呢,五官科还没有。最大的问题是:医院真正的专业方向没有建立起来,所有力量仅限于一个"通科"。"通科"就是解决老百姓普通的常见病、多发病。

刘士军认为,即便是一家一级医院,也必须要抓住医疗质量、抓学科建设两个根本环节,更何况想在短时期内把医院建成一家正规医院。从医院的长远发展考虑,刘士军跟团场领导建议:咱们建立昆玉市之后,有可能变成师医院。尽管我不知道师医院怎么规划,最终可能发展到什么结构,但是我相信如果拿咱们医院当基础,以咱们这些原班人马为基础进行扩张发展,核心制度必须得完善。

"你没有制度,你这医院就没法干了,所以制度要最先定下来、立下来。"

在团场和医院领导的支持下,刘士军开始着手规范医院的核心制度管理,并加以补充完善。"我们在那边呢,从医疗来说,我们抓什么,就抓核心制度。"

一套规范的医疗卫生体系,或者说一个完整的医学诊治系统,需要一个团队来支撑完成。要保证团队正常有序运作,连接团队各部分之间的无形纽带,就是医院的核心制度。

医院先前有一些规章制度,刘士军所做的大量工作,就是把这些制度加以补充完善,并建立起一套与之对应的监督管理机制,使其真正规范运作。

疑难病例讨论制度,没有;危重病例讨论制度,没有。这些必须的、急需的制度应该首先加以建立完善;有一些制度,北京有,但在当地可能就不是必须的,例如输血制度。医院连血库都没有,这制度就不需要建;还有一些制度,即使由于种种条件的限制,现在还不能很好地发挥作用,但为医院今后长远发展考虑,也要预先建立起来,例如病案管理制度。以后医院扩大了,病历多了,你怎么管理？你不能说现场调，如果出了问题，还得想一些措施进行补救，那样就很麻烦，所以要事先规划好，走在前面。这就叫分门别类，因地制宜。

"所有的制度都是为病人服务的。"刘士军说，"开始时候医院的核心制度不是很完善，还包括一些管理理念。我从我这角度认为，相对的还有一些落后、滞后。"

北京所有医院有所谓的"十三项核心制度"。经过摸底，刘士军认为自己完全可以以这些基本制度为基础，为医院今后发展做一些实质性的管理建设工作。

"我当然有一定的基础，我也管过这一块。那些制度我天天看，都在我脑子里呀。从咱们在这儿的工作来说，得给他更新制度。"

首先建立医疗准入制度。比如安永为是心内科的大夫，来到当地医院，不光给成人看病，而且还给孩子看病，但是从专业上讲，儿科这一块安永为以前接触不多，因而从管理来说，就需要对他增加一个准入考核。笼统地说就是你内科不能干外科的事、妇科医生不能给孩子看病。但是从团场医院实际具体情况出发，允许适当变通：你可以提建议、你可以参加会诊、你可以通过你的专业知识进行补充，但是外专业的医生绝对不可以有主导权。

学科建设怎么搞呢？就是要细分专业，再不能是大内科、大外科的观点。从医生现有状况来看都是全科，内、外、妇、儿什么都得懂点，但要做到精细化、专业化就不太可能。现代医学，不仅专业要细分，医院内部的专业更要细分。就北京来说，阜外医院擅长心血管，积水潭医院擅长骨科，而在积水潭医院内部，看大拇指的与看食指的，就分属不同科室。

"未来的、规划中的医院，它在某一方面一定要有它能够出彩的强项，否则专业技术医生的优势就不能很好地得到发挥。"

比如心内科专业的医生，如果遇到心律失常、心梗方面的病人，不光要望、闻、问，还要通过他的专业临床经验，拿出一个初步意见来，但仍然还只是初步意见。因为根据医院的现有条件，在治疗方面可能存在一些困难，包括药品、诊断仪器、医疗仪器、抢救设备，很多问题在很多环节上存在着。

病房管理，从完善病例书写制度抓起。病人住院，首诊，要求你必须半小时之内完成病历书写；24小时之内，大病例必须完成；48小时之内，主治医师必须看到这个病人，必须得参加会诊。在72小时之内，主任医师必须得介入治疗方案。

但是这里面有一个很实际的问题，医院的人员少，也没有更多的时间送出去培训。四个大夫轮班转，一般正常情况下，就只能见到一两个。相对的，主任、主治、住院三级医师制度也不是很健全。有时候刘士军急了，只能站在走廊里大声叫医生："哎呀，你来不来呀？"

定下制度，重在落实。刘士军一再跟医生、护士宣教：现在咱们制定制度并不是目的，目的是去落实，是要想办法让大家把这些制度严格执行。减少医患矛盾，提高医政质量，这是制度制定的宗旨，为病人服务，这是咱们执行制度的最大宗旨。

在房山区第一医院，就采取各种方式进行制度普及，例如搞知识竞赛。让你就看这本书，熟悉这些制度，背下这些制度，熟悉了才能参加竞赛，参加竞赛就给你一定的鼓励，实际上就是鼓励全员去学制度，进行普及。这样以后用的时候就少出事。实践证明，只要按照卫生部颁布的，或者本医院修订的这些制度严格执行，就可以把出事的几率降低。更重要的是，不管出了哪种事故，违反了职责，都能用制度去处理当事人。以法制代替人治，责任人会心服口服，甘心接受处罚，汲取经验教训。

机制，是一家医院基础建设的软件部分。这就更复杂了，包括各种鼓励、奖励、考核、惩罚等。相对比医院有几台CT、几台核磁还重要，因为这些设备是可以买来的，而机制的养成是一个长期过程，需要常抓不懈。

深层次的就是个理念问题。以前仅停留在纸面上，实际上最核心的那一块并不完善。"医生们首先要分清楚，理解了什么叫'会诊'、什么叫'会诊制度'，这两个概念是有差别的。"

以前医院的各种软硬件条件比较简陋，病人对于医院的信任度也不很高，加之团场职工相对经济基础好一些，和田不行就飞乌鲁木齐，乌鲁木齐不行患者就奔北京了，因而医院的门诊量一直不能令人满意。通过北京医生援疆，包括石河子人民医院在此建立了分院，把主任级的技术力量也派过来了，因而224团医院的医疗技术、医疗管理水平大大提高。一些以前诊断不了的病，现在至少能给一个初步的结论；复杂病例即使不能完全治愈，但至少能就近得到及时治疗。

刘士军进一步提出："咱们有些医疗项目，可以在有限的条件下先上，逐步开展。"

复杂的病，到了哪里都一样，谁都重视。比如像心内这一块，可以先用上药，先解决突发性问题，再转到高一级的医院里去，这样病人就有了基本安全保证。但是首先你不能乱用药，脑血管病变中的脑出血跟脑梗塞，绝对是两个治疗方案。如果医生拿不准就中性治疗，如果你要看得准就对症治疗，这样对于患者愈后是否会瘫痪，很有帮助。

最大的难点在于依法执业，刘士军说："医院其实极其缺人。"

刘士军给大家讲了一个例子：内地有一家医院发生过一起医疗纠纷。病人家属在病例里翻到有位医生的名字，他是一个进修医师，执业地点不在当地。按规定，他就没有资格在这执业。就因为这个，医院赔偿 80 万元。然而细究起来，他的治疗有毛病吗？没毛病，可是人死了，死了因为病患发病。其实他也有证，但就因为执业地点没变更过去，一条全否！

一年时间，刘士军、安永为天天跟大伙叨咕这些事。就算他们不能都完全记住，至少也会印象深刻。真是情真意切，也可谓苦口婆心！

4 月份的时候，224 团医院派刘士军去石河子大学医学院招人，当然也相应给了一些优惠政策。他们到达石河子，医学院领导、当地政府的医疗管理机构对此挺重视。

"他们不是重视我刘士军，是重视这个未来的昆玉市医院，我只是医院的代表。"

刘士军把当地人才匮乏的困难如实讲清楚了，双方进行了广泛沟通。当地领导挺认可，马上表示支持，说你们需要什么人才我们可以优先安排。可效果还是有点令人尴尬。

"人家不对咱们投简历，为什么呀？南疆生活苦，你待遇上要不优厚，那无从谈起。"

就招了 5 个毕业生回来，还立马使不上。因为国家卫生部门有规定，新入职的医务人员必须先得经过专业医师培训，到上级医院培训 3 年之后才能回本医院上岗。

人往高处走。我送我的人到他那里培训，那医院条件更好，优秀的哪儿都缺，培训医院就给他留下了，这一点很令刘士军担心："同样一个月挣 5000 块钱，我愿意在北京挣。因为我花着好花，还方便，我看电影方便，我要想吃肯德基，遍街都是。"

5 月底的时候，卢宇国总指挥去 224 团调研，问医院有什么困难，刘士军当即向他汇报了医院人才匮乏的问题。

巧妇难为无米之炊。你没有大夫，何谈给病人看病？提高医疗质量得有一个团队，把人招进来是第一步，第二是怎么想方设法把人留住。他向卢宇国建议，首先要有优惠政策。不管是政府还是师里、团里，应该拿出一个相应的配套优惠政策。对引进来的专业人才，不仅从经济上，而且衣食住行各方面都该给予适当的照顾，相关的福利待遇也得给予足够保障；还得有一个立足长远的人才培养计划。让他有机会晋升，想办法让他的技术专长充分发挥。从初级到中级、高级，医学晋升这一块是资历与业绩、水平的具体体现，要制定政策让他晋升得快一点。

"算是咱们做基层工作的，给领导一个出谋划策吧，我在向指挥部述职的时候，也提出这个问题了，说咱们人才匮乏，按人员编制还缺很多，未来建9层楼的大医院，这房子不能空着呀。"

卢宇国当时就挺重视，对刘士军说你们研究一个方案，我尽快找组织部门或者人事部门协调解决。

224团的北京援疆工作队在十四师4个工作队里人数是最多的，包括4个医师、6个老师、3名行政干部。张桂华与荣冰水两位医生分别住在一个独立的单元房里，刘士军与安永为住一间三居室。按说团场为北京援疆干部们提供的条件还是不错的，生活上也比较关心。

团里专门派了一个厨师，给13个人做饭，就等于专门弄了一个小食堂出来。一日三餐厨师一个人忙活，也尽心。但既然是一个人包办，饭菜就不免单调。早餐天天是馒头、粥；中午炒三个菜；晚上呢，就把中午剩下的菜再热热，又是馒头、粥端上来。要是提议改善点，换点花样，晚上顶多再给你煮一锅面条。

甭管怎么说，援疆干部都是单位挑过来的，不管政治素质还是工作素质就得体现出高水平。在工作队里面就代表着单位,出门就代表咱北京人,就得严格服从指挥部的统一安排,遵守"十不准"规定。单位领导到和田慰问,刘士军跟领导拍了胸脯:"我说我们呢,有可能做不出什么亮点来,但是绝对不能有污点,给北京人民抹黑,这是我们可以对咱们房山区第一医院保证的。"

身在异地他乡,孤独寂寞是人人皆有的逃不掉的瘟疫。有句话说得好:寂寞就像漫天的浮尘一样,破窗而入。

孤独的时候,心情不好的时候,看电视都看不进去,想学习都学进不去,就连看个电影都烦。哥俩面对面坐着,想着家里的亲人,想着房山的同事,不知不觉就吃多了,喝多了,慢慢就开始考虑多运动。

"寂寞,每到周末,咱不说度日如年吧,那种感觉真是难熬。咱们这个团场是个新团场,人也少,又考虑到安全问题,所以我们最大的活动就是散散步,离开了生活好多年熟悉的环境,真是寂寞!"

这种孤独感到下半年好多了,但很快又到了年底,该回

种下一株新绿(左一为刘士军)

家了。焦躁不知不觉又开始悄悄地蔓延。安永为说:"人家叫每逢佳节倍思亲,我们哥俩是每到周末倍思亲。"

周末是最难熬的时候。周五一下班,周六、周日就不知道该干

些什么了。尽管北京有雾霾,再不好家在那儿,有一个生活的圈子,老婆、孩子、热炕头,最俗的也是最真实的。团场双休日不上班,但哥俩也常跑到没有人的医院里,一直在工作,写写画画,也好像一直在等着点什么。实在闲极无聊,就商量着咱们想法包个饺子吧、买点水果去吧。

刘士军认为安全都是相对的。只要你提高警惕,就能避免很多的东西,才能把危险系数降到最低。你要不注意,那不管在什么地方,都不会有充分的安全保证。哥俩严格按照前指规定,说你不能离开镇上,你活动区域在哪儿就在哪儿,一般不离开小区,不单独行动,出门买东西就两个人一起,迎着行人面走,还经常要往身后看一看。

让家人少些记挂,让医院的领导和同志们放心,也是对指挥部尽到自己的一种政治负责。

作为团场援疆医生,李群感触最深的是:"在兵团医院,远离大部队,医生们更需要有一种好的心态,因为毕竟他不是正规的医院。"

李群、焦春海俩人平时的主要工作就是出门诊,皮肤科、骨科都看,一年中共接诊患者约3100余人次,不折不扣成了全科医生。还下到各个连队开展巡诊,到离医院20多公里以外的连队里去。维吾尔族、汉族职工都特别盼望北京来的专家下基层,因为那里的心血管、呼吸道、泌尿病人特别多,而大多数患者并不知道该如何正确使用药品。

每次去基层,群众都希望专家留下来,待得时间长一点,这使两位医生感到非常欣慰。团场附近一个学校暴发水痘,紧急求救,二位心血管医生急忙赶过去,当起传染科医生,给予指导和治疗,使孩子们安全度过了暴发期。两人一商量,顺便就给周围的连队里进行了一次防治传染病专业培训。

内科医生不像别的医生,因为能帮患者做手术而感觉特别开心,他们时常要自己找事做。每个星期二、五扫院子,春天跟大家一起种树,还带头参加一些农业劳动。医院包了团场一个蔬菜大棚,李群和焦春海和大家一起先把土给平了,然后挖沟种菜。

"我们知道其他的医生、护士都暗暗瞧着我们呢。"

渐渐地,连扫院子的人都多了起来,职工们也都喜欢两个医生,爱跟他们聊天、谈心。小小的医院里,由于有了两个北京人,不大的院子里也显得生机勃勃。

"我们明白,不仅是医疗援疆,还需要人气援疆,这也是一种好的援疆模式。"

"没有架子,关键是没有架子。"谈到李群和焦春海,医院里的青年志愿者艾乐松由衷的叹服:"一些当地的老太太、老头儿呀,不洗脸,不洗手,臭烘烘的就过来了。北京大城市的专家也没有嫌弃,我觉得这点挺重要的。工作态度特别好,特别热情。就像老大哥、叔叔那种感觉。"

几个年轻志愿者如果在生活上遇到些什么事啊,开心也好,不开心也好,都愿意跟他们讲一讲,说一说。

一年365天,200多天浮尘扬沙,沙漠包围中的团场,风沙更加肆意无阻,一般十天半个月可能就给你来一次沙尘暴。夏天干热,蒸发量大,如果在北京,空调基本普及,最不济也可以找个树荫,在底下待一会儿。可是沙漠,就像跑不出的一个大烤箱,不管哪儿都是一样干热。冷了可以多穿几件衣裳,但燥热起来那种全身毛孔被堵,坐立不安的感觉,却没处躲没处藏的。

办公室和病房基本没空调,全靠电风扇。刘士军说:"想聊一聊，刚坐下你就得站起来。低头一看，凳子上全是汗。"

刘士军和安永为的宿舍里，卧室有一台小空调，别说接长不短地停电，就是平时也带不起来，屋里跟洗桑房没啥区别。没什么好办法，只能忍着，克服和坚持。

提起团场援疆干部，安永为说："他们要待上3年呢，比我们苦得多，想想他们，我们也就不当回事了。"

王涛说话中气十足，一语既出便钉是钉，卯是卯，是个开朗热情、幽默达观、典型的北京老爷们儿。话说当年，作为北京市丰台区长辛店镇常务副镇长，王涛承担了北京世博园部分建设用地的拆迁任务。

卢沟桥下有一片垃圾吸纳场，多年以来，上千外地来京人员，硬是自发将这块干涸谷地，"建设"成了一个非法聚居"村"。里面诸色人等，拖家带口，藏污纳垢，是多年不治的顽疾，清除难度之大可想而知。而王涛硬是在三天时间内，完成了区政府交给的清污除垢任务，为世界园博大会按期召开，清了块大石头。

今天，如果游览花团锦簇的园博园，请留意一下东面占地十多公顷，叫作锦绣谷的下沉式景观区域。站在观景台上，俯视眼下花海如潮，层峦叠翠，宁静幽美，怎能想象以前垃圾堆积如山、污水四溢的模样。

这样一个斩钉截铁的硬汉，面对寂寞来袭，也不知流下过多少思乡的泪水。

2013年中秋之夜，月上中天，对面居民楼灯火阑珊，邻家欢声笑语。王涛关上电视，独自从床底下拉出一箱核桃，默默拿一把锤子，咔吧咔吧开始砸核桃。砸开一个，挑出核仁，扔到箱子里，又砸下一个，挑出核仁，再扔到箱子里……砸着，砸着，泪水夺眶而出。咔吧咔吧的碎裂声里，串串泪水毫无阻拦地夺眶而出。

丰台老乡在和田（中为王涛）

皮山农场副场长、来自北京怀柔区水务局的援疆干部谭玉军，在农场的植树绿化大会战中，利用北京市提供的资金和人力上的支援，发挥自己的专业技术优势，坚持风林与风景林相结合，坚持栽树与浇水相结合，使农场风景树品种单一的状况得到改变，苗木成活率达到了85%以上。谭玉军时常与维吾尔族人老乡一起在沙漠中徒步考察，深入当地的维吾尔族人老乡家里，一起载歌载舞，与当地的维吾尔族人老乡结下了深厚情谊，深受团场职工们欢迎。

我们的援疆干部们在沙漠中苦中作乐，乐中忘苦，为援疆这本史诗大书，写下了浓墨重彩的一笔。

亲历皮山地震

2015年7月3日，这天是手术日，自然朱俊峰和刘志贤照例又要忙碌一阵。9点刚过，二人来到食堂正要吃早饭（和田与北京有2个小时时差），刚坐下，恍惚间就觉得椅子晃了一下，晕眩想吐，还以为是个人错觉。可没想到接着又晃了一下，继而整个楼都开始左右摇摆，眼前倾斜，脚底震颤……一个熟悉而又陌生的词从脑子里蹦出来，屋里的人不约而同全叫起来——地震啦！

刘志贤写道："摇晃的房屋和桌椅，现在想起来依然后怕不已，当时以为就要被压在楼下，和世界说bye-bye了。"

皮山地震发生两三分钟后，相关工作人员的手机已收到自动识别速报信息。十几分钟后，经中国地震台网中心核定的信息也到了，很快对外发布：2015年7月3日9时7分，新疆维吾尔自治区和田地区皮山县（北纬37.6°，东经78.2°）发生6.5级地震，震源深度约10千米。震中距离皮山县城约7000米，距离和田市区约160千米。

连线媒体第一时间向社会公布了地震简讯：新疆生产建设兵团十四师皮山农场遭受Ⅶ级裂度的震害，篱笆墙房子在地震当时已基本全部倒塌。

中国地震局、新疆维吾尔自治区地震局根据预案，启动二级应急响应。中国地震局派出工作队赶赴震区开展应急工作，新疆地震局现场工作队立即出发。周边各地区、县、市医院按应急响应预案组成的医疗队紧急集合，登车出发，拉响警报，赶赴震区。

摇晃停止，朱俊峰和刘志贤第一念想就是确认自己还活着，接下去要做的，就是赶紧往医院跑！跑到楼下，楼前已聚集了少数惊魂未定、刚撤离出来的住院患者。冲进楼里，只见院长正指挥医护人员、保安，把余下的所有病人转移出来。

跑上三层，窗户玻璃大都碎了，外走廊也被震出不少裂缝，砸开手术室，已是一片狼藉。透明的各种液体在地上四处漫流，柜门敞开着，瓶瓶罐罐摔在地上，玻璃碴子满地都是。原来竖在地上的沉重的氧气瓶横倒着，发出尖锐的嘶嘶啸叫。（事后检查得知，氧气瓶的减压阀摔坏了，经过申请，医院才想办法给氧气罐配了个既方便移动又能保证不倒的手推车。）

幸好住院患者没有人员伤亡，医护人员也全都平安，刘志贤、朱俊峰和大家一起继续把患者转移到葡萄架下。患者横七竖八地躺着或坐着，医生们一起忙碌，就在露天里给病人输液。随后得到的指令是，要北京医生负责比较重的和术后患者的安全。

地震发生时，远在160千米之外和田城中指挥部的援疆干部们，也都正在二楼食堂吃饭。看到眼前的盘碗叮当叮当乱跳，窗台上的花盆也晃起来，立刻有人最先意识到——地震了！大家拔腿就跑，一哄而下，全惊魂未定地聚集在楼前的小广场上，进一步等待消息。

15分钟之后，接到地区医院医务处电话通知：皮山发生6.5级地震，让大家自己注意安全，多多保重。9点50分，医生们乘坐班车进入医院。台卫平所在科室的护士长给主任打了一个招呼，说有紧急救援任务，跳上车就走了。

"再见到她已经是4天之后了，刚从皮山地震现场回来的护士长满脸倦容。"

很快，地区医院医疗组在渠浩、李晟辉的组织下，在工作现场签署了集体请愿书，积极要求到地震现场，救死扶伤。全文如下：

尊敬的指挥部领导、地区医院领导：

我们全体地直医疗组医生集体请愿到皮山地震灾区及皮山县医院参加一线抗震救灾工作！我们全体同志都具有高度的使命感，救死扶伤是我们的天职，尤其我们身在和田，在地震灾区一线，我们集体认为我们责无旁贷！我们均为中高级职称以上，具有丰富的临床经验，能胜任各科的临床救援工作。我们多为中青年医师，精神饱满，常年工作在临床一线，都能胜任高强度工作。

请领导考虑我们的要求，我们将随时听从指挥部领导的安排，严阵以待，随时准备出发！

几次重大灾害，如2003年"非典"、2008年汶川大地震，医务工作者表现出了良好的素质，经历了考验。

刘志贤、朱俊峰安置完病人后，又和医院职工、联防队员一起，赶搭救灾帐篷，陆续把病人往帐篷里转移。经过二人建议，医院拨出一个小地震棚，作为小轻创治疗室，朱俊峰在里边做轻创、手破、缝

葡萄架下的临时救护点

针等类的小手术。刘志贤主要负责外伤患者的首诊与分诊，对伤患的治疗进行指导和把关。

因为麻醉设备毁了，做不了比较大的手术。重症患者立即转往和田。当天两位北京医生连续12小时坚守一线，水米未进。

截至到4日下午14点统计，和田地区已知有3人死亡、48人受伤、2000余间房屋损坏，最后的统计结果是：死亡3人、受伤260人、倒塌和严重破坏的房屋达12万多间。

这次地震的震中在皮山县的皮西纳乡，海拔约1800米，50千米范围内的人口密度为25人/平方千米。在离震中约13千米，较近的村子里，农民阿不来提·阿不都卡尔家的老房子倒了，然而2011年

新盖的抗震安居房却没倒。皮西纳乡的大部分和整个县城都位于Ⅷ度区内,属于这次地震的极震区,房屋倒塌、损坏得比较严重,伤亡人数却相对较低。

6.5级,裂度为Ⅶ的强烈地震,所带来的人员伤亡,并没有想象的严重。这是什么原因呢?

皮山县位于新疆维吾尔自治区最南端,喀拉昆仑山北部、塔克拉玛干沙漠南缘,是以维吾尔族为主体的边境县。全县总人口约26.5万人,少数民族占兵团农场临时安置点的98.4%。县年降水量30毫米,而全年水蒸发量却有2400毫米,属于极度干旱地区,是国家级贫困县。大量的转移支付和补助、富民安居工程所用资金,几乎全部来自北京的对口援助。

人员伤亡较少的首要因素是安居富民房发挥了作用。安居房建成的比例约40%,此次地震中,虽然出现不同程度的破坏,但几乎没有倒塌的现象,极大程度减轻了地震造成的灾害损失,而老旧房子几乎都倒塌损毁了。

伤亡较少还要归功于领导重视。和田地区行署艾则孜·木沙专员介绍,和田市在6月30日,组织了一次相关地震的应急演习。这次演练假设地震发生在和田市,强度6.5级,深度10千米,不料4天之后真的发生了地震。除了地点不同之外,其他参数和演习预设值基本符合。这使得政府在最短时间内得以调集包括解放军、武警部队官兵、民兵等救援力量成为可能。整个地震过程中约有1700多人参加救灾行动,演习对减轻伤亡确实发挥了一定的作用。

皮西纳乡的书记卢开伦介绍,政府补助农民建安居房,自2010年起已经盖了1200套,可容纳全乡群众的50%。一套80平方米的住房,自己要出5万多元钱,国家给补贴2.8万元。补贴资金,主要来自于北京市的对口支援。

褚亚明说:"地震那一天,我们和田地区医院的医生是第一拨去的,《新闻联播》说喀什是第一拨,不是,事实是我们第一拨去的!当时,我们医院接到地震消息是在9点10分,我们的医生9点20就出发了,12点之前就到了。"

朱俊峰说:"农场盖了不少新楼,新盖的宿舍楼还都可以。皮山农场伤的也不大,就一个伤员,是砸的,他们这儿人也少,不像皮山县城。"

惊魂稍定,朱俊峰就立刻给家人打平安电话。这时候他爸爸还不知道地震的事情呢。朱俊峰只是简单地报告说地震比较小,不要紧,没事,别担心。

"哎呀,就怕他们为我着急嘛。"

横跨小半圈地球,南疆地震,牵动着北京的万户千家。

大家开始还都考虑,是否应该立即给家里报平安,这样北京的家人、同事、朋友就全知道地震了。后来一商量,认为现在资讯这么发达,地震的消息很快就能传遍全国,于是有人就刷了微信朋友圈,通告全体平安。

很快,所属各自医院的领导、同事、朋友,纷纷以各种不同方式了解询问情况,安抚大家有些紧张的情绪,且一再嘱咐注意安全。

台卫平说:"后方的关心,第一时间的关怀,让我们所有人都非常感动!"

皮山地震,有21名重症患者,被救护车送到和田地区医院,接受紧急手术治疗。这其中大都是外伤、骨折病人。国家卫生部、北京各大医院,包括以骨科见长的积水潭医院选派的专家,此时也都聚集和田,当地主要领导也早就等在地区医院。按照地委要求,伤员一到,当天就要进行手术。

褚亚明说:"地震当天,我们骨科就有两个人去现场了,重病人全部直接拉到我们科做手术。"

各族医生护士悉数上阵,第一天干到凌晨 5 点多种,第二天从上午 10 钟开始,又是连续两天手术,才算把伤情比较严重、需要紧急处置的十几个病人给予了妥善治疗。剩下的几个病人,因为病情不是特别急,或者因为需要特殊器械,被安排进医院后续整体治疗方案中,有序稳妥康复。

这次地震中,有一名 4 岁的维吾尔族人小男孩被房子砸伤了,被紧急送到地区医院。

地震发生后余震不断,据统计有 800 余次以上,4.5 级以上震感明显的有数十次之多。此时正是当地最热的季节,气温达到 38℃以上,地震棚里热得简直没法待。在那些日子里,在简陋的地震棚中,在连续不断的余震中,朱俊峰和刘志贤一直坚守在抗震救灾现场,每天在露天环境中接诊患者,在闷热简陋的地震棚中因陋就简,还做了两例脓肿切开手术和一例比较严重的外伤清创手术,同时承担了大量简单的清创换药工作,每天工作常常在 10 个小时以上、手机保持 24 小时开机,随时准备待命。

刘志贤说:"在紧张、恐惧和习惯中,我们时刻准备着经受再次强震带来的,更加严峻的考验。"

皮山农场的维吾尔族人同胞比例占到 98.5%,他们只要一到医院,就时刻能够感受到北京人的关怀与热情,朱俊峰、刘志贤与皮山农场的各族职工一起抗震救灾,一起经历血与自然的洗礼,再次证明了祖国大家庭各民族间血浓于水的亲情、友情。

台卫平说:"虽然最终灾害没有发展到这样严重的地步,我相信我们援友、我们这个集体有这个能力和觉悟。"

地震之后,皮山农场医院的住院楼多处裂缝,十四师派人来凿墙检测。经过勘察认定，这楼还能继续使用，就抹了一层灰，整体油了一遍白漆，重新装修，于是医院就又搬回去。再次清扫了手术室，朱俊峰和刘志贤结束了一段时间的露天工作，回到手术室。

第九章　医者仁术

七律·援疆

盛世点兵驻漠边

京师儿女过楼兰

风霜尽染白头斑

不负江山负卿颜

皓空冷月天山南

沙如飞雪水若盐

尘城苦饮几万盏

望乡今夜又一年

——王斌

名利无求

高致死、高致残的脑血管疾病严重危害人的身心健康，神经介入学的发展，为脑血管疾病的诊断治疗提供了有效方法。

脑梗死在缺血5~60分钟内，梗塞灶已出现不可逆的坏死，但其周围的"脑缺血半影区"虽然受到影响，可要在3~6小时恢复供血，便可能完全恢复功能。患者在2小时内到达急诊，再用1小时时间医生将溶栓药物注射进患者体内，这最初发病的 2 小时，被称为患者就医的"黄金时间"。

询证医学依据显示，溶栓是目前治疗急性脑梗死的唯一手段，在缺血性脑血管病诊疗过程中，急性期溶栓是第一条、也是最重要的首选治疗手段。目前，在北京等许多大中型城市的三级、甚至一些二级医院，已建立起溶栓快速绿色通道。

陈启东在地区医院院长召集的第一次援疆医生座谈会上，就建议应该建立"急性缺血性卒中绿色快速通道"，填补和田地区这块空白。

"也算是北京援疆的一个项目吧。"陈启东说。

但是开展这一新项目却并不容易。要使绿色通道畅通无阻，不限于单一的一个神经内科，需要在医院层面上进行统一协调。

急诊科要在第一时间做出溶栓判断，之后放射科要给出医学影像结论、检验科要拿出验血报告、神经内科负责具体溶栓操作、重症医学科处置溶栓过程中出现的各种可能意外。除了技术科室，还涉及医院职能机构中的药房、财务科予以简化手续。

影响患者就医时间的因素很多，有主观的，有客观的，更与所在地区经济、文化因素密切相关。在群众中普及宣教心脑血管疾病自我诊断，是所有实现条件的条件。因此，各地政府部门也比较重视。

尹铁伦和陈启东先后接受和田地区电视台《相约健康》栏目专访，就与神经系统、内分泌系统相关的常见疾病进行大众卫生宣教。节目播出后，受到了本地干部群众的好评，提高了大家对相应疾病防治的认识。为快速溶栓项目的开展，打下了一定的群众性基础。

有此前提，陈启东在地区医院建立"急性缺血性卒中绿色快速通道"的准备工作，更加稳妥、扎实地开展起来。

第九章 医者仁术

台卫平说:"我们会从比较宏观的视野,超出了个人利益的观点来建议,因为我们来这个地方,是没有任何利益诉求的。"

来和田一段时间之后,新鲜感消失,每一位援疆医生都会思考:我们能更多地干些什么?我们一年离开后,可以为和田人民留下一点什么?

5月份,医院发文,采纳了台卫平的建议——消化科与内镜室合并成立大消化科。两边主任交叉任职,消化内科主任兼着内镜室副主任,内镜室主任兼着消化科副主任。

"确确实实有利于学科发展,有利于本地医生的培养,有利于患者有更好的诊断和治疗环境,整体发挥应有的更大的作用。"台卫平责无旁贷,在新成立的大消化内科里,担负起比较多的协调、沟通工作,力求两个科室在职能和业务上能够真正融合,拧成一股绳。

台卫平带领同事进行了两次动物的内镜下黏膜下层剥离术。这种技术是目前治疗消化道早癌以及较大息肉的先进技术。第一次用的是羊胃,效果不太好,后来在北京世纪坛医院消化科林主任指导下,改换为牛结肠,3位医生果然很好地完成了试验。

单人结肠镜检查在内地,尤其是在北京的大医院是一个很平常的技术。由于历史原因,地区医院一直是双人结肠镜检查。台卫平发现这种情况,就想要把这种技术留下来,可还怕同事们不接受,就首先给同事传输一个理念:单人结肠镜检查既节省人力资源,又减少了患者的疼痛感,更可以减少检查以及治疗过程中穿孔出血等风险。

由于当地内镜操作医生数量有限以及习惯等原因,做胃镜都很快,大部分患者四五分钟就结束检查了。看到台卫平在做胃镜时慢慢退镜,他们刚开始时候就问:台医生,为啥你胃镜进和退都不快?

借机台卫平就给大家讲消化道早癌的发现，讲北京世纪坛医院消化内科内部的要求和质控。

"镜子1分钟进去，1分钟出来。大溃疡、大肿瘤您看得见，那些小的，比如说0.2、0.3、0.4公分的就很难发现。这就要求我们像狙击手一样，在瞄准镜下看仔细。如果一看没人就过去了，很可能把早癌给漏掉了。我们一定要慢慢地退，慢慢地发现。"

在世纪坛医院，每年发现的早期食管癌、胃癌以及结肠癌有数十例，处于领先水平。

一个月时间过去，台卫平确实发现了1例早期食管癌，还有1例可疑的早期胃癌，因为病理所限，当时未能确认。患者后来转诊到乌鲁木齐的新疆医科大学附属医院，重新进行胃镜及病理检查，果然是胃癌早期。

实实在在的例子让大家看到了效果，在内镜检查时自然就把退镜的速度慢慢放下来了。

平心而论，以上这些对他来讲，在医术提高上并没有什么太大帮助，更不关乎他个人利益，很大程度上属于单向传输。已是副高职称第三年的台卫平，还需要两年才能申请晋升正高。

"我不挣钱，我不晋职称，我不求名，我不求利，就这样的。"

一天正在科室查房，突然和田号码的手机响起来："台医生，您好，我是党办张主任，有一个您取异物的患者家属给您送来一面锦旗，麻烦您来一趟，和患者家属见见面。"

4月底的一个下午，台卫平正在做肠镜，突然一对年轻夫妇匆匆闯进门来，手上抱着一个2岁小男孩，说是放射科医生建议来找北京专家。这孩子上午拿着一个纽扣电池玩，过一会儿电池不见了，此后孩子就一直在哭。腹部平片显示，果然有一颗电池在小淘气肚子里，但具体位置不好确定。2岁孩子太小，没办法配合胃镜检查和治疗。想到如果电池从胃里已经进入空肠,就能自己排出来,不用白白遭罪做胃镜检查了。台卫平建议家长第二天再复查平片,反正一天时间电池不会被腐蚀。第二天下午,台卫平跑到放射科,与高顺禹在X光机下再次给孩子做了检查,很遗憾,电池仍滞留在胃里。

台卫平(右)与"小淘气"的爸爸

此时,家长表示出了对北京专家的极大信任,决意不去乌鲁木齐儿童医院,医务处领导也表示支持。快下班了,麻醉科对孩子进行了全麻,台卫平熟练进镜,很快在胃窦部找到了电池。然而先后用了两个取石网篮,电池提升到食管下端就掉下去了。换了异物钳,顺利取出来了!孩子出院后各方面都挺好。

在党办,台卫平与孩子爸爸聊了一会儿。他5年前内地大学毕业,响应国家号召来到边疆,在和田一家银行工作。平时也比较艰苦和辛苦,已经把和田当作自己的家了。

台卫平感慨,就是靠着一个个务实的普通劳动者,加强了民族团结,铸就了边疆社会稳定和发展的基础。近几年地区医院每年都从内地招收几十名大学毕业生,他们将慢慢成长为医院的中坚力量。

工作中,台卫平恪守一个原则——多做少说。常常有一些需要他过去支持、会诊的病例,或者看片子、讲课、解答疑难,他都会踏踏实实去做,尽可能与当地医生打成一片。

5月中旬,他给一腹痛消瘦的17岁维吾尔族人少女做结肠镜检查,发现升结肠一个溃疡性质的病变,结肠镜不能通过。病理报告上就简单地写是一个溃疡性质病变，不超过 10 个字。医生需要看到的对于结核、肿瘤、克罗恩、淋巴瘤的鉴别诊断却一个字也没有。

台卫平把电话打到病理科，那边说我们出的报告向来就是这样的。主治医生听了很着急，说想上抗结核药物了，请北京专家亲自去给看看病人。

台卫平叫上一个维吾尔族人医生，赶到病床边，详细问了病史，发现患者没有明显的克罗恩病肠外表现，也没有明显的结核中毒症状，就建议给她做一个胃镜检查和全消化道造影检查，并建议加做 PPD 试验，进一步了解有无结核情况。可比较麻烦的是，简单的 PPD 试验，地区医院竟然不能做，还要送到市医院，主治医生因此就有些犹豫，但台卫平还是坚持让病人做一个 PPD 试验，认为对于患者的鉴别诊断很有帮助，抗结核就暂缓。

回到指挥部，晚上想想，白天跟主治医生和病理科医生表现得比较急躁。听老同志讲，十多年前，这儿的设备、硬件等条件还不如内地一家县医院，到目前这个状态，已经是进步很快了。静下心来，台卫平就告诫自己，别太急，慢慢来！

台卫平了解到，和田地区食管癌、胃癌、结肠癌等消化道肿瘤发病率比较高，很多食管癌患者到医院时，基本上已是晚期，这引起了他的很大关注。跑到病案室，把相关资料调出来：3 年来仅仅地区医院就发现了 280 多例食管癌，但却没有一例是早期发现。这意味着患者的生存时间短，生存质量差。

在院长进科室座谈时，台卫平提出：消化道肿瘤的防控和治疗需要"关口前移"，第一次就跟院长聊了半个多小时。后来院长又多次找到他和内镜室主任，专门谈这个问题，表态全力支持消化内科和内镜的发展。

在和田电视台，台卫平接受相关专访，进行了消化道疾病，尤其是消化道肿瘤的卫生宣教,节目播出后,获得了广泛的好评。他在援疆日记中兴奋地写到:医院已经投资近200万买了一套最先进的Olympus-290内镜系统,最近几个月就可以用上了。希望将来能够发现一些早期肿瘤性病变,改善患者的生活质量和生存期限。

9月份,台卫平跑去找高志屹,说新的290内镜系统装机到位,已经可以使用了,想在麻醉科协助下开展无痛胃镜及肠镜检查。

高志屹问,内镜室的设备、人员条件具备吗?台卫平回答说,差不多。

做肠镜时,长长的拇指粗的管子在人体内,像条大蛇般来回往复运动,还要往肚子里打气,护士从旁按压,当然谁都不会舒服,往往还可能恶心、呕吐,确实很痛苦。有时候这种异物感,过去好几天才会完全消失。因而很多该进行胃肠内窥镜检查的人,即使平时肚子不舒服,胀气、隐痛,甚至轻微便血,也忍着不想去医院。疏忽、不上心是一方面,瞧着冰凉的长管子就害怕也是一个原因。

无痛肠镜,就是给病人进行局部麻醉,一点痛苦感都没有。

其实以前地区医院也开展过无痛肠镜,林主任在北京友谊医院、浙江就接受过相关培训,但因为设备不是很趁手,操作相对复杂,所以只给能接受这种新技术的熟人做,做得不多,操作也就不是特别规范,因而没有大面积开展起来。现在有了北京专家的支援,加之世界先进水平的内窥镜系统到位,无痛肠镜就具备了普遍开展的条件。相应来说,做的人多了,科室的经济效益也会增加一大块。

开展一项新技术、新业务,需要一炮打响,更重要的是安全底线不能突破。不想林主任倒是信心满满,第一次就约来4个病人。高志屹通过导管把麻药打进去,台卫平亲自上手操作,二人小心翼翼,眼睛总盯着心电监护仪,看液晶显示屏上的曲线平稳,正常,才彻底放了心。

高志屹说："反正我觉得最出彩的，就是说给他们带来效益最大的，是我和台主任一起开展的无痛胃镜、无痛胃肠镜检查。"

他这个幕后英雄，终于在幕前露了一小脸！

高志屹时常想着给麻醉科开展一些以前没有的项目："虽然这些项目收益可能不是特别大，但是能和北京先进的医学麻醉技术接轨。"

随着现代医学以及传感器、电子集成技术的发展，麻醉操作要求越来越精细。针对当地做的一些麻醉项目，还是主要凭经验、靠观察，高志屹就给他们开展了可视化技术。

以前麻醉师做气管插管，主要凭的是自己的手感，直接就插进去了。现在，高志屹利用医学影像技术，直接让医生们看，管子插到哪里了，深度如何，过程中经过哪一部位了，插到位置没有。

高志屹还给当地医生传授意识监测和肌肉松弛监测技术。手术过程中，尤其是做全麻手术，最好的状态是，病人不能感觉到你在做手术。但是以前，病人进入麻醉状态的深度，也是凭麻醉师的经验来判定的。他觉得这个患者应该睡着了，但偶尔会出现病人知道你在做手术，他很难受，但又说不出来，非常痛苦。

意识监测可以让麻醉师通过量化了的指标，掌握麻醉处于既不过深也不过浅的最佳状态。正好地区医院麻醉科有一些相关的设备，他就利用这些资源，开展了这种技术，让同事们掌握。

"因为涉及你以往的经验、你的知识。所以我基本上在一些细节方面给他们进行把关。"高志屹说，"以前他们对细节的把握比较差一些，我也是多讲一些细节。"

比如说在处理低血压的问题上，尤其是处理老年人血压的问题上，可以说高志屹具有相当丰富的经验。

第九章 医者仁术

10月份,一个年纪比较大的神经外科病人需要做开颅手术。主治医生来找麻醉师的原因是,老头儿住进医院后一直心率慢,血压高:心率才50多,血压却高达180。用了很多药,血压还是下不来,所以就把手术停了。那一天正好高志屹与台卫平在内镜室做无痛胃肠镜,不在科里面,科里其他医生就给用了一些提升心率的药,想要先把心率提起来。

不想越要提升心率,心率却不提升,反而血压往上蹭蹭地急窜,从170一下子窜到200多。

麻醉科的医生有些慌了,赶忙给高志屹打电话。高志屹赶去给他们进行会诊,重新做了麻醉方案,详细告诉他们应该怎么处理:"碰到这种血压高、心率慢的病人,你不要先处理心率,你要先把血压降下来,只要血压降下来,心率自然就会往上升。"

以前没有这么处理过,科室副主任说:"咱们现在就按高主任这种方式试试吧。"用上药,病人的心率、血压果然回到正常。

实际上在这个病例之前,高志屹给他们讲过相关内容,但仅仅通过讲课,同事们印象没有那么深刻。经过具体病例,大家就全知道了,而且永远都忘不了。当然,手术很顺利就完成了,一点事情都没有。对这位患者,北京医生起到了关键性作用。

设备到了,理念到了,无痛肠镜顺利开展起来。每周二、四是无痛肠镜时间,每到这时候,台卫平、高志屹就忙得不可开交,差不多一天一次要做十七八个。在这之前,内镜室没有发现过一例早癌,但是台卫平在这儿工作了一年,发现了七八例消化系统早癌,食管癌、胃癌、结肠癌都有。

其中一个病人,台卫平印象深刻。不是因为病例特殊,而是因为那一天正是7月3号,皮山地震发生的日子。这是一位来自河南郑州在和田打工的50多岁男性,诉说一直感觉胃不太舒服,吞咽不顺利。在余震不断、晃悠悠的胃镜室里，台卫平很精细地给他看，一点一点慢慢退镜，感觉食道里像个早癌，后来病理证实了，确实是个食管早癌。

"是前一天约好的，正好赶上那天地震，房子晃荡得人都站不稳当。那病人来了，你也不能不给他做啊。"

确诊之后，台卫平跟他说，你留在这儿，我们也能做这种手术，你要是回到河南就怕拖延了。病人想想说，我还是回内地吧，因为我的医保关系不在这儿。

不管他留在和田还是回河南治，台卫平和内镜室的同事们还是感到非常舒心。因为挽救了一条生命。根据检查结果，台卫平认为，要是再拖延过半年多到一年时间，肿瘤恐怕都切不下来了。食管癌手术的花费，连同后期治疗费用加在一起，大概要几万块钱，其实河南的医疗水平也挺强，他回去手术，至少能够报销一半。

无痛胃肠镜项目开展之后，最早的受益者，还是大家身边的人。除了门诊和病房的患者，医院领导、许多科室主任、护士长都过来进行胃肠镜检查。口碑相传，不少以前想要做肠镜但是一直有心理负担的隐性人群闻讯也跑过来。

医院一位科主任的父亲，老人家七八十岁了，近期感觉不舒服，有时候肚子疼。主任找到台卫平一说，台卫平马上应允："给您做个肠镜吧。"第二天肠镜检查，果然就发现四五个息肉，进一步仔细看，器官尖上还有个早期癌症。

本院有位护士的老公，经营着一家企业，生意做得红红火火。但是跟很多生意人一样，经常在外面应酬，喝酒不断。夫人就有些担心他的身体，说到我们医院请北京专家给做个体检吧。台卫平问有什么症状，她说没什么症状，就是老喝酒，怕他胃不好。没想到胃镜下一看，看似一处溃疡，形态却是不好，取了3个活检，证实是个胃癌。

但如何能让社会上更多的人分享新技术成果是个问题。私立医院可以打广告，公立医院就不允许，不能说我这儿进了个新设备，北京来了好医生，能发现消化系统早癌。

因为要走了，所以就慢慢得放手了，把要点教会了他们，就相当于掌握这门手艺了。高志屹、台卫平都认为，这项技术就算留在和田了，能持续开展下去。

为什么能坚持下去呢？台卫平说："对患者有利。对于晚期肿瘤患者，放化疗做不了，连水都吞不下，就是我们医生们也有点惨不忍睹了。到了生命的中末期了，回县医院，或者回乡医院输点液等着吧，那还能怎么办？所以我们要尽可能做到早癌筛查，发现一例早癌，挽救一个病人，拯救一个家庭，就是这样的。"

高志屹说："我觉得这是给医院带来很好的社会效益的一个项目，并且为当地培养了人才。"

精　湛

"一个好的卒中中心，要求溶栓具体操作时间不超过 1 小时，病人从发病到送达医院的大门口，以 2 小时为界。3 小时之内到医院，给医生留的时间就不够了，但也要做。欧洲现在已经延长到 4.5 小时了。"

陈启东每周都在神经内科内部讲课，有关溶栓的讲了四五次，直到他自己认为把情况完全说清楚了，全讲到了。内容包括溶栓是什么、什么样的病人适合溶栓、溶栓的时间是多少、怎么用药、溶栓之后要注意什么、要观察哪些生命体征、哪些病理指标等。还要重点告诉他们如何进行治疗效果评估，正确填报评估病人的量表。

溶栓需求是突发性的。在神经内科里面，一般主治医生、主任医师都得要上,这就要求一要随叫随到,另一个是都得要会。主治医生应该能独立判断病人是否符合溶栓要求,决定是否该进行溶栓。因为要等主任来到现场,可能就有耽搁,有延误,时间就不够了。

"说一小时,但是如果这个病人本身体格不是那么壮实,要是还有其他种类的疾病,从见到急诊医生到我们给他用上药,要下决心,要诊断清楚,经过病人同意进行治疗,了解医疗风险,并进行评估,就要具体到每一分钟。整个小组协调一致,谁都不许慢。"

所以,培训从最基本的内容入手,科内所有的医生都要全面掌握溶栓的相关知识,具备这种技能:"如果说张医生会做,但如果张医生不在班上,李医生、其他医生也应该会做。这也是培训的意义所在。"

科室内部的培训进行了一段时间,在医院领导的支持下,由医务处出面跟各个相关科室进行联络,陈启东开始主导建立溶栓绿色通道。这个绿色通道就是从急诊接收病人,到评估病人,到放射科做CT、化验室做血化验、财务科允许后补缴费、再到药房提供药、神经内科给病人做溶栓,整个程序链条中的全部环节。各个部门都要知道你在通道中的位置、你的责任,以及允许你的时间。

由于远离内地,当地医生们平时工作节奏比较慢,各个科室之间协同的机会也比较少。急性期溶栓需要化验、影像等专业紧密合作,留给医生1个小时时间,各部门的衔接操作,精确到以分钟计算。医务处把相关科室的医生召集到一起,集中到医院礼堂里,听陈启东把溶栓需要哪些科室配合,哪些机关协调,对治疗的意义讲解灌输:

急、门诊医生,要迅速对就诊患者给予判断;符合急诊溶栓条件,立刻通知病区护士长,启动"绿色通道"流程,时间要求5~6分钟内完成……患者到达病区后,迅速测量患者生命体征、评估和判断神经系统功能，意识、瞳孔、肢体运动、感觉、评估患者程度、状态，要求在3～5分钟内完成……观察并记录碘过敏试验结果，并报告医生，要求2分钟内完成……使用手术专用电梯，快速运往导管室，要求3～5分钟内完成……

医院领导对此相当重视。其中有一个凝血功能的检测项目，溶栓要求40分钟之内出报告，而检验科说每次最快的也要1个多小时才能有结果。陈启东认为，1小时，留给神经内科的时间就过了。根据急性期溶栓的时限要求，医院下决心，很快就把机器设备给升级了。

陈启东说："这个项目的开展，对各个科室业务能力的提升，都有一定的好处。"

赵巍说："我来了之后觉得，他们的确需要咱们的帮助。而且咱们可能稍微出点力，对他们来讲，也许就会发生一个质的变化。"

由于地缘文化和历史习惯的关系，维吾尔族人群众性格普遍坦诚率真、奔放幽默，但是从另一方面来说，也反映在对细节的重视程度不够，生活工作节奏相比内地经济发达地区，往往也要慢上半拍到一拍。

其实回顾三十年前，改革开放之初的内地人，尤其是咱们北京人，何尝不是如此？这是一种长期的理念的深入变化积累过程，不能一蹴而就。要是很快的都达到理想化状态，还需要我们一批批的援疆干部来干什么？所以有时候就不能急，也急不得。

比如说手术之前要把准备工作盯好了，各种器械都要自己亲自检查一遍，否则你手术前要求给配备什么，上了手术台之后，往往就找不到。赵巍碰到过几次临时"掉链子"之后，就留了心眼，专门给下面的医生列了器械清单，明确上什么手术，都要把这些东西备上。

"每次手术前,要左盯右盯,自己再提前细细检查一遍。"

所以以后基本上大大小小的手术,甭管下面的医生能不能做,赵巍都上去。慢慢地有些小手术不用他再亲自上手了,即便本地医生没通知他,他也要跑过去看看。在手术过程中,觉得哪对,哪不对,就随时提醒,做到精益求精。

其中有个相对复杂的髋关节置换手术。病人粉碎性骨折,本来要转往外地,可巧跟院长是熟人,院长就劝他留下来。说让北京来的赵主任亲自给你做,他的技术肯定比那个地方强多了。手术下来,果然效果很好。

手术不允许你有失误,但是医院的硬件条件还是有限。刚到的时候,赵巍要看看科里都有什么设备、器械。一看吓一跳,这个也没有,那个也没有。

做四肢骨折手术需要驱血带,因为手术中要把血往上赶,这样就不出血了,可医院没有,甚至连克氏针都没有一个完整的。一般情况下,在北京做骨科手术要求必须在 CD 监测下进行,就跟咱们走路时要时刻睁大眼睛一样,钢板的置、复位的情况要求得十分准确、精确,如此才能达到预期治疗效果,减少并发症的可能。在北京就有这样一项制度,没有 CNB 就不允许你做手术,但到这里还是没有。

这可怎么办?治了几十个病人下来,医院购进了一些器械,相伴着病人越来越复杂,赵巍感到缺的东西还是比较多。比如截骨器、复位钳,主要就是赵巍用,以前医院就没有。还有克氏针、螺纹针,复位的时候用,原来也没有,这样复位就很困难。

"咱们来了不能光提困难,可要开展工作,有些必备的东西是少不了的啊。"

第九章 医者仁术

跟院领导、主任一块的时候,赵巍就跟他们念叨:咱们有些破旧的设备能不能修一修?能不能在外面找些渠道,人家有富余的暂时借给咱们用一用?

就这样找了点、修了点,再跟外面的私立医院借一点,有了器械,拿过来就解决了大问题,慢慢就把工作正常开展起来了。

当然,教技术是重点。当地医生原来复位的时候,比如一个劈裂骨折,缺乏一些复位的技巧和手法。最简单的骨折,可能就变成一个粉碎的了。当地医生处理不了,打电话叫赵巍。他上来一看就说,这个不行,骨片全碎了,用克氏针就好办了。赵巍给同事们讲怎么慢慢牵引复位:先拿一克氏针固定在这儿,它不影响你上钢板,这样就不会因为你手扶着移动钢板,导致原来只是一个简单的劈裂,拿钳子一夹,骨头就碎了……

"好多咱们北京觉得都是挺自然挺常规的东西,也比较简单,但他以前就没有这个技术。所以这是一些技巧和器械双重的事。"赵巍总结道,"究其原因,第一是当地接触得少,再一个就是出去学习的机会也少。刚来的时候觉得条件有限,想也做不了什么了,但是越到最后,就越觉得应该用更多的精力去投入。"

一天夜里两点,电话铃突然响起,电话里传来普拉提主任歉疚的声音:"赵主任,不好意思这么晚打搅您,一个严重手外伤病人,上了手术台发现手术拿不下了,想请您过去看一下,车就在楼下等着。"

赵巍二话没说,批衣而起直冲下楼。进手术室简单一看,发现这个手外伤病人腕关节掌背侧均有不规则锐器伤口,肌肉外翻,断面上可看到数条肌腱断端,创面还喷着血……马上指挥台上大夫上止血带,重新消毒铺无菌单,备显微器械。同时赵巍赶紧刷手,上手术台深入探查伤口。病人手背侧有4根伸肌腱断裂,掌侧有9根屈肌腱断裂,远断端回缩不知去向,正中神经尺神经断裂,尺动脉断裂。看到这里,赵巍心里清楚,这是一场艰苦的战斗——向远端延长切口,寻找断端,一一标记,确认对位,吻合肌腱、神经、血管。

手术结束,抬起头看墙上的表,指针已经指向次日7点40分了,又是一个不眠之夜。

"看着同事疲惫的笑脸,看着病人及家属感激的泪眼,听着普拉提主任兴奋的话语:'我们从来都没有做过这么复杂的手术。'我心中充满了骄傲与自豪。"

由于各种各样的原因,和田地区脑瘫引起的上肢畸形、结核病引发的畸形、创伤引起的畸形、重度马蹄足患者比较多。

赵巍说:"一下去就看到特别多,感受特别深,好多各种畸形的来这看病的都特别重。"

赵巍遇到了一个小时候因骨髓炎外伤治疗不当引起双脚踝骨重度畸形的中年女性。踝骨严重变形,横向发展,脚后跟朝上,最后两脚几乎完全折向了后面,连鞋都穿不上,更别说走路了。虽说患者家里经济条件比较困难,但最早还是去北京看过的,当时医生认为这样的重度畸形病,到哪儿讲也算是比较难治的了,没有多大的治疗希望,建议她截肢。

两年前,北京医疗队在甘肃看到当地有一位藏族病人,也是骨髓炎并发导致的双脚踝骨重度畸形,可还没这位中年维吾尔族人妇女那么重。经过政府关心,藏族病人被接到北京垂杨柳医院手术治疗。因而一开始,赵巍也想把这个病人接到自己医院里去治。

不过和田县医院此前还从没见过这么重的双脚踝骨重度畸形,同事们都惊讶这还能治,都没听说过!主任就和赵巍商量:别到北京去治,一定得在我们这治。我们一定得看看你到底是怎么给她手术的,看看能不能学来这个技术。

经过手术治疗,这位患者不仅能穿上了鞋,而且戴着肢具已经能慢慢挪脚走路了。出院前,她自主走进赵巍办公室,一定要跟北京医生一起照个相。这满脸幸福的维吾尔族人妇女的影像,在赵巍的手机里保留了很长时间。

和田县医院是一家一级医院,以前严重畸形病人不能治,也就都不收,往往直接给病人下结论:你这看不了,一辈子也就这样了。

大家长见识,也有了底气。赵巍和院长下乡、出去逛巴扎,甚至走在街上,遇到肢体残疾的瘸子、拐子,院长一般会拉着赵巍迎过去,叫住那人:我给你看看……你去我们医院,我们这个北京来的赵主任能给你治。

虽然这种病人不是很多,但对他们来讲,走进和田县医院以后,再走出来就是一种截然不同的崭新生活。

经过几次实证,就连县里的领导都感到惊讶——难以想象!科室里的同事现在也改了口,跟很多来咨询的重度畸形病人说:你这个病是能治的。

以前对于肢体残疾治疗有个误区,说你再怎么治,也治不成正常人,拿各种评分来作为考核治疗价值、评估治疗结果的依据。赵巍到了和田之后,见到了更多的病例,对此有了新的见解。

"对病人来讲就不一样了。虽然我们不能把你恢复成正常人,但他们以前下不了地,干不了活儿,连走路都走不了。做完手术以后能自己走路,生活能够自理,买菜做饭,自己就有了生活的勇气。对家庭来说,本来得有个人专门照顾他,得给他端大小便。手术做完之后,不仅能下地,还能走出家门,对于她自己和家人来讲,就已经是天壤之别了。更重要的是,全家人就有了希望!"

也许可以不很准确地说,这种正畸整形的效应真比看关节炎、看骨折要大许多。治好一个残疾人，他走出家门，亲戚、村民都会看到这种神奇的改变，来自北京医生灵巧的双手，具体体现出北京作为祖国首都精神与物质文明双重的发达程度，增强对祖国荣誉感的认知。这种具有放大效果的宣传，也从另一方面体现出北京人对当地残疾群众的关爱，促进民族之间的理解和交融。

"所以我们来就是两方面，一个方面就说咱们医疗方面的技术，再一个就是情感上的这种交流，这也算是精准扶贫的一种表现吧。"赵巍说，"比如我们好多钱投到这儿，有很多人他可能看不到，暂时体会不到。而你要救助这么几个残疾人，这一个村有几个残疾人你要给他救治了，这一个村整体感觉都会不一样。你给他投点钱、种点树、给他钱放几只羊，贫困户捐助点粮、油、面粉，可能不如救治几个这种病人效应更好。

几乎每一个治疗好了的患者，都会拿着自己获得新生，亲手栽种的瓜果来感谢赵巍。"说我们家种的瓜果，来了看看你，完了握握手表示感谢，说完他就给你放那儿，转身就走了。"一箱枣，一篮杏，一筐葡萄，这种质朴，往往胜过万语千言，胜似金钱。赵巍也分享了他们由衷的喜悦，平添了对北京援疆医生、对自己职业的自豪。

中央多次强调精准扶贫，赵巍一年援疆效果，真就可以说体现到了精准！

同在和田县医院外科的杨广伟，给所在的本院拳头科室，带来的是细节的补充和完善。

杨广伟发现，当地对无菌操作的概念相对来说弱一些。做一些有污染的手术，比如说一个简单的阑尾手术，他们切口感染的几率就大很多。习惯成自然，当地好多医生就认为，这个感染是正常的。

你既然阑尾已经化脓了，或者穿孔了，伤口就得感染。

周光辉每次做手术，用消毒液仔细给病人冲洗切口，那也不是什么麻烦的程序，很简单就能做到。他做的手术病例，跟当地医生的结果对比，就是不感染，大家也都能看得到：哎，他做的不感染，我做的怎么就感染呢？这时候就接受、改进了。

杨广伟说："咱们相当于帮助建立了减少感染的这种无菌操作的规范。"

"这是一种观念，"周光辉说，"其实这些维吾尔族医生手挺巧的，学东西很快的。"

北京卫生计生援疆的效果，在很大程度上体现在边疆与内地正规化医学理念的引入和一致性上。

褚亚明在地区医院骨二科，主要负责关节病的诊治。他为当地规范了关节置换手术操作规程，缩短了手术操作时间，减少了患者的创伤。主导开展了复杂的髋膝关节置换手术，使患者不出和田，就能得到及时有效的治疗。并且按照国际先进水平给规范了围手术期准备，降低了并发症的发生，提高了疗效。他还组织开展了下肢畸形矫正手术，阐明了下肢畸形矫正的原则和手术方式，使科室同事对下肢畸形尤其是足踝疾病有了新认识。

骨科胡医生，这么评价北京来的同事褚亚明："褚主任在和田主要就是让我们要正规化起来，就是从最开始的诊断、消毒、治疗，到手术指症这儿，能够和内地基本上接轨。以前在某些病理方面，我们可能还是一个盲区，褚主任给我们初步建立起来概念性的基础。在一些疑难杂症方面，有他在，我们就有可以依靠的诊断。"

墨玉县人民医院是和田地区县级医院里面，最早的二级甲等医院。普外科是一个都认为实力很强的科室。来自大兴区人民医院普外科的副主任医师高再生，就在这个科室援疆。他们开展的手术，一般主要还是胆囊、胆囊结石、胆道结石，以及疝气、阑尾炎、穿孔等一些常规性手术。

高再生在北京经常遇到的手术，例如乳腺、甲状腺开展的很少。遇到有乳腺癌的患者，基本上都转走了。

工作之余。左起：高再生、魏海滨、雷敢、陈晓芳

和田一年，他就做了两例很简单的乳腺纤维瘤，关于这两位年轻姑娘的情况，我们将在后边介绍。

高再生来到普外科，开始一段时间，每天都是看着技术强的主任做手术，给他当帮手。每天班上查完房，没大事的时候，寡言少语的高再生就在手术室待着，准备随时接受调遣。

樊辉曾经说过："你刚来，别人不知道你都能干什么，想要干什么；你在观察当地，当地的干部群众也在观察着你。"

当地医生各种业内、业外需要忙来忙去的公事、家事，当然要比我们这些离家千万里、孑然一身的北京医生多得多。时间长了，他们就有忙不过来的时候。

高再生一直记得他主刀做过的第一例手术。

这是一名40多岁的维吾尔族人女性胆囊炎患者，由于病史比较长了，炎症很厉害，粘连较多，高再生做的时候确实比较费劲，但是手术还是挺顺利的，做完之后自己感觉也处理得挺干净。不想第二天，科主任就跟高再生说，你做的那个病人有点咳嗽，有点发烧啊，你别不是把病人给做漏了吧？

腹部手术漏了是一句医学俗语，是指手术不慎造成的器官副损伤。比如说胆管损伤以后，导致胆漏或者胰漏。胰液主要用于消化分解动物蛋白，具有强烈的腐蚀性，可以想象胰液要是流到腹腔里，直接把肠子、肚子当食物给消化了，那就出医疗事故了。

高再生吓了一跳，赶紧跑到病房查看病人，认为体征平稳，再看腹腔引流管导出液也就20多毫升，徒手探查腹面，也没发现什么不良体症，就对主任明确地说应该不会漏，你要是怀疑漏的话，咱们可以查一下彩超看看。

主任很负责，很快就给病人安排了彩色B超。结果显示：腹腔很干净，没有积液。病人之所以发烧，应该是身体受到创伤，发生的一种正常生理反应。过了一段时间，引流管拔了，病人安全出院。

主任一句话，让从2009年开始就独立做胆囊手术的高再生，心里别扭了好几天。

很快，高再生又遇到了一个病人。经B超检查，发现有一处明显的腹腔占位。会诊的时候，当地医生讨论认为，既然腹腔有占位，那就要开腹，把占位切掉。开腹与微创可不一样，病人受到的损害程度要大得多，而且花费也要多，副作用大，愈后效果明显不同。

会上，高再生在一旁一直研究检查结果，认为就是一个比较简单的腹壁结核，并没有什么大麻烦。最后他说，既然是腹壁上有东西，咱们可以用彩超定位，然后穿刺一下，看到底是什么。为了对患者和自己负责起见，他特地在自己的手机上留了图片。

建议被采纳了，可高再生不放心，跟护士一起推着患者去放射科进行定位穿刺。果然针管抽出来的都是脓性液体，经验丰富的北京专家高再生立刻判定，应该就是结核。再看彩超屏幕，由于脓性液体抽出来了一部分，腹壁占位当即明显就缩小了。

后面的治疗就简单多了。放一个引流管，把脓引流出来，占位自然而然就完全消失了。患者幸运地免受了一刀之苦，回家简单地吃抗生药、抗结核药,就康复了。

既是援友,也是墨玉县人民医院领导的冯涛认为,高再生的第一个病例说明,咱北京医生对手术之后,患者体症状态的把握程度还是很强的;第二个病例说明,高再生经验丰富,基本功扎实,这样才能做出正确诊断。准确诊断是正确治疗的前提条件,这非常重要,判断结核肯定就是一个诊断经验的问题。

北京专家还把先进的手术技术、手术经验带到了和田墨玉。

在全国各地,采用微创手段进行胆囊摘除,已经是一种十分普遍的技术。在墨玉县医院普外科,也已经开展多年。但是高再生发现,他们采用的依然是四孔打眼手术,而不是现而今比较先进的三孔打眼。三孔较之四孔相比,不仅病人痛苦少,而且手术过程中只需要一个医生主刀,外带一个住院医生做副手就可以操作了。

技术教出去了,少了个二线医生,给患者带来了实惠。

时间进入到了年底,高再生上午刚完成一台手术,中午回到宿舍坐下,吃了"大厨"王斌给端上的饭菜没几口,突然接到了在外边出差的科主任打来的电话,声音急切:高老师,你快去手术室看看,有一台手术他们可能拿不下来。

这时候已经是下午三点多钟了,整个和田地区正罕见地下着小雪,高再生赶紧出门打了辆车,直奔县医院。

高再生上手术台,问二线医生怎么做不下来了,回答说,主任给他打电话通知手术的时候说,既然胆囊粘得厉害不好做,做一个造瘘就可以了。可不料他做造瘘时,打开胆囊,却没见有胆汁出来,就没敢继续往下做,再给科主任打电话,科主任才把高再生叫了来。

这是一个急性坏疽性胆囊炎患者,已经中毒性感染导致休克。已经打开的腹腔里面,病灶周围粘得可以说是一塌糊涂。高再生一看就知道，这已经不是一台普通的手术，而是真正的危重病人抢救了！手术视野里乱糟糟的了：破损的胆囊黏膜全留在腹腔里、胆囊三角粘连在一起，没经过处理就全都给剩下了。

病人的腹腔成了个烂摊子，生存的希望就在高再生身上。

经过探查，胆囊肿大明显，张力高，壁薄，内部可见有脓性胆汁，切除胆囊后，肝门区发现结石；胆总管水肿明显，穿刺可抽出空气，未抽出胆汁；胆管壁血管丰富，打开胆总管后，发现内有大量脓性胆汁，还有结石……

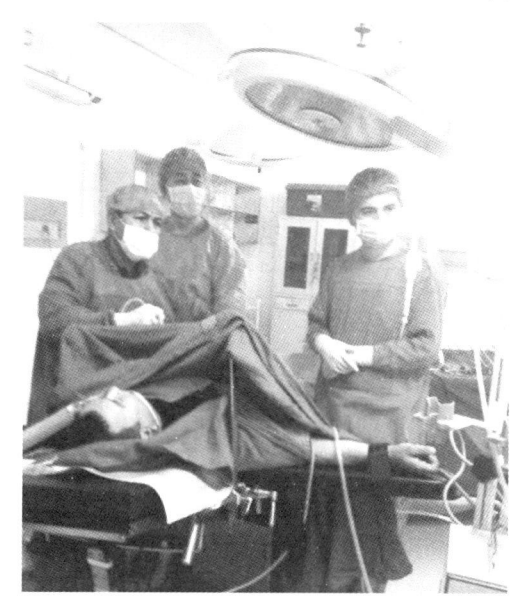

高再生（中）在手术

取出结石，留置T管后结束手术，整个手术过程出血约2000毫升。术后第二天查房发现，病人出现低蛋白血症，蛋白最低18g/L，再次给予输血、输白蛋白、补液等对症治疗。后来，病人恢复得挺好，伤口也没有出现任何感染症状，一周多以后痊愈出院。

"我只能说，我尽我的力量，尽我最大的能力去完成手术。既然你找我了，我一定给你做好，我只能做到这点，别的我也说不出太多的什么。"

往后，高再生的手术量越来越大，只要主任不在，别的医师做手术，一般都拉着他。只要北京专家往身边一站，他们就感觉到心里踏实。

在北京大兴区医院做脾破裂手术，应该不算很棘手，高再生十年前还做过一些，不过以后都是带着下边的医生，基本不用他这位副主任医师上手了。一次遇到一位20多岁的脾破裂患者，上手术台，高再生还习惯性地往助手位置上一站，不想维吾尔族人医生就是不动手，看着他也不说话。高再生说，脾破裂你做呗。维吾尔族人医生这才说，这脾破的挺厉害，而且出血有1000多毫升，他不敢做，不敢动，非得跟高再生换位置。高再生说那就我做吧。手术顺利完成，病人恢复得挺好，七天左右就拆线出院了。

高再生说："可能他们见过的外伤确实少，下面年轻医生做的机会也少。"

在墨玉县医院麻醉科的魏海滨，给当地带来了北京流行的腰硬联合麻醉技术。

以前墨玉县人民医院做麻醉，做半身麻醉，采用的是单纯的硬膜外麻醉技术。病人进入麻醉状态要半小时左右，已经属于一种比较落后的技术了。采用腰硬联合麻醉，最快的仅仅需要五分钟麻醉时间，医生就可以手术，手术质量随之提高。

麻醉科医生经常需要参加急诊、急症病人的抢救，这时候麻醉师的任务就比较重了，给药、插管、拔管都是麻醉科的事。科主任为此找到魏海滨，说想把抢救过程中，内地比较先进的麻醉手段——深静脉穿刺技术开展起来。这种新技术就是把专用的输液管通过穿刺置入静脉小血管，而不是动脉大血管里。这样在抢救的时候，输液输得快，起效快。

魏海滨亲自给大家演示锁骨下静脉穿刺技术和颈内静脉穿刺术，耐心讲解，先带动主治医师以上的医师重点学习，熟悉掌握这项抢救技术。

"主任和其他的一两个人肯定是已经掌握了，其他人还有待提高。"魏海滨说,"以后他们自己操作,我心里还算有底。"

深静脉穿刺技术的开展普及,为墨玉县医院填补了长期缺乏急救抢救快速输液通路的空白,完善了全院大手术、急症手术的麻醉抢救流程,提高了围手术期患者麻醉安全性,也为全院大型急症抢救工作提供了必要的生命保障。

魏海滨还给医院规范了麻醉操作流程、麻醉术中的管理流程,并重点在小儿麻醉方面给予指导。

在和田地区,小儿麻醉这一块需求比较多,有很多一到三岁之间的泌尿系统结石小患者,需要进行手术取石。小孩儿毕竟不像大人,体质弱,个体差异大,危险程度高,一点疏忽都可能变成医疗事故。相对于成人来说,小儿麻醉的特点一是麻醉药用量肯定要少;二是给药量控制一定要精准。所以按照正规要求,实施小儿麻醉给药量一定要通过精确计算得出:把体重作为参数代入公式,精确算出来毫克级,才能保证安全。以往全国范围内,就曾经发生过小儿麻醉后醒不过来的事故。

墨玉医院以前此类手术前,大都靠麻醉师目测,凭借经验自己去估计:"哦,这个大概有10斤或者是15斤重吧,给几克几克。"魏海滨就碰到过需要施行小儿麻醉之前,问多重啊,不想问了三四个人,都说不出来个准确的数,只是大概其地说一岁吧,或者一岁半吧。他就做了PPT,给同事们讲课,规范加强医院的麻醉管理和流程。

由于科室对此比较重视,所以魏海滨开展的业务相对就多一些。援疆期间参与完成550例手术麻醉,完成外科会诊病例16例,完成科室讲座21次。

在放射科工作的刘迎军,观察了医院的机器设备,发现虽然还是挺先进的,但是机器本身自带的好多功能并没有开发出来。他就想在现有基础上,给医院增加几个对患者有利的检查项目。但开发新项目要成本，只能暗暗记在心里，想找机会先做起来，让医生们看到效果，有了积极性，再铺开，正式推广。

5月份，刘迎军回北京几天，从顺义区医院带了4个双桶的高压注射桶。目的是利用现有机器设备，开展当地以前从没做过的叫作"头颈CDA"的项目。为此他还专门做了个课件，在医院讲了一次课。

刘迎军在美丽的大漠湿地

开始的时候，医院上下积极性都挺高，认为这项新检查项目很好，也很先进；但就是可能过于先进了些，相配套的院内很多治疗手段没有跟上。受到治疗方面的限制，有些患者在检查确诊之后，就转到更高级别的医院去了，这个先进项目慢慢就有点凉了。

刘迎军说："反正也在做，就是没有开始的时候那么热了。"

夏天时候，刘迎军主动与心内科联系，跟主任聊，推荐他们开展冠状动脉造影技术。主任一听果然挺热心，但他太忙了，今天可能去乌鲁木齐开会了，明天又出门会诊去了，具体实施的时候，耽搁就比较多。跑过去大约六七次，有些着急的刘迎军就自己去找适应证病人谈，讲解这种预防性检查的好处。

冠状动脉造影是一种无创检查技术，主要用于心脏血管血流顺畅状态的检查，对于预防冠心病的发生很有意义。往体内打一支药，然后在机器上就能看见心脏里面哪根血管窄了，是不是有发生血栓的可能，如果医生判断有危险，就可以直接针对这根血管，提前进行处理，比如说用溶栓药，或者在那个位置直接安放支架。否则等这根血管真的堵住了，就发生心肌梗死了，一旦到了那种程度，往往就来不及了，可能会危及生命，当然造影检查也不用做了。

前面多次提到，由于边疆各方面发展水平滞后等原因，当地的各族群众往往是小病忍着，发病了吃点药，往往一直拖到忍无可忍的地步，才肯走进医院。这类防患于未然，起到提前预防效果，属于普查性质的检查项目，以前医院是从来不做的。因而几次跟病人沟通的结果令人沮丧。限于经济原因，很多病人怕花钱。要是在经济发达地区，这种关键时候可以救命的检查项目肯定大受欢迎，但是在边疆地区的县里面就显得有些"奢侈"，不大接地气了。

鉴于这种情况，刘迎军就向心内科主任建议说，那您就先找一些医保的病人，把项目开展起来。大约过了两个月，来了病人，心内科的医生十分热心，半个放射科的医生也都跟着学，围着病人转。总算把冠状动脉造影检查开展起来了，真是不容易！

真情援疆，实干援疆，满腔热情的刘迎军做到了。但是要想使边疆在各方面完全都跟内地接轨，应该说还有待时日。两个填补空白项目的开展，虽然没有给医院带来显著的效益，但是刘迎军，还有高志屹他们，给当地留下了先进的技术，为医院培养了宝贵的人才，而且已经触动了原来既有的某些观念。

就像台卫平所说："相信我们持续不断的付出，一定会让这边的同事有所进步，让各民族的群众和患者受益，而每年的医疗援疆干部都会留下一些自己的积极的东西，积少成多，一点一滴地提升这边的医疗水平。"

真情实干

"脚踏实地援疆路，真情真爱融洛浦，全心全意除疾患，赤诚丹心去病虫。"这是北京援疆医疗队洛浦县医疗组喊出的口号。洛浦县人民医院的11名北京援疆医生，用天使般的爱心、高超的医术，一步一个脚印，实实在在践行着奉献边疆的誓言。

回忆这一年援疆经历，张建说："我们确实是摸着良心滚过来的。"

医疗组的老大哥单国臣刚来到洛浦时，县里没有中药、没有中医

陆军（右三）在查房

诊所，洛浦县人民医院也没有中医科。

为了晋升二甲医院，单国臣受命帮助医院筹划成立中医科。召集人员，培训医护，购进草药，布置药房，成立病区，万事都得从头做起。一直忙碌了4个月，到了7月份，一个拥有草药340种、20张床位、4名医生、8名护士的科室运作起来。从此县城有了中医中药，老百姓看中医再也不用出县到外地去了。中医在南疆洛浦生根、发芽、结果。

在与当地百姓的接触过程中，单国臣感慨："这里的患者无论是汉族患者还是维吾尔族患者，对中医都很信任，我们总能切身感到祖国医学的伟大，根盛叶茂，源远流长。"

和蔼可敬的单国臣，说起话来总是不慌不忙，不紧不慢，一派长者之风，对维吾尔族人老乡充满了爱心，每天都有慕名前来找他开方抓药的门诊患者。这位老大哥被高天、郝志玲美誉为：洛浦县医院中老年妇女的偶像。

洛普医疗队的真情援疆，集中体现在为当地培养建设一支"不走医疗队"的行动上。

想要将8个病区变成13个病区，医院需要增加大量的医护人

员。但是新进来的学生基本上以中专生、大专生为主，医疗组就对他们进行岗前培训。不过这种岗前培训可不是走过场，因为培训之后要进行实打实的考试，将考试分数高低与你填写的科室意向综合评估，才能最终确定你进入到哪一科。

"我泌尿外科肯定要选分数比较高的。"张建说，"说心里话，你分低的想搞外科搞不了。不喜欢外科，或者身体条件不够的，你分再高也搞不了。为啥？要是你晕血什么的，也不行。"

梯队建设从基础抓起。新人进入科室，先要由北京援疆医生按本科教材，一章一节地再给复习一遍专业课：手术得讲，基础知识得讲，基本知识、基本理论、基本技能都得再给他们系统过一遍，相当于又学了一遍本科生课程。

针对能留下来又不走的本地维吾尔族人医务人员，北京医生加大力度给予重点培养。

为建设一支泌尿外科的高起点专业团队，医院领导包括陆军和张建在内，都费了很大的劲儿。

麻醉科有一名年轻的维吾尔族人医生叫吾麦尔江·亚森，是县医院里为数不多的新疆医科大学本科毕业生，也是一名"准研究生"。当年吾麦尔江因为外语成绩只差了那么几分，遗憾地没能被本校录取为研究生，"准研究生"在当地算是预备级的专家了。吾麦尔江在麻醉科，但是他本人对外科很感兴趣，尤其对手术量大、难度高的泌尿外科很向往。张建他们做手术的时候，年轻的麻醉师经常在一旁认真观摩，一段时间下来颇有收获。得知医院要组建泌尿外科团队，他便找到医院领导和张建积极争取，同时，医疗组也认为他是一棵值得造就的有前途的好苗子。但是麻醉科也很珍惜这个人才，就是不放人，董院长亲自协调也没用，院长办公会下了文件还是不放。对此，从麻醉科到刚成立的泌尿外科，再到医院领导班子，大家为了这个稀缺人才伤透了脑筋。

为了医院的长远发展和临床二级分科顺利进行，一遍一遍地沟通，做工作，最终医院领导顶着莫大的阻力与压力，总算将吾麦尔江从麻醉科调出来，加入了生机勃勃的泌尿外科团队。

在董军院长的大力支持下，团队初具规模。4月份中旬，张建和他初创期的团队一起，迎来了一次不大不小的考验。洛浦县的一位患者，需要进行第二次泌尿科手术。

这位患者以前在北京解放军三〇一医院检查，病情确诊，已经进行过一次手术。等需要第二次手术时，三〇一医院的一位资深专家对他说，其实你没有必要大老远跑到北京来嘛，吃喝花费用度都不小，后续治疗和今后的复查也都不方便，你们洛浦县人民医院来的北京援疆医生就能做这种手术。

洛浦县？在家门口就能做这种复杂的四级泌尿科手术？这在以前是想都不敢想的事情。

这位专家所说的，能做复杂泌尿外科手术的北京援疆医生就是张建。他是张建博士毕业论文答辩的评委之一，对这位学生的学术水平信任，对他的手术能力有信心。

张建说："因为我毕业的时候要考试，考的就是这个手术。"

但是毕业之后的5年时间里，作为一名小医生，张建已很少能摸到这种难度级别最高的手术了。洛浦县找到张建，他听了心里一直打鼓，如果手术不干净或者愈后效果不理想，他自己荣誉受损是一方面，北京援疆医生这块金字招牌，他个人砸不起。但要是不接下来呢，也相当于没给这块金字招牌增光添彩。

最后张建下定决心：成就成了，失败了那就遗臭万年！赌注可谓不小。

接下来的几天时间里，张建一直研究病案，料想手术中可能发生的各种意外，采取的措施，脸色就像外面的浮尘一样迷蒙沉重。为给他减缓压力，医院相关领导出面，要请他去品尝当地的特色民族风味美食，可他哪还有这个雅兴？

"饭是不能吃的，但是可以坐在外面聊聊天。"

手术前一天晚上，张建紧张得一晚没睡觉。第二天上了手术台，不想因为思虑过度，反而精神倍增。

"我真的是一晚没睡，做完手术还挺兴奋，过了一天才感觉到困。当时就是那样的心情。"

手术顺利完成，干净、漂亮，患者愈后感觉良好。

此后，洛浦县医疗组又成功完成了几次比较大的手术，其中外科的周光辉完成了一例巨大多发肝包虫内囊摘除手术；骨科的曲绍东完成了洛浦第一例"腓肠神经营养血管蒂皮瓣"修复足外侧软组织缺损骨外露手术，指导完成全县第一例"全髋关节置换术"。在白晓军的带领下，医院为通过二甲评审要求而设立仅3个月的6张病床的ICU，获得专家组的高度评价。以上，都为医院的晋级评审工作起到了加火快熟的积极作用。

晋升成为二级甲等医院，洛浦县人民医院的牌子更加响亮。医院主动出面，邀请当地媒体跟进报道，给我们援疆医生的工作宣传得十分到位，进一步引起和田地区领导、地区卫生局的重视，同时也更加支持洛浦县人民医院各项工作的开展。张建也被各族医护、病患钦佩地称作"张一刀"。

张建说："我就喜欢做手术，实现了自我，这就是我作为一个外科医生价值的体现。"

用自己精湛的技术造福边疆，造福各族群众，我们每一位援疆医生都有这种信念！

和田地区各族群众，尤其是维吾尔族人老乡饮食营养不均衡，饮水矿物质含量高,加之一年之中有将近三分之二时间沐浴在沙尘里,泌尿系结石、慢性支气管炎、胆囊炎、结核病等疾病常见多发。这里多数家庭条件比较差。不管是治疗还是手术,经常能得到来自科室内各族医护的捐款资助,当然更少不了咱北京的援疆医生。

医院晋升二甲,病人大幅增加,需要资助

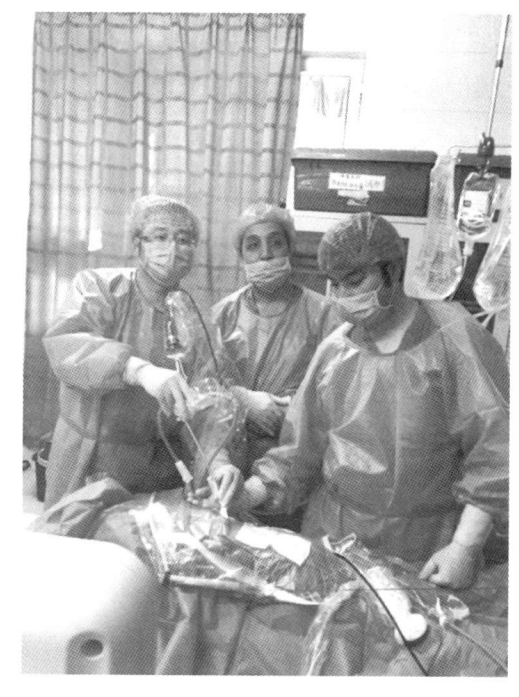

紧张手术中(左一为张建)

的也越来越多,捐款逐渐就成为普遍现象。一次又一次的也不是那么一回事呀,因此大家就商议着,干脆建立一个济贫资金,成立个济贫病房,这样不仅能够对这些患者给予及时救助,而且也便于管理。

大部分济贫资金来自于洛普医疗组的北京医生每月捐出来的全部奖金,当然还有本地医生拿出的10~100元不等的部分工资性收入。还用着五六年前的笔记本电脑并不富裕的张建,一年间前前后后总共拿出来3万多块钱作为济贫资金,济困洛浦县各族群众。

张建援疆期间二次回到北京。第一件事就是先奔潞河医院。到了科室里,把一些手术剩下的材料塞进塑料袋,带回和田,免费用在贫困患者的身上。潞河医院领导看在眼里,想在心里,很快由医院出面,联系了部分材料供应生产企业。厂家得知边疆各族百姓的贫困状态后，无不积极相应，纷纷向洛浦县伸出援手。

张建说："输尿管支架、超滑导丝都是免费用，在北京都要一两千块钱。病人得到了实惠，却无法计价。"

治疗费用降下来，还有资金资助，手术量太大。张建一周出2天专家门诊，负责8张病床，那么算下来一周下来至少8台手术，往往深夜才能回到宿舍。

"曾经有人说援疆不求有功，但求无过。但是我个人认为，为了边疆人民的健康，为了患者的生命，为了社会的和谐，吃点苦，受点累，冒点险，值！"

从2015年6月8日到11月8日期间，北京援疆医疗专家和洛浦县人民医院各科室主任及骨干医生由董军院长带领，分批次到下辖6个乡镇卫生院，重点选取的1个村落及村卫生室，组织开展"送医下乡义诊健康万里行"活动。为保障活动获得实效，医生们还与乡镇村干部、卫生院及乡村医生一起，走村串户宣传动员，送医下乡，开展义诊。虽然医院每年都要组织多次下乡义诊活动，但援疆医生与洛浦县医院领导班子一起，在吸取以前下乡义诊经验的基础上，搞出了特色，普惠了各族基层群众。

以前送药下乡带得药少，现在有了济贫资金，每次下去大约就能带四五千块钱的药。每到一个卫生院，大家就把村民组织起来，针对当地的常见病多发病进行健康宣教。北京医生还给当地卫生院进行医疗培训，县医院还派医生到下面的卫生院去，跟基层医生一块儿看病，发现问题解决问题。卫生院来了病人，由医院派驻的医生向县医院反馈病情，成为因陋就简的一种"远程会诊"模式。同时县医院还把各个卫生院的医生有重点地拉到医院进行培训，形成了双向培养。

张建建议，将来咱这个医疗卫生援疆不但要过来，也得过去。

要多选派当地医生到北京去培训,双向效果才能更好。

活动期间,参加救治的群众约为100多人,免费发放药品10000元。为贫困农牧民进行免费的健康检查测血压800人次,测血糖600人次,心电图600人次,B超580人次。

科研方面,医院以前基本上是空白,因为从来就没有这种氛围。副院长陆军与院长助理张建商量,咱能不能搜集几篇论文,营造一下学术气氛。没想到征集论文通知发下去之后反响热烈,本院的医护人员竟然陆陆续续交上来40多篇,再加上医疗组的12篇,一本厚厚的有将近50篇文章的《2015年洛浦县人民医院论文汇编》就印出来了。在论文踊跃的基础上,医院决定再加一把火,拿出一部分资金,在论文集的基础上,又搞了一个优秀论文评选。排在前几名的,或者科研项目搞得好的,医院就大力资助你。如果谁还想要进一步开展新的临床科研项目,只要你写一个报告,经医院评审小组签字认可,一样可以得到科研经费。

这些以前想不到,即使有心但也无力支撑,立足长远的基础项目,在北京大援疆的推动下成为现实。因此有年轻医师感叹,这么好的成长环境,以前真不敢想。

心内科有一位年轻的维吾尔族人女医生温且木·阿普杜拉,洛普医疗组为她确立的专业方向是"心脏介入、心脏电生理"加以努力培养。对自己要求更高的温且木并不满足现状,主动要求到北京阜外心血管医院进修学习。经援疆指挥部多方联系,梦想终于成真。

陆军说:"未来的三五年后,温且木、吾麦尔江等一批青年骨干,就会成长为医院的中流砥柱,会大有作为。"

在医疗组的建议下,患者随访制度建立起来。规定每个人每个月要随访10个病人,每个医生都有自己的"患者随访记录本"。刚开始的时候,很多人不理解,说这随访啥啊?我一个B超室的医生,有啥可随访的啊?经过解释,大家很快理解了。比如说我今天看了20个病人,有10个病人可能比较重,按随访制度要求,重病人就得随访。过去B超室的医生看完了,出了报告之后就没自己啥事了,现在要求你看见他胆囊里长满了石头,就要进行随访。跟踪看他住院了没有,在哪儿住院了,将来康复了没有,后续还有什么需求。

病人随访制度的建立,做到了患者受益、医院获益、医生提高。

"口口相传的效果比做多少广告都好。因为检查有毛病了他就是患者,检查没毛病你一随访就是朋友了。以后大家都乐颠颠地主动去做这件事。"张建说,"团结援疆嘛,这是政治援疆的重要内容。不仅是汉族团结,还得维吾尔族人团结,还得汉族和维吾尔族人之间团结。乡、城镇居民和农村居民要团结,医生护士要团结,医生和护士辅助科室要团结,包括医务人员跟患者之间要团结,包括对非患者也要团结。"

每一位北京来的医学专家,除了在一线治病,大家还都有一个共同的、重要的任务,就是负责给所在的医院培训、培养人才。医院挑一两个骨干的有发展潜力的年轻人,交由北京医生传帮带,一批批接下去,几年十几年过去,就等同于在和田当地留下了一支"不走的医疗队"。

在和田当地的医院,具有本科或者以上学历的年轻医生所占的比例数并不是很大。因而大部分年轻医生水平有限,经验更是欠缺。在北京医生来之前,他们跟本院医生学习,眼界较窄,提升较慢,北京医生来到之后,水平提升之快,有目共睹。

和田地区没有儿童专科医院,因此地区医院儿科就成为医院里最大的一个科室了。在春冬季节,儿童病高发的高峰时段,有时候能够收进将近200个小患者,而别的科室一般能收四五十个病人,就已经算是很不错的了。

相对庞大的医疗需求量，有8张病床的小ICU就显得十分薄弱，而且由于新建不久，也不是很正规。隔出来一间小屋子就做ICU了，里面只有一台呼吸机和几台小的无创呼吸机。不管硬件还是软件条件，都与北京没法比。

儿童ICU是一个比较特殊的专业。呼吸机可以买到，监护仪可以买到，好多仪器都可以买，但再好的仪器，也需要一个团队共同协调，才能有效运作，才能把这些仪器效能发挥到最大。

负责把儿童ICU一点一点扶持起来，贾鑫磊深感自己责任重大："不是说你北京来一个大夫，就能把儿童的重症监护全面搞起来。医护人员得经过长时间的经验积累，知识积累。"

贾鑫磊给这个小小的ICU，乃至大半个医院，带来了很多前沿的、国际水准的先进理念。医院也挺重视，比如说两个月就换一批医生跟着他，力争使更多的医生能够得到跟专家一起查房、接诊、治疗的机会。同时贾鑫磊也受命重点带一两个业务能力还比较不错的能留下来的年轻骨干医生。普遍受益，重点培养，医院的整体医疗水平慢慢就会得到提升。

贾鑫磊带的一个维吾尔族人医生叫塔伊尔。塔伊尔以前曾经被医院派到外边学过呼吸机的使用，但是由于患者普遍缺钱，平时很少用到呼吸机，因而在技术上还是欠缺。贾鑫磊来了以后，专门给塔伊尔传授呼吸机的使用，上了几个呼吸机孩子，主要是告诉他如何调节，让他自己慢慢上手。除了塔伊尔，别的儿科医生每天跟着贾鑫磊查房、接诊、听讲解、学操作，在一些疾病的认识、诊治上，自然也提高不少。

内科医生确实不像外科医生那样容易出彩。他们的援助效果往往更多地体现在软件上，重点还是理论的完善、深化与经验传授。

当然，由于医院硬件条件的限制，深入程度还是要差一些。

贾鑫磊说："帮着他们做了一些事儿，相信他们肯定会有一些收获。"

一年过去，贾鑫磊自己感觉离既定目标还是有很大的距离，因为很多技术欠缺不是说来一个人、来一拨人就能解决得了的，需要持续的、不断的年年派人，长期持续下去，才会有稳固的进步，才能体现出整体效果。另外，还需要当地医护人员主动发扬光大，相互间主动配合，寻求整体提升。

贾鑫磊感叹："有些问题还是不能解决，解决不了的只能是尽力，尽你最大的努力去治吧，去帮助他们！"

和田的医生相对内地来讲有其环境的特殊性，好多小大夫都是从内地医学院校里招过来的。内地人才济济，竞争激烈，年轻人到和田来，只要想学、肯学，相较内地往往更容易脱颖而出，在所属领域发挥技术专长，占有一席之地。

高再生在墨玉做了一年手术，让他觉得比较舒服一次是，腹腔镜下的胆囊手术，下边一位一线大夫跟他说，明天我早点上来，你也上来，你看着，让我动动吧。

"就这一个大夫跟我这么说过，别人从来都没说过，我挺高兴的。"

麻醉师高志屹经常要参加急诊科的抢救工作，因此经常能遇到一些危重的病人。当麻醉师的就是这样子，同样的一个病人，不同的人做麻醉，可能结果就不一样。当然谁都不希望病人有什么事儿，但有时候真是碰到无可奈何的情况，也是十分痛心，几天、几个月挥之不去。一年援疆期间，令高志屹聊以欣慰的是，在当地有限的医疗条件、整体水平制约下，只要他在科室，真没有出过什么特别大的医疗事故。

照片上这位刚下手术台、手术服完全被汗水浸透了的医生,就是高再生。

出很多汗,出很多次,为什么流汗?平常不善言辞的高再生说:"我有一次就想,我要留一张相片,我在和田做了什么事儿,都是怎么干的,我得让人家知道知道。"

9月底的一个星期六,下午3点,在新疆一附院开包虫病会议的普外科主任,从外面给高再生打来电话,说从喀什来了一个病人,得的应该是梗阻性黄疸,让高再生赶紧去病房看看,准备给他手术。高再生撂下电话,不敢耽误,赶紧就打车往医院赶。走到病房一看,患者是一位28岁女性,家属也在那儿。

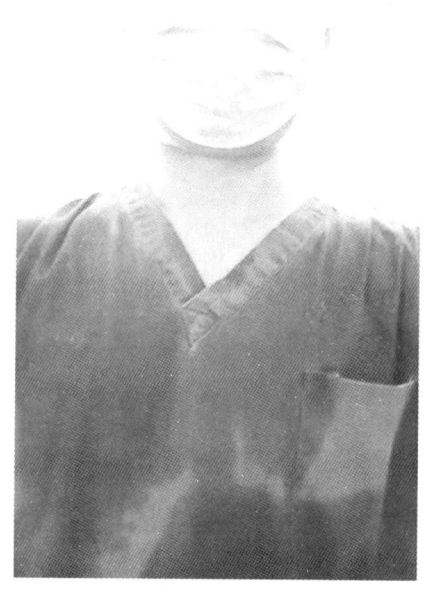

我在和田是怎么干的——高再生

为什么还不赶紧手术?

高再生与住院医师简单交流了一下,感觉有点哭笑不得。按照维吾尔族人习惯,她是否动手术,这得她爱人做主,她哥或者她爸妈虽然就守在病床边上,但都不是决定性的角色,必须得夫家人在手术单子上签字。偏偏她丈夫就不在。

开腹胆囊摘除,手术室都准备好了,但就是不能手术,高再生急得团团转。好不容易等到下午五六点钟,她丈夫总算露面了,高再生就跟她丈夫谈患者的病情,让他决定到底是在墨玉做手术还是转院回喀什。她丈夫想了好一会儿说,那就在墨玉做手术吧。

手术开始,打开腹腔,先把胆囊摘除,随后切开胆管取石,再放一替管。

"这个病人为什么记忆深刻呢?因为我上台的时候,就我和住院医生两个人。手术开始二线医生都还没来呢!"

手术进行中,二线医生来了,帮助高再生开完腹,他说家里有急事,要提前下去。可这时候手术刚完成三分之二,还没关腹呢!高再生一听,当时就急了,说你是医院的值班二线医生,你不在医院值班你还有什么事儿?你竟然要提前下去,病人谁管?

高再生这么一说,二线医生也就不好意思再走了,可心思已不在手术上。高再生一个人关腹膜,关前鞘,只有最后剩皮下、皮肤是二线操作的。相当于一台比较大的开腹胆囊摘除手术,高再生一个人,几乎整个完整地顶了下来。

出了手术室,高再生浑身的衣服再一次全湿透了。从医院走回县委大院,天已经全黑了。一回到宿舍,就把"大厨"王斌招呼过来说:"快给我弄点吃的吧,我累的都快虚脱了。"

当地的医院条件远没有北京好,没有食堂,也没有手术餐。按指挥部的规定,一个人还不能在外面单独行动,不可能一个人溜达到街边的小饭馆里吃一口。而就算是安全有保证,语言也不通呀。

冯涛说:"如果说在咱们北京,晚上做手术回来,你在路边上随便找一地方就能吃点饭,这很正常。在这儿就做不到,你就只能老老实实回到这儿来,哪儿也不能去。"

"高再生经常半夜回来了,我这儿都迷迷糊糊了,说给我做点儿吃的吧。我就爬起来,给他弄点儿,一看表都夜里11点多钟了。"王斌说,"我现在都成习惯了,平时攒点东西,有挂面、鸡蛋、西红柿。"

高再生说:"外科手术就是自己吃饭的家伙。我就想把我自己的手术做好就得了,别的也没有。"

一年援疆,高再生共计参加手术137台,其中LC(腹腔镜胆囊切除术)79台,开腹胆囊切除29台,胆总管探查9台。参加危重病人抢救3例。所有病人均痊愈出院,未出现一例并发症。

每一年的6月底,都是援疆医生们比较难受的时候,因为大家朝夕相处半年的援疆教师团队就要返回北京了。每到这时候,援友们都要聚在指挥部,举行一个小小的告别仪式。

送别援疆教师

台卫平感慨道:教师们一个学年的工作期满,从和田、从援疆指挥部"毕业"了,该回去了,回到和家人团聚的地方,和后方同事一起工作的地方。北京也是我们的家。

6月25日,没有铺张和浪费,就在指挥部2楼餐厅,简单的几个菜,7桌人,总指挥和几位副指挥,行政团队、教师团队、医生团队、警察团队，在和田的援疆干部基本上都参加了告别活动。几句简短祝福的话语，彼此挨桌相互敬酒，恍惚间大家仿佛又回到了若干年前，自己不同阶段毕业时的分别场景，那时候也是各种告别，各种祝福。

人生的不同阶段都充满了相聚和离别，和这些援疆教师还没有很好地相互认识，就又要告别了。不过眼前的气氛，是一个欢庆的告别，没有伤感，只有祝福。

"大家可以安返后方了，祝平安和幸福，和家人相守长久！"

没过多久，台卫平和渠浩一起，经历了一场惊心动魄的抢救手术。

真情实干，让我们记住所有的援疆人！

前些天，听朝阳医院普外科援疆的渠主任说，22岁的小伙子买买提昨天出院了，心里舒了一口气，一个年轻的生命，经过大家多学科一起努力，总算是抢救过来，痊愈出院了。

那是两周多前，在内镜室进行内镜检查，急诊科打电话过来，说有一个患者，急性消化道出血，休克状态，看可否进行急诊内镜检查。和内镜室林主任一起过去会诊。墨玉县来的小伙子买买提，22岁，因为便血、呕吐10小时入院，便的暗红色血液，已经超过2000ml了，还呕吐过一次，为深色的内容物，查血常规为50g/L，不到正常人的一半了，急诊科已经把红细胞输上了。在路上和林主任商量了一会儿，感觉下消化道出血的可能性更大一些，同时患者有呕吐深色的内容物，具体患者及家属描述不清，上消化道出血也不能排除。由于患者肠道还没有准备，那就先把胃镜做了，排除一下上消化道的问题吧。胃镜一直做到了十二指肠水平段，没有发现出血部位，这样患者下消化道出血基本可定了。赶紧嘱咐急诊科灌肠准备肠道，进行结肠镜检查。此时患者的血压降到了 80/50mmHg，HR123 次/分，行单人结肠镜检查。这时可以充分体现单人的优势，速度快，不需要他人配合，我很快就做到了结肠脾区，前面都是暗红的血液和大便堵塞肠腔，没法进一步进镜观察，下面退镜仔细观察没有看到出血部位。下台一看，白衣、裤子和鞋上都沾上了点点鲜血！

很快医院组织全院会诊，我给院领导汇报：从患者年轻、短期内大量出血导致休克状况来看，定性考虑肠道血管畸形的可能性最大；上面从食管到十二指肠降部，下面从直肠到结肠脾区都没有发现明确的出血性病灶，定位考虑出血部位为回盲部到结肠脾区或者小肠。这时最好的诊治方式是选择性肠道血管造影，可以在检查的同时，通过血管栓塞达到止血的治疗目的。由于地区医院不具备这个技术条件，只有开腹探查了。

开腹的重任落到了我们朝阳医院来的援友渠主任身上了。他细心地和我再次确认了胃镜、肠镜的检查结果，说需要手术中肠镜检查来配合，决定在右中下腹开进去，这样术中肠镜可上可下。果然上台后很快就需要内镜支持，我和林主任上台，患者在加压输血的情况下血压在 90/50mmHg，HR140 次/分，在右侧腹部中线偏下手术切口处往上找了 60cm，没有发现出血病灶，开口往下找了 50cm，在回盲部看到一块蓝色黏膜，像泉水一样在溢血。血管畸形！找到了出血病灶，患者有救了！大家在下面小小欢呼了一下。剩下的事情就交给渠主任了。

后来两周多的时间，每天我都会和渠主任聊一下这个小伙子的情况。经历了术后肠道吻合口的渗血、感染、低蛋白血症等难关，术前、术中和术后患者一共输了 4600ml 红细胞，相当于把全身的血液换了一个遍！患者终于出院了！想一想这一例患者可以抢救过来，挺不容易。在没有血管介入支持的条件下，急诊科、血库、内镜和普外科通力合作，在患者生命体征不平稳的情况下，勇于承担责任和风险，把握住了几个小时稍纵即逝的抢救机会，第一时间进行了急诊胃镜、急诊肠镜、剖腹探查以及术中肠镜检查，第一时间明确了出血病灶，也是维吾尔小伙家属的无助、善良和决心打动了大家，才可以让我们在第一时间内迅速下定决心。正是汉族和维吾尔族人医患之间彼此的理解和信任，才可以让年轻的买买提得以转危为安，挽留了一个年轻的生命！

陈晓芳与张巍巍同在墨玉县人民医院检验科。二人每周都要给同事们讲一些技术理论课，按陈晓芳的说法叫"互相学习嘛"。检验科有两台血球仪，不同的品牌，试剂就不一样，按理说应该是各用各的。但是有的医生"就给你混着用"，这台的稀释液没了，就把那一台的抓过来先顶上。张巍巍就一遍一遍地阻止说，这个不能混着用啊。有时候来了标本不合格，比如说血凝了或者是血少了，张巍巍认为这不能使，只有退回去。可有的医生不愿意，说这是小孩儿的，不好抽。好不容易抽了，你就给做了呗。张巍巍只能又一遍一遍地说：你这做完了，结果根本就不可靠，我们做检验不是能出几个数儿就行了。

所以两位女医生承担的另一部分工作，就是改变原来不正规的一些东西——在管理方面、技术方面跟科主任进行沟通、整理，使之进一步规范化。

"老师这个是什么呀？"显微镜下有些细胞形态认不准，大家常常会请教张老师。从学校里最基础的知识学起。张巍巍就教大家如何在显微镜下，进行手工项目操作。

比如说做胸部水常规、脑积液，以前没有一个标准，每个人数的数目都不一样。张巍巍就教大家在镜下怎么简单地精确地数细胞。细胞太多的时候，怎么乘以稀释倍数，正确报结果。她带的那个小徒弟，很快就掌握了。

张巍巍（中）在指导维吾尔族医护

张巍巍多次利用讲课的机会，给大家普及质控的概念："嗯，你们看，质控有多重要，必须得做质控，还要画质控图。"

质控就是质量控制，实际上是标准计量体系中的量值传递概念。质控的样本，是经过国家上级资质单位计量过的定值标本，是从外面买来的。主要用于校验你的仪器，做出的数准不准确。

"比如说我这一管标准血样，这数值都是固定的。你一做，好，比人高好几倍，你这报告就不能发。"

经过概念的普及与强化，质量控制体系逐步建立起来。

搞化验的陈晓芳给大家讲课，第一次讲的就是实验室的规范管理。

"因为我觉得那边吧，检验的程序不是很规范化，我们跟科主任协商，制订了相关的SOP文件，还带几个徒弟，手把手地教，潜移默化地把咱们的一些规范性程序影响给他们，一步一步按正规走。"

一年时间过去，张巍巍对援疆工作有自己的思考："精准支援，精准扶贫，各方面要配套。"

光是人来了还不够，配套的硬件条件也要跟得上。申请添置仪器设备的手续还是比较烦琐，有的需要县长签字，等仪器设备到了，这时候打申请的援疆医生可能都快走了。等下一批援疆医生再来的时候，想要接上茬儿，可能就需要经历一个过程。比方说，上一批援疆医生把细菌室给建立起来了，但是由于南疆地区交通不便，仪器设备生产厂家售后服务不及时，一等两三月设备才能实现完全正常工作。再等到从外面买得标本到了，一年援疆时间也快到了，设备很长时间就处于闲置状态。

陈晓芳不是搞细菌的，她并不熟悉细菌鉴定仪的使用，主任让她弄，可是设备经多次换人，连说明书都找不到了。她只能与北京多方联系，弄了一个 SOP 文件，算是基本解决了平时使用的问题。

医院里有一些大型仪器设备，还是比较先进的，但是以前操纵时候不正规，不严谨，很多设备自带的项目没有完全开发出来。

对于女医生来说，这些型号自己也不大熟悉的仪器设备，有一些功能会，有一些确实没把握。但既然北京医生在这儿，就方便跟北京方面进行交流、请教。陈晓芳就先自己学会了，明确功能是什么、怎么操作，再带动开发，把设备原来一些闲置的功能，尽量都给利用起来。

针对以前出结果不打报告，也不看数值，就直接发的现象，张巍巍和陈晓芳反复给同事们普及危急值的概念。

危急值，就是检验结果异常，并且已经达到危险状态的送检标本检测数值。

"出了结果必须得看一遍，先在仪器上、在电脑上看结果，过高的或者过低的那些异常数值必须得先复查，找出这标本再看看。白细胞超过多少，什么都超过多少，你必须得电话赶快通知人家临床，然后还要做好记录。几点报告的啊？接电话的人姓什么、叫什么，你检验者姓什么、叫什么，这些都得记录到一个本子上。"

《危急值报告本》建立起来,并且一直得到很好的贯彻执行。但有些管理措施就没能坚持下去,比如张巍巍建议设立的"考勤签到记录"。

教了一遍、两遍,还是做不到位,有时候张巍巍就有点着急。一向很支持她工作的主任,会从旁劝她别着急,慢慢来。是呀,在北京的对口援助下,和田地区无疑在跨越式的进程中迅速发展。但建立一种严格的机制、体制,需要一个长期的养成过程。应该充分认识到,软件方面的路径很难实现跨越,只能是在两地共同努力下加速进步。

陈晓芳乐观地说:"从卫生上、检验技术上,还有规范化上,逐渐在往正规方向发展。"

第十章　面向未来

和田地区经济、文化发展水平在全国处于落后位置。当地群众普遍缺乏对常见疾病的认识，疾病预防意识淡薄。

2016年6月，卢宇国指挥在接受凤凰网记者采访时说：医疗方面，着力点一是乡村两级卫生院、卫生室达标建设；二是希望在传染病预防上帮助当地。根据摸底调查，和田地区结核病等传染病高发，我们要在传染病防治上一个个突破，先把结核病的防治工作突破，要在预防上下功夫。

卫生免疫

付士武与赵劲松是来自大兴区疾控中心的两位医生，他们第一次把现代疾病预防控制、监测、科研和健康评价体系完整地带到了南疆墨玉县。二位北京疾控专家，为当地筹划建立起基于实验检测依据的科学的疾病预防与检测评估体系。

经过下一批王斌、雷敢两位专家后继续努力，来自疾控领域的北京医生，使墨玉县疾控中心承担突发公共卫生事件的应急检测和鉴定能力得以强化，应对突发公共卫生事件处置能力大幅度提高。

在天气干燥少雨的荒漠化环境里，沙尘一起来，飞沫传播得更快。当地有个别参加工作不久的年轻人，因为不注意自我保护，几年之后也有被传染结核病的事例发生。毋庸讳言，和田地区确实是结核病高发区。

个人预防手段，洛浦县医院呼吸消化科援疆医生郝志玲说，我们自己也就是在查房的时候，注意自己的卫生，尤其是手卫生，注意戴口罩。

有一次，郝志玲接诊了一位60多岁的维吾尔族人老太太。她这次住院，是因为长期患白内障，眼睛看东西不清楚了，准备到和田地区做眼科手术。但是在和田检查发现她血糖、血压都太高了，于是就回来了，就近在洛浦县人民医院降血压、调血糖，等各项指标都降下来，才可以再去治疗白内障。那一天科里的口罩刚好用完了，按郝志玲估计，不就是调个血糖和血压吗？就觉得没必要戴口罩了，身边的同事要匀给她一个，她还跟人家客气呢。

把老太太请进病室，先进行常规性检查，等用听诊器一按，发现老太太的肺里头有比较强烈的啰音，据老太太自己说，这两天咳嗽。

"好医生"马上建议老太太查个胸片，做个胸部的CT看看。片子返回来，郝志玲吓了一跳，双肺已成束粒样，无疑是散播性的肺结核，应该立即转到传染科住院治疗。

"她还、还打了几个喷嚏，然后我才上前去听的，离那么近。"

高天说："只能加强自我保护，因为尤其像结核这种，通过呼吸系统传播的疾病，除了戴口罩，平时你也完全避免不了。"

对于肺结核病患者，国家是给予免费治疗的。结核病患者出院以后，一般都会给带一段时间的药。但是由于当地群众的自我防疫、群体保护意识不强，不少病人回家之后，没有按照规定，遵守疗程服药，前期治疗效果就打了折扣。还有的病人，等一段时间的药吃完了以后，认为自己好了，也不来复查，如此就容易复发。在这种状况下,更有可能传染给别人。

高天说:"我觉得未来在预防保健方面,确实还是得做工作,需要做很多工作。"

"对!"郝志玲立刻说,"一定要想办法,把这个地区的结核病发病率给它降下来!"

为了和田各族人民的身心健康,为了和田的持续发展、长治久安,北京来的卫生与疾病控制专家不避风险,顶风咽沙,走村串户,真情付出,做了很多开创性的工作。

进村为常事(右为雷敢)

大兴区亦庄医院公共卫生办公室副主任雷敢,妻子同样也是一名医务工作者。北京的各个区、县每年都有上面下来的援疆名额。现在需要疾控专家奔赴和田,大学就是学预防医学与公共卫生专业,毕业之后也是一直从事本专业工作的雷敢就报了名,并且确定下来。

得到丈夫要去援疆的消息,妻子并不感觉到太过难以接受。国家需要,责无旁贷,她在丈夫不在的一年时间里,带好7岁的孩子,照顾好老人,稳定后方同样也是援疆,虽然心里跟所有家属一样,开始时候都有些为安全忐忑。

来自大兴区疾病控制中心的王斌喜欢文学,说话常插入四字成语。说起自己报名援疆的经过,与病房医生们自是另有一番不同。疾控这一职业,经常需要深入到防疫减灾第一线,具有一定的危险性。以前进入灾区、流行病暴发区,王斌都是跟家里打感情牌。

2012年7月21日，北京遭受罕见特大暴雨袭击，拒马河上游洪峰暴发，西南部的房山区成为重灾区。大面积交通阻断，部分地区通讯、供电、供水中断，受灾面积基本覆盖全区，受灾人口达到80万，并有部分人员伤亡。7.21房山大水的时候，救灾是解放军上，但是救完灾之后呢，水质、伴发疫情的检测、控制次生灾害的发生与传播就摆在了重要位置，需要疾控人员上了。

疾控中心承担所属区域内传染病、地方病、慢性非传染性疾病、学生常见病、公共卫生突发事件应急处理、消毒及病媒生物防治、食品、化妆品、涉水产品、一次性卫生用品等与健康相关产品的卫生学检测评价及卫生毒理学测试。还有健康教育与健康促进、学校卫生、职业卫生和职业病防治、放射卫生防护、从业人员健康体检、建设项目预防性卫生学评价等预防医学领域各项工作，以及承担重大活动的公共卫生保障工作。责任确实不轻！

北京遭受几十年不遇的洪灾，可以说全市范围内短时期都是措手不及，房山区那儿实在是缺人手，力量撒不开了。市疾控就打电话从各地抽人，指定从大兴疾控抽一个人，领导就指派了年轻力壮的王斌。

这次大水，经过各种媒体跟踪报道，在北京市民的感觉中闹得确实很大，深入灾区，王斌怕家里对自己不放心，动了些脑筋。别看家里父母年纪大了，自己也老大不小了，而他们还都认为自己不成熟，像个小孩子似的，做事似乎比较随意。其实这就是父母与儿女间的特殊视角，实属正常。

盘算着前前后后的时间，预计半个月就能回来，王斌就想了一招，用善意的谎言去蒙混过关。他跟家里人说，单位要派我上福建去出差两星期。接他的车一来，行李往上一扔，说机票都在车上呢，人就走了。家里也都信了。

"实际上我去房山了，正好能够圆过那个场。"

平安回来以后，又隔了一段时间，他自己说漏嘴了，家里这才知道。

这次呢，去新疆实在是瞒不了了，因为一走要一年。想想打感情牌没用，王斌只能搞拖延战术，嘴上不说，暗自准备，一直渗着。直到过了春节，上班了，出发的时间一天天逼近，不说不行了，趁着妈妈、媳妇都在，王斌说我得去一趟新疆，援疆一年。

"别去，你干吗去！"妈妈一听，果然特别激动。后来说了一句话，让王斌准备的感情牌实在打不出来了，因为确实是驳不了。

"你爸都80岁了，你想想他还有几年能看到你。"

"她这一说我就意识到，是了，如果说我在新疆，我父亲要出点儿什么问题，肯定赶不回来。"

当老师的父母，大都对孩子严格要求，从另一方面来说，目的也是期望自己教出来的"学生"能成为对国家有用的人才。爸爸知道了，找儿子认真谈了一次，自然经过一番教诲，最后的结论是："你去吧，去新疆吧。首先你也别说你到那儿能帮人什么，你先把你自己给锻炼好了。"

"就这么一件事儿，我们家人确实是……"王斌停了一下，嗓音沙哑，"因为我爸当老师的，确实可以！就说因为我这个人比较那个什么，要锻炼那种。就这么同意了。"

3月5号，郑重其事开了个家庭会，全家人坐在一起，又是千叮咛万嘱咐一番，3月10号，王斌背着包就来到了南疆墨玉县疾控中心。

墨玉县在人口相对稠密的和—墨—洛绿洲上，是南疆第一大县。官方统计数据人口57万多，其中99.6%是维吾尔族人。

雷敢说："出县城下乡去，几乎很少见到汉族同志，很少，也有，都是一些派下去的干部，还有工作队的同志。"

这些维吾尔族人老乡们都特别好，都很纯朴，大家见面之后都特别友好，表现得特别友善。渐渐地跟维吾尔族人老乡们接触多了，北京医生都养成了一个习惯，男同志跟男同志见了面之后，大家都会握一下手，然后说一声"你好"，不管是在单位还是下乡。还有时候是把手掌贴在胸前，相互鞠躬。

"每到一户老乡家里，大家都会这样。"雷敢说，"这就是维吾尔族人的一个传统吧。"

平常老下乡。上半年，个别乡村里的治安形势还给人以相对紧张的感觉，但是经过大力整治，进入下半年，走在街上、村子里，大家都能够明显感觉到，不管是整体环境还是细部环境，都发生了明显的好转。

上一批的付士武与赵劲松，为墨玉县的疾病控制进入科学化、正规化打下了基础，但还来不及深入地给予规范和细化。现在这个责任落在了王斌和雷敢身上。王斌的主要工作是检疫检验，雷敢主要是负责公共卫生服务与传染病防治。

王斌来墨玉之前，曾经向付士武了解过这儿的情况，对在墨玉工作的艰苦和辛苦有了一定的心理准备。但是来到了以后，亲眼见到疾控中心设备的落后、基础设施的欠缺，还是感觉到有点吃惊。

"条件确实是比较简陋，设备确实不行，我就想，不能因为条件不具备，或者说这个东西不合适，我就说我做不了，我开展不了。要是这么认为的话，你就别干活了，一年什么都干不了。"

因为和田地区的电力供应，主要来自塔克拉玛干大沙漠另一端的北疆，南疆地区，尤其是比较偏远的县城，停水、停电是家常便饭。

比如说要做一个生化试验，折腾了一天，试验前期处理都完了，需要 24 小时或 18 小时 36 摄氏度的培养，把材料放进温箱里静置一夜。第二天来了以后才发现，一晚上没来电，前期的所有努力全白费了。

"这一点特别特别让我恼火，经常停电。有时候你做试验的时候，哎，停水了。停水了你等着，你得等到什么时候啊？有时候一停就是一天、两天，最多时候停过三天水。"

一次、两次经历，王斌想来想去，觉得既然来到这儿，不能说因为基础设施不好、设备差、人员技术能力不够，那工作就不做了。就这条件嘛，不能被它给限制住，要上，就得自己想办法，还要根据当地的现状，结合他们的特点，去积极主动地想办法，帮助他们一起把工作开展起来。

跟不利环境周旋，把能利用上的所有条件都给他利用上，"大厨"打了个比方挺生动："就跟咱们做饭一样，说没有香菇，咱们就炒不了这个油菜菜心了？那咱们换个别的方法试一试，实在不行咱凉拌行不行？让大家得都能吃上。"

比如说停电，没关系，白天不是高温吗？可以把冷藏包拿出来，因为它同时也是一个保温包，把生化试剂放进去，搁在太阳底下晒，两个小时以后拿出来，生化反应结果也就出来了。做检测也是，没有这么高端的设备，用手工的方法，用试剂一点点滴定，照样能够做出跟一台一百万的仪器同样的结果。

王斌就把自己最原始的看家技术，包括滴定法慢慢传授给同事们。还是那句话，如果被条件限制死了，那你到这儿援疆，就等于你没干什么。

"这个最起码来讲，有这样的基础技术以后，随着他的进步，慢慢终究会有一个更好的技术在。"

墨玉县有 16 个乡镇，每个乡镇都会设一个卫生院，卫生院都有防疫科。每个乡镇下面都包括有十几、二十个自然村,每个村都会设村医。而墨玉县疾控中心的技术人员、行政人员再加上后勤,全部合起来不到40人,人员少,工作量大。

雷敢跟同事们一起,每周都下乡,去卫生院检查督导,工作相当繁重。

当地碘缺乏现象比较严重,和田地区包括墨玉县,是国家支持的免费碘盐发放地区,而由于传统饮食习惯,免费发放的碘盐效果会稍打折扣。雷敢和同事们会定期去农户家里采集碘盐,检测盐里面的含碘量,查看碘盐的使用效果。

进到这些基础农户家的院子里,一般一看就能知道这家人的经济状况如何。生活条件不错的人家,自家庭院环境建设也讲究;贫困人家,仍在使用土搭小灶,烧得是乌烟瘴气的柴禾。这种小灶人家有的吃不惯政府免费发放的碘盐,还保留着吃土盐的老习惯。他们自己从山上采来含盐的土,放进一个罐子里,再倒上清水,让土里的盐分慢慢融化进水里,做菜的时候,把有咸味的水浇上去。看到至今仍在吃土盐的人家,公共卫生人员就对他们进行宣教,还要回访,有些农户家要去许多次。

每年的3月份,在全国范围内,各地疾控中心都会针对当地6岁以下儿童,进行两次脊髓灰质炎疫苗的强化免疫,这也是墨玉疾控中心每年的重点工作任务之一。

由于某些原因,有些基层农户对于预防脊髓灰质炎的口服糖丸还不能完全接受。当地脊髓灰质炎(俗称小儿麻痹)患者,各个年龄段均有,最大的竟然在80多岁感染发病。为此,每到3月份,几乎全部疾控中心的工作人员都要分散到各个乡里,走村串校或者挨家挨户进行监督、检查,付出了大量的心血,也取得了很大的成绩。

和田为边疆少数民族地区,与几个中亚国家临近或接壤。在几年前，曾经从境外传进来一种脊髓灰质炎野毒株，现有糖丸失效。国家对此极为重视，很快就研制出对应的糖丸疫苗，对当地45岁以下的所有成年人，给予免费疫苗普服，从那时候起，就再没有发现过相关病例。

卫生防疫是专业性和社会性相结合的一种工作，比如最简单的打疫苗。疫苗从疾控中心发到卫生院，卫生院再发到各个乡村，再到每个村医手上。村医每周定期组织适龄人群过来接种，疾控工作者要经常下去检查。看这个村的村医工作做到位了没有，是否发生适龄儿童漏打的情况。因为儿童计划免疫工作有其特殊性，也是计划免疫的重点，要求按照月龄、年龄来接种相应的种类和针次。

2014年2月，付士武与赵劲松刚到墨玉第3天，就和同事们一起，下乡检查糖丸的普服情况。

付士武说："我们就等在学校门口，看见孩子出校门，就给孩子塞一颗糖丸，要看着他吃下去，随后在孩子耳朵后面，用紫药水点个点做个标记。第二天又堵在学校门口，看见耳朵后面没有的，再给他补服。但是点蓝点也要经常换位置，以防他家里自己给点上。"因为有一些极端分子或民族分裂分子造谣说糖丸不清真，甚至吃了不生育，鼓动思想保守的家长抵制。

当时的较偏僻乡村里环境还不是很安定，两位医生不避危险，不辞劳苦，奔波在田野乡村，与维吾尔族人老乡打成一片，加深了民族了解，为当地的稳定和谐做出了北京人应有的贡献。

而同属边远地区的西藏，口服糖丸就已经成为一种自觉自愿的行动与普遍共识。赵劲松讲他曾经看过一篇报道：在西藏某一边远地区，有小哥俩曾经冒雪走了三天三夜，就为了吃一粒预防脊髓灰质炎的糖丸！

和田一些地区结核病高发，同样，整个中国现在在世界上也属于结核病高负担国家之一,国家对结核病的防治都是免费服药的。政府每年都会抽出一部分财政拨款,由疾控中心或者乡镇卫生医疗机构去慰问结核病病人,给他们送去鸡蛋、油、面。

赵劲松说:"能明显感觉到,维吾尔族人老乡对于我们一个医务人员,对他们关心的感激的眼神。"

提起疾控中心的维吾尔族人同事,雷敢说:"跟他们打成一片,大家互相提高,不仅在业务上,包括别的方面也是

为贫困户送来北京捐助的米和油

互相探讨。相处得比较融洽,他们对我们感觉也特别好。"

维吾尔族人同事经常向雷敢和王斌请教电脑知识,二人也向他们学习维语,了解当地的风土民情。

王斌说:"当地人对你的态度是很直接的,他不像咱们北京人客客气气,哎,你好,我好,而其实可能心里不一定这么想。维吾尔族人同事对你的态度就非常直接。"

教技术要先跟大家交朋友,然后再教他们技术,有时候还得老师自己掏腰包。当地人特别喜欢用苹果手机,经常一边干活,一边放音乐。王斌就从北京买了几个带音箱的小播放器,说送你一个,你可以试试,使这个放。同事果然很高兴,开始时候的陌生感一下就消除了。

做检测,有同事可能会问:"哎,王主任,你看看这个是怎么回事?为什么咱俩一起做,你就能把这试验的结果做出来,我就做不

第十章 面向未来

出来?"

一看他的结果,王斌就知道,肯定是哪一步没做对。就耐心地带着同事一步一步往前捋这个试验,之后再跟他一点点地解释。告诉他,前期处理一定要仔细,可能上午半天的时间全是处理,处理完了下午才能开始做;你在做的时候,一定要做一步,记一步,不能做完这一步以后,该做下一步之前,你不知道该是第二步还是第三步,因为做检测常常可能要分四步、五步。

做检测免不了接触细菌和病毒,尤其要注意细节,但是之前单位里有的人并不很在意。例如在自我防护上,在做试验,尤其是做某些病毒检测的时候。有的人进入实验室,把手机往实验台上一放,就开始操作,中间可能还要接电话,干完活儿拿上手机,往兜里一塞直接就走了。

"这个是很可怕的,但是你要采用生硬的方式跟他说啊,谁也不一定能接受。"

王斌就想了办法,让制度说话。制定了标准、规范,还有操作流程,或者是大家应该引起注意的事项,把这些都清清楚楚地写在纸面上。实验室出来的垃圾怎么去扔?以前都是凭口说,没有文字的。现在王斌给大家做出一个流程,以后就不用再说了,每个人通过培训,都知道我拿着这袋垃圾该去哪儿,怎么进行处理。

"我就想我走之前,我给留

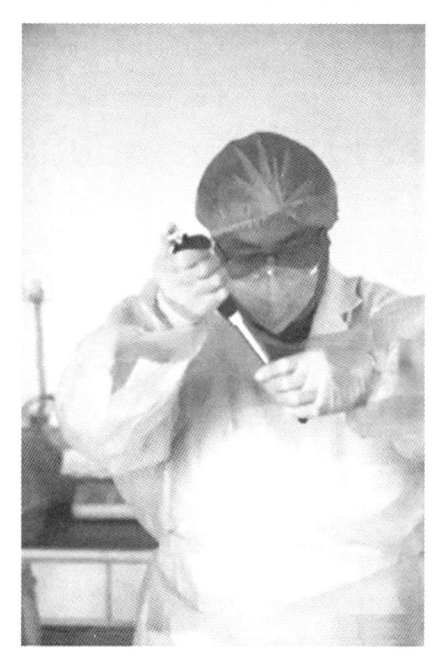

大厨王斌

下些东西，留下这么一个规范性的文字，你们照着这个去做，就不会我前脚走了，这个东西就撂下了，就不再存在了。虽然这不能算什么特别大的贡献，但是我觉得能给他留下这些东西来，就算不虚此行了，我回去以后也没什么可遗憾的了。"

疾控中心主任看了王斌整理的这些制度说太好了，以后进到实验室，第一步应该怎么做，大家就会想起来，哎，王主任，当初给写过这个制度，你看一看。

开展结核病有关的检测，王斌认为这儿的条件确实不够，一是硬件条件还有欠缺，采购上限制挺多；二是工作人员的安全防护意识还不到位。但形势逼人，只能尽快动起来。大兴疾控知道了，干脆就直接给王斌发过来防护服、3M 口罩、护目镜等。大兴疾控并不是一家实力雄厚的大单位，但是对墨玉县疾控中心，包括付士武、赵劲松，常常给予力所能及的支持。

墨玉县的村镇沿着喀拉喀什河自然分布，经常下乡，早晨坐上车，一般天黑了才能回到县城，雷敢对当地的了解程度，自是比别的医生更多也更深入一些，对当地的基本情况了如指掌。他说，我们现在有 394 个自然村，每个村配 2 名村医，他们承担着大量的工作，包括基本医疗、计划免疫，还有计划生育的工作他们也会兼着。他们的工作很重要，也很繁重。也希望这些村医们的专业技术水平再提高一些，更好地为各族群众服务。

给雷敢留下深刻印象的是三下乡，还有访民情、惠民生、聚民意的"三民工程"。自治区派下来的干部，每一个都要进到村里，当村官待三年，了解村里需要什么，对口帮扶，这样一年一年轮下去。

"当你真正在这儿扎根生活上一段时间之后，就开始对这儿的人和事有很深的感情了。"

维吾尔族同志特别好客，雷敢在村里吃过几次饭。大家在铺着绸褥子的炕上，盘腿坐一圈，男同志坐一边，女同志坐一边。然后男主人进来给男人洗一圈手，女主人进来给女人洗一圈手，就开始上菜。

"都是摆满了整个桌子，苞谷饭、馕还有凉粉，觉得都挺好吃的。"

雷敢也曾经问过基层维吾尔族人干部，对于民族问题，你们是怎么想的，回答都是，其实只有少部分坏分子才会去做破坏民族团结的事，大部分的维吾尔族人同志包括老乡、党员干部都是愿意民族团结、生活安定、经济发展的。

乡村发生了可喜的变化，指挥部办公室副主任张传武特地提到一篇情真意切的文章，现摘录如下：

艾力·卡德尔的唢呐又吹起来了

新疆新闻在线网 11 月 20 日消息（记者李隆、何琳，和田台记者翟涛、阿依祖丽帕尔·买买提明）：和田市民间艺人艾力·卡德尔欢快悠扬的唢呐声，在销声匿迹七八年后，如今又回荡在乡亲们的婚礼上，使维吾尔族婚礼重新恢复了往日的热闹与喜庆。

11 月 19 日，是和田市依里其乡农民阿不都·艾则孜儿子的新婚大喜，他请来了当地家喻户晓的民间艺人艾力·卡德尔和徒弟敲手鼓、吹唢呐，亲朋好友们伴着音乐跳起了欢快的麦西来甫。

阿不都·艾则孜说，能请到艾力·卡德尔为儿子婚礼助兴很幸运："婚礼就应该快乐一些、热闹一些，所以我们就把他请来了。三天前就打电话了，因为他在我们这里很出名，很多人都请他。"

今年 70 岁的艾力·卡德尔是和田市吐沙拉乡喀提其村人，从 15 岁就开始学习吹唢呐、打手鼓，在民间演奏了 50 多年。他告诉记者，十年前请他演奏的人非常多，有时一天甚至接到 2～3 家的邀请，每次都有一二百元的收入。但从 2006 年开始，他的演奏却受到了村里宗教极端分子的干扰："我去和田县朗如乡的一个村演出，有一个小伙子过来恶狠狠地对我说，别再吹了，不然我就砸了你们的乐器。"

绿荫（左起：张巍巍，陈晓芳、张越颖）

宗教极端分子还威胁村里百姓，结婚不许唱歌跳舞。因此，谁也不敢再邀请艾力·卡德尔为婚礼助兴。于是，曾经热闹喜庆的婚礼变得冷冷清清。从此，艾力·卡德尔的唢呐开始销声匿迹，他不得不改行磨菜刀，收入和生活都受到很大影响。艾力·卡德尔的老伴吐尼娅孜汗告诉记者："以前好的时候，一天吹唢呐可以挣 200 块钱，他制作的手鼓、扬琴还可以卖钱，现在唢呐不让吹了，这些东西都卖不掉。咋办呢？"

婚礼不许唱歌跳舞，葬礼不许哭泣，这一怪现象引起了住村工作组的高度重视。住村工作组组长、和田地区人大工委副主任、地区扶贫办党组书记车玉生告诉记者，为"摘除"宗教极端思想这个"毒瘤"，工作组进行了大量的工作："对宗教极端思想严厉打击。另外，我们入户走访进行宣讲去极端化，哪些东西是对的，哪些东西不对的。通过一段时间以后，情况就有所好转，唢呐一吹起来，于是群众都会自发地跳了。我们这个老艺人现在忙得不亦乐乎。这个事我想就这么长期抓下去。"

艾力·卡德尔的唢呐又吹起来了，这让他兴奋不已。艾力·卡德尔说："政府的各项工作做好了，我就可以开开心心地去婚礼演奏,今天这个婚礼办得特别热闹。我去年做了肾结石手术,身体不好,但一吹唢呐,我就特别精神、高兴。别人都说,我不像70岁的人,就像五六十岁的人。"

和田地委委员、宣传部长顾莹苏表示,和田今后将更加关心像艾力·卡德尔这样的民间艺人,让全地区2000多位民间艺人在传承民族文化和去极端化方面发挥更大作用。"在我们'十三五'的文化产业发展里面,我们专门提到了一项,加大对民间艺人在资金、在他们的生活等各方面给予照顾。它就是我们最喜欢、群众最喜闻乐见的一种形式。它的作用比咱们一些专业的宣讲可能吸引到的老百姓更多,再一个它又是一种维吾尔族传统文化的一些承载。这个要把它传承下来。"

为了孩子

冯芝恩在自己的援疆工作总结中写到:"2015年7月4日,星期六,地震发生后第二天16时,一名年仅4岁的维吾尔族男性患儿艾合买提被转至我科,一线救援团队告知这是本次地震最小的伤者,因可能发生颌骨骨折,一线救援团队及附近1500公里内的备战医院无法救治,接到报告后本人立即组织口腔颌面外科医生团队进行接诊。"

对这个名叫艾合买提胖嘟嘟的小男孩,医院比较重视,立刻组织全院的北京援疆专家会诊。这孩子真是幸运,恰好冯芝恩这个颌面外科的博士后就在和田,还恰好有那么多的北京专家作为后援。

对小伤员的身体状况和伤症情况进行仔细检查之后,冯芝恩确认小男孩右下颌骨体部及左下颌骨髁状突骨折。此时,孩子外伤合并肺部感染,持续发热,还因为颌骨骨折,已经无法吃饭了,应该立即进行手术；但是孩子年龄太小，术前状况不好，按理说首先考虑的应该是保守治疗。

冯芝恩与贾鑫磊、高志屹一起进行了联合会诊。贾鑫磊确定给予升级抗生素，调整补液量。对于是否应该进行手术，手术当中的安全问题，高志屹则最有发言权。

高志屹认为手术有以下两点难处：一个是小孩儿特别胖，手术时需要从鼻腔里插一根管子直达气管，这对发育尚不充分的孩子来说，难度还是比较大的。二是小孩儿受伤时候，因为房屋倒塌，有灰尘吸入到肺里，患有吸入性肺炎，正在发烧，增加了手术过程中发生并发症的风险。

但是小男孩已经不能吃饭了，要不尽快手术，还可能会出现一系列其他方面的问题。几位北京专家在一起最终确定，小男孩还是该做这个手术。

决心下定，三个人就详细制定了一个麻醉加手术的方案。高志屹认真评估了麻醉和手术风险，充分考虑到所有可能出现的意外情况，对此制订了详尽的麻醉计划，并安排相应的处理措施；贾鑫磊负责孩子的术中并发症处置以及术后康复；自然手术主刀非冯芝恩莫属。冯芝恩确定的手术方案为：鼻腔插管口内切口入路的下颌骨骨折切开复位内固定术。整个手术全程由高志屹主导，孩子的安全就全靠他掌控了。

孩子的家长是农民，经济状况本就不好，因为超生孩子也未上户口，手术需要的费用按规定不能由医保解决。这一大笔钱对于这个贫穷的又遭地震洗劫的家庭来说，无疑是前所未有的巨额开销。

孩子牵动着北京援疆医生们的心。地直医疗组的 21 名援疆医生都给孩子捐款，还自发组织探望，给他带去了玩具和奶粉等营养品，不仅从医学角度，更从人文角度，充分给予母子俩心里抚慰和关怀。

2015年7月7日上午，手术于全麻状态下进行。此前还没给这么小病人动过手术的冯芝恩精心操作——良好恢复咬合关系、完成骨折断端解剖复位，采用微钛板钉系统防止牙胚损伤。由于前期贾鑫磊制定的治疗方案效果显著，整个手术过程相对来说比较顺利。整个过程历时一个半小时。

北京医生与地震小患者

第二天，高志屹早早走进病房看望小伤员，见其恢复良好，已经能够开始自主进食了，才终于放心松一口气。手术的前后过程中，他始终陪伴在小男孩的身边，注意其生命体征变化，用自己精湛的麻醉技术，使这位最小的地震伤员平稳地度过了危险期。之后每一天，高志屹都要抽出时间来看望这位小朋友，直到他完全康复出院。这让其父母十分感动，他们没有想到，一位素不相识的北京医生竟能对他们如此关心。

高志屹说："这个手术难度很大，但是我们慢慢的一点点克服下来了。"

术后继续抗炎及支持治疗，还包括手术费用仍然是一个大问题。这时候冯芝恩突发奇想，想要为孩子争取减免全部医疗费用。但是孩子没有户口啊，对此冯芝恩倒是有他自己的理由，说这是地震造成的嘛，别的伤者有减免，小男孩为什么就不行？有人鼓励他说，那你就试试呗。

冯芝恩拿着减免报告，连同一沓子病例、收费单，跑上跑下就忙活开了。从医院的医保办、医务处，跑到地区卫生局、医保部门，还有政府相关机构。有援友玩笑地形容那几天的冯芝恩，叫"上蹿下跳"。在指挥部吃饭，援友们也经常关心他跑得具体如何，高大威猛的冯芝恩常常像一下就泄了气，低下头说："难，不容易。"

7天后患儿痊愈出院，上级的批示也及时下来了——尽管该患儿无户口，但本次抢救所有医疗费用，全部由政府承担。

援疆医疗团队聚力同心，克服困难，抢救皮山地震最小患儿的事迹，获得了北京援和指挥部及维吾尔族老乡的高度认可。艾合买提的父亲深情地说："非常感谢北京专家精湛的医术，感谢党和政府的关怀，我们将用家里长熟的白杏来感谢你们。"

2015年，和田地区人民医院授予冯芝恩"民族团结先进个人"和"优秀共产党员"的荣誉表彰。

北京广播电台和电视台驻和田记者站的记者在得知这一情况后，对医疗组和指挥部的工作进行了全程报道，冯芝恩也先后两次接受北京广播电台的专访及北京电视台的节目报道。

冯芝恩说："一年来类似的感人瞬间出现了多次，看着一个个维吾尔族人患者复诊时跑过来主动跟我握手，我从他们的眼神中看到了朋友般的感激，而不是所谓的敌意。"

当然，艾合买提一家并不知道主导手术全过程的北京援疆医生高志屹。说起自己"幕后英雄"的职业，高志屹挺坦然："因为我可能常年就是这种工作状态，我不强求这个。反正相对来说，我尽到了自己的责任。"

2015年，高志屹被评为和田地区优秀援疆干部、优秀援疆医生、和田地区人民医院先进个人、民族团结先进个人、优秀共产党员。

"医者仁术"的崇高荣誉应该赋予冯芝恩、高志屹、贾鑫磊，以及我们全体北京援疆医生，他们当之无愧。

孩子是祖国的未来、民族的希望！对于和田地区文化教育事业的发展，北京市除了选派援疆教师外，还在硬件环境上给予了不遗余力的援助。

当北京援建的和田地区科技馆开始布展的时候，卢宇国着重强调，一定要把有关宇宙、生命的内容加进去。

他说："对物质与精神的科学认知，是一个长期的过程。"

儿科医生更加关注儿童，提起孩子，贾鑫磊相对来说比较有发言权，也有些力不从心。

南疆地区儿童发病的普遍特点：一是感染疾病特别多，二是一些先天性疾病特别多。很多小孩儿在家里出生，因接生不当造成缺氧，就很容易患有脑瘫症。而脑瘫一旦发生了，是没有办法治愈的。

由于历史文化等原因，当地维吾尔族老乡的保健意识较差，很多人从小到大很少打疫苗。

"以前有一段时间当地小孩儿大多不打疫苗，"贾鑫磊声音沉重，"而你从小不打疫苗的话，那你这个孩子会得各种病，包括长大了以后，很多疾病也会随时找上来。"

百日咳、麻疹，经常看到有孩子得传染病，贾鑫磊感到很惋惜，就会苦口婆心地劝家长赶紧给孩子打疫苗，告诉他们怎样打疫苗、打何种疫苗，还建议以后要改变饮食结构，给孩子加强饮食营养，添加辅食，喂奶粉。

这也是基础保健宣教的一部分，可有些人还是不能立刻理解。

"如果你从小基础保健做好了，那后面的很多很多问题都不会发生了，即使得病了，也容易治疗一些。"

贾鑫磊认为，提高全地区的基础保健意识尤其重要，相应的基础保健宣传，宣教力度必须加强。

基础民生工程涉及方方面面，语言环境在很大程度上决定了思维意识。

著名作家毕淑敏说过，普通话应该正名为"国语"，因为是所有中国人都要熟练掌握的基本语言。曾经在新疆生活、在西藏戍边的毕淑敏对祖国语言文字的深刻理解，很值得深思。

由于维吾尔族的人文环境特点，以前很多小孩儿都不上学，常常可以在乡村甚至县城的机关大院里，见到跑来跑去不上学的适龄儿童。不是孩子不想学，而是很多家长认知程度不到，不让孩子上学。

没有科学文化知识，就容易受到宗教极端思想的蛊惑，极端暴恐分子以青年居多，绝大部分都是20多岁左右的文盲、半文盲。

高再生介绍说，在北京比较常见的乳腺、甲状腺手术，在当地开展得很少。援疆一年，他就做过两例乳腺纤维瘤。而这两位姑娘，一位是汉族，一位是双语学校的维吾尔族入学生，这很能说明问题。

对于和田地区的语言环境问题，金玉女认为给工作造成了困难。

"因为言语不通，跟病人谈病情确实是很困难，这个有可能是我们这些援疆医生都能碰到的现实问题。有时候我说的，他翻译的意思也不对，有打岔的现象，不是翻译的很确切。"因为当地沙尘暴多发、频发，所以患有肺间纤维化、肺气肿的病人就比较多。"怎么说呢，我刚说到那个病人是'肺间质纤维化合并感染'，经过翻译就有些误差，那个'肺间质纤维化'翻译成维语之后，就不是很准确。"

这种双向的"词不达意"确实让北京医生们时常感觉到挺为难。

有一天，地区医院口腔科来了个左腮肿得老高的维吾尔族人中年男子。冯芝恩看了之后，认为是腮腺导管堵住了，唾液流不出来，那还不聚集肿胀。可解释了半天，担任翻译的双语护士长也想了半天词句，想用维语给患者说个明白，让他放心。可这位患者就是一个劲儿地摇头。

还比如说会诊或者查房时候,确诊病人患有"肺间质纤维化",当地医生可能会反过来问这"肺间质纤维化"是好了还是坏了。金玉女就只能给他耐心地解释,肺本身应该就是有弹性的吧,你纤维化了,就像纤维袋或是麻袋那样,都已经硬化了,没有什么弹性了,不能正常呼气、吸气,你说是好了还是坏了?

唔——他听懂了,理解了,使劲点点头。

这种情况在北京是不可能发生的,但是在和田就成为了一个经常性问题。

细心的金玉女意识到语言上的沟通不畅,后来下乡做宣传、出专家门诊、介绍科室业务或是做门诊分诊牌的时候,就很注意专业名词翻译的准确性。什么心力衰竭、肺间质纤维化、呼吸衰竭等疾病名称,因为涉及很多专有名词,虽然都是维吾尔族群众,但也不是每个人都能讲清楚。要找本专业的维吾尔族人医生给翻译才能够比较准确。

北京的援疆医生、援疆干部来到和田,从某种方面来说,大大提高了当地民族语言的丰富程度。

和田方言区包括和田地区的和田、墨玉、洛浦、皮山、策勒、于田、民丰和巴音郭楞的且末以及若羌的部分地区。操和田方言人口约占整个维吾尔族人口的18%。主要从事农业、园艺和传统手工业。

由于佛教的传播,和田塞语中的梵语借词很多,但并没有从根本上改变该语言的原貌。到宋朝时,"丝绸之路"南道逐渐闭塞,以北道为主。这个东西交通要道上的历史名城与内地的交通向东已不通行,而要向西绕道,经过莎车、喀什、阿克苏、库车、乌鲁木齐、吐鲁番、哈密。这种变化使数百年来操和田方言的居民与外界交往逐渐减少。到 20 世纪 50 年代，这一地区成了维吾尔族居民交通最为不便，与外界交往最少的地区之一。因而在语言的发展演变过程中，形成了区别于其他地方话的特点，同时也保存了古代语言的一些成分。

为了和田的未来，改变各种各样可以说是陈旧落后的生活习惯，一定要引入先进的文化知识和文化理念，大力推行国语教育无疑是一条行之有效的重要途径。

2013 年，塔里木大学的黄志蓉、张建军承担了国家社科基金项目，在对阿克苏、库尔勒、喀什、和田等地区进行调研时，对四个地区的维吾尔族中学生进行了问卷调查和访谈，共发放问卷 1000 份，收回有效问卷 988 份，有效率达到 98.8%。

"您所在的地区和您喜欢学普通话吗？"回答"很喜欢"和"喜欢"的维吾尔族学生里面，阿克苏占本地区样本人数的 98.7%，库尔勒占本地区样本人数的 98.5%，喀什占本地区样本人数的 98.2%，和田占本地区样本人数的 97.6%。

"您所在的地区和您羡慕能流利讲普通话的本民族人吗？"回答"羡慕"和"有点羡慕"的维吾尔族学生中，阿克苏占本地区样本人数的 72.8%，库尔勒占本地区样本人数的 89%，喀什占本地区样本人数的 64%，和田占本地区样本人数的 77.8%。

调查结果显示，南疆地区的维吾尔族中学生普遍都喜欢学习普通话，对普通话感兴趣的学生比例也很高，而且南疆地区的维吾尔族人中学生大部分都羡慕能讲流利普通话的本民族成员，这反映出南疆地区的维吾尔族中学生在情感上对普通话还是非常认同的。

从调查结果还可以发现，维吾尔族中学生对普通话的情感态度认同度相当高，说明双语教育在实施过程中，普通话和汉文化对学生产生了影响，使学生有强烈了解和学习普通话的兴趣和欲望。

实用态度的调查结果显示，学习普通话对学生提高高考成绩的作用非常大，得到南疆四地区维吾尔族中学生的普遍认同；而对就业而言，他们普遍认为普通话只能起到一定的作用；对与汉族朋友交流而言，四个地区的学生看法不同，喀什和和田地区的维吾尔族中学生对普通话需求表现的更为强烈。

在县城医院里，很多来看病的病人，甚至不少医生基本上不会说普通话。我们的医生们看到，当地很多不上学的孩子，有的甚至连维语都说不好，不会说普通话的人就更多了。来看病的病人90%以上不会说普通话，很多一个汉字都不会说。整个县城里的普通话水平也不高，具备一定普通话能力的，大都是科主任以上的领导，基本上都是"民考汉"出身，所以我们的援疆医生带的徒弟，基本上也都是"民考汉"。

什么叫民考汉？就是从小学一年级开始就跟着汉族人一块儿上学，高考时使用汉文答卷。他们的思维方式、理解能力，与援疆医生交流基本上没问题。

褚亚明认为，援友们普遍和这些民考汉同事交流得非常好，民考汉的维吾尔族人同事跟民族同事之间也可以随便说。民考汉的同事，发挥的作用特别大，这些人将在和田发展过程中，起到越来越重要的作用。

现在，情况已经发生了可喜的变化。新疆维吾尔自治区决定，率先在和田、喀什、克州实行12年免费义务教育，逐步普及到整个自治区。同时，还将继续完善城乡义务教育和经费保障制度，加大公共教育资源向农村地区、贫困地区的倾斜力度，进一步提高农村义务教育阶段困难家庭寄宿生的生活费补助标准，提高农村中小学生人均公用经费的补助标准，保证经济困难家庭、进城务工人员子女平等接受义务教育。

2016年9月,北京援建的墨玉县北京中学开学,高一普招生人数已经达到1600名。除了学费、书费、杂费等项费用全免之外,每个学生每月还能享受到二三百元的伙食补助,政府每年还对学生家庭给予1500~2000元不等的补贴。

2015年6月28日是个风和日丽的好天气,为了纪念即将到来党的生日,北京援疆医生地直医疗组与自治区司法厅驻和田县巴格其镇卡斯皮村工作组一起举行党日活动,还特别热情邀请台卫平这位民主党派人士参加。

卡斯皮村系和田县的一个大村,有人口6000多人,全部居民都是维吾尔族人同胞,这个村的小学国语教学开展的很好,大家都可以说一些简单的普通话。驻村干部自治区司法厅阿处长给大家介绍,驻村工作队每年只有5万元的经费,还是比较紧张的,北京的爱心捐赠和援助可以说是一个很大很好的补充。

陈启东、冯芝恩、高志屹等和驻村干部一起慰问维吾尔族人老党员,捐衣捐物并重温入党誓词,快离开时,村里小学校的孩子们兴奋地扑了上来,没有大家心目中可能出现的胆怯、陌生,而是热情、开放,与北京医生们合影时大声地喊着"茄子"。

和田的明天一定会更加稳定、美好

筛查保健连同资金捐助,双重的义诊活动在多个小学里持续开展,北京医生在和田县布扎克乡小学"衣+医=爱"的捐助义诊活动中，深受孩子们的喜爱和爱戴。

台卫平说："相信新疆以及和田的明天一定会因为有了这些有文化、热情、开朗的孩子而更加稳定、美好，而我们一批批援疆人的工作也会因此更有意义。"

前面讲过的那个患了肝衰竭、地区医院儿科的医生与护士们凑钱拯救的孩子，出院那天，贾鑫磊不在病房，而是正在义诊。

那一天来的，就是北京儿童医院派来的援疆医疗队。

那天真是太忙了，看了一整天，还有很多抱着孩子、牵着孩子的家长没有排到北京专家面前。第二天，医疗队巡回义诊转移到了洛浦县，没想到，医生们又看到了好多熟悉的面孔。一打听才知道，有些觉得仍有疑问，早上又从和田市追到洛浦来问诊的。还有一些，因为住得偏远，到得晚，昨天没有看上，无奈在市区住了一晚上旅馆，第二天起早，又带孩子赶到洛浦排队，为让北京专家给看上一眼。

两地相距40多公里，家长带着孩子辗转，想起来让贾鑫磊心怀感动与不安："他们信任咱们给看病，信任北京来的专家，确实帮群众免费解决了问题，他们平时没有机会接触这些专家，也特别感激和放心。"

在中国，哪里都一样，孩子是每个家庭最大的牵挂。很多儿童病，和田当地以前都不知道是什么病，跑了好多家医院也不能确诊，也就更谈不上该如何正确治疗了。

贾鑫磊说："有些疑难儿童病，如果你经济能力有保障，其实是有机会治，而且成功率很高。他们很多是经济困难，第二个是家长觉得这病，你一跟他说他就害怕了，觉得治不了就放弃了。而且还有很多当地大夫也没有信心。觉得这个病太重了，我们可能治不好。"

北京的医生来了,给看了,确诊了,告诉能治,还告诉当地医院怎么治。

安贞医院医疗队来和田义诊,带了一个更大的免费项目,接先天小儿心脏病患儿到北京去,免费给予手术治疗。

11名新疆和田地区先心病患儿来我院接受免费救治

医疗援疆项目是北京援疆工作的重要组成部分,对帮助当地因病致贫家庭脱贫发挥了很大的促进作用,拉近了两地的感情距离,促进了民族团结。北京援疆前指在北京市各部门的大力支持下,今年继续开展"心之爱"和田地区贫困家庭儿童先心病免费救治项目,筛选符合手术条件的和田地区贫困家庭先心病患儿,到北京接受免费救治手术。

北京安贞医院认真落实此项爱心项目,今年8月中旬,北京安贞医院党委书记金春明率小儿心脏中心医疗队赴新疆和田地区义诊,为近200名先心病患儿义诊、体格检查、心脏彩超检查,共筛选出40名需要手术治疗的患儿。

2016年11月16日晚,第一批11名先心病患儿和他们的家长来到了北京安贞医院,医护人员为他们办理好住院手续,开展相应检查。

自2010年起,北京安贞医院小儿心脏中心刘迎龙主任率先在新疆和田地区开展先心病科普宣传、筛查和手术,2011年至2015年共免费救治和田地区先心病儿童60多名。

(首都医科大学附属北京安贞医院网站2016年11月22日)

尹铁伦在笔记中写到:义诊活动确实为当地患者认识常见疾病,帮助百姓早识别、早就医、早诊断、早治疗提供了有效平台。受到了当地百姓及各级领导的好评,促进了维汉民族之间的团结。

第十一章 和田——北京

2016年春节,新疆和田106岁维吾尔族老人古莱外尔·麦麦提敏,在北京援疆指挥部张传武、和田地区洛浦县妇联主席阿依努尔及其家人陪同下,出现在北京电视台的春节联欢晚会演播现场。

提起这位维吾尔族人老人进京过程,还有一段小故事。

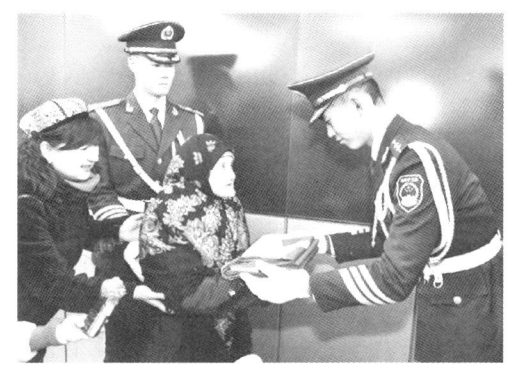

百岁老人走进国旗班

卢宇国有一次去看望这位家住和田地区洛浦县恰尔巴格乡海力派艾日克村的百岁老人。唠嗑,拉家常,古莱外尔老人说起来,她很少出远门,去和田的次数"一只手都数得过来",现在子孙满堂、生活幸福,最大的愿望就是想到北京看看,看天安门,看毛主席。

卢宇国说,那容易,我们来给您安排,一定要帮您实现这个愿望。

没想到老人听了,却面露难色,认真地对卢宇国说:"可我在北京就认识你一个人哪,你这么大的领导,总不能亲自陪我去北京吧。"

卢宇国笑了，告诉老人没关系，只要您到了北京，所有的北京人都会好好接待您、照顾您！

事情过后，卢宇国和援疆指挥部的领导一直记在心里。在北京市委宣传部的支持下，经过联系，北京电视台邀请老人及其儿女于1月16日至21日赴京，参加春晚节目录制活动并在首都参观游览。

为了能到北京，老人到和田做了两次体检，随行还有和田地区人民医院的医生跟着。16日夜里，老人抵达北京。第二天下午，在北京游玩的第一站是北京动物园，看到了海洋馆里的鲨鱼，老人兴奋得像个孩子，手舞足蹈。

19日一早，冒着寒风，老人在亲友和工作人员陪同下，瞻仰了毛主席遗容，边抹泪边唱歌，不停地念叨："伟大领袖带领我们过上好日子，他自己却不在了。"登上天安门城楼，眺望广场，老人一下子从轮椅上站了起来，挥舞双臂，这是她激动时喜欢做的动作。

中巴车载着老人驶入武警天安门支队的大院，由来自新疆的武警官兵专门接待了她。古莱外尔老人拿出从塔克拉玛干沙漠取来的"爱心沙"，赠送给武警天安门支队官兵，一同赠送的还有新疆特产大枣、核桃，以及老人带来的鞋垫。武警官兵回赠老奶奶一面在天安门上空飘扬过的国旗，百岁老人与士兵一同打开国旗，激动地挥起双手。她说，要把这面国旗带回村子"每家挂一天"，跟乡亲们分享自己的故事。

随同的工作人员阿依努尔平时的工作主要有维护稳定、发展农村经济、民生、去极端化等，这次的北京之行也让她学到不少。她说，回去以后要把老人的精神和故事，向身边的同事宣传。

第十一章　和田——北京

"援疆"北京人

援疆的这些中青年干部们,都正处在上有老下有小的年龄段,这是一个客观存在。

北京医生在和田援疆,是援自己的专业技术,为当地各族医护带来北京的新理念、新知识。魏海滨说:"不要老说我们援疆干活辛苦,其实家属付出最多,真没有家人辛苦。所以在这说几句感谢家人的话吧,真的挺对不住他们的!"

魏海滨有两家老人,老婆要做饭,还要伺候老人,还得照顾孩子,天天得接送她上学,所以"家人就是受罪,真的很受罪。我反而觉得我是到这享清福来了。要写在书上哦。"

女人开车毕竟不如男人,魏海滨的爱人每天开车接送孩子,期间还出过一回交通事故。"被另一辆车顶了,颈椎、腰椎都受了点伤。"魏海滨回顺义照看了几天,这几天妻子就感到特别轻松,虽说有伤在身,但每天脸上都绽放着笑容。不过她知道,丈夫很快就又要跑回到即使坐飞机也要一整天的那个遥远的地方去了。临走时候,妻子一句话"你又跑外边清闲去了",让魏海滨深感歉疚。

回到和田,想到妻子非但自己受伤未愈没人管,还又要照顾老人、孩子,魏海滨"真的很着急,帮不上忙"。他说,在生活上,指挥部、县委、医院对大家照顾得很周到。其实除了工作之外,我们还是挺轻松的,而家里就很不轻松了。

顺义区医院对援疆干部很重视,领导过年过节都要去家里慰问,魏海滨妻子出车祸,也及时安排优先治疗,让一家感觉到温暖。但即使再周全也总跟家人厮守在一起不一样,谁也代替不了丈夫的角色。

墨玉医疗组的大姐张越颖,她这一走一年,丈夫就得照顾孩子:

"而男人带孩子,很多要从头学起,比女人更要累得多。"

"已经是 6 月底了,毕业季,告别的季节。"送走了援疆教师,台卫平有些情不自禁,想到自己一路求学成长的经历,惦记起妻儿,心早已飞回到了北京。在各个工作队,很多援友的孩子也正面临着各种毕业。

地直医疗组中有 1 个孩子要高考,1 个孩子要中考,1 个孩子小升初,还有 4 个是幼升小,包括台卫平家里的小淘气在内。

"大家都得来呀,那你怎么办?你不可能说你孩子要高考,或者孩子要幼升小,你就不来援疆了。"

开头介绍过,2014 年七八月份的时候,台卫平两口子在海淀区买了一套房子,很大程度上就是为了孩子。因为 2009 年 3 月出生的儿子,要上小学了,海淀的基础教育环境相比昌平来说要好很多。

买房子之前,台卫平曾经有两个担心:因为落户时间短,不知道儿子能不能在海淀上小学;还有根据北京市就近入学的政策,儿子能被海淀区哪个小学招收也是个未知数。

查看北京市的入学政策,确认你只要你户籍在哪个区,到时候那个区就应该录取你,好事快办,房子到手,个把月之后,一家户口很快就转到海淀去了。

新房子位于海淀区羊坊店,按照学区划片,对口的小学相比一路之隔的翠微小学还是要差一点。

转眼过了春节,到了 3 月份,台卫平就跑和田援疆来了,家里的事情自然也就管不了了。不过现在通讯发达,家里的所谓重大事件当然要通知他,有时候还需要他拿主意。尽管像魏海滨说的,帮不上忙,只能干着急。

8 月中旬,再过几天,全市幼升小报名工作就截止了。妻子的电

第十一章　和田——北京

话打过来说，儿子在对口的小学报名了。又过了几天，妻子又通知台卫平，已经收到对口小学的录取通知啦。看房、贷款、签合同、转户口，团团转，忙了好几年，其实全是为了这一天。半个多月心神不安的台卫平心里一块石头总算落了地。

招生截止前一天的那个周六下午，台卫平的手机上突然打过来一个来自北京的陌生座机电话。在北京，可以怀疑是骚扰电话，可身在异地他乡，只要是北京的电话号码，大家一般都接。不怕一万，就怕万一，要是家里出了事……哎呀，一颗心时时连着家里，总是悬着。

"您是台卫平大夫吧？"电话里是翠微小学招生办的老师。她说按照北京市颁布的对援疆干部生活给予照顾的规定要求，他的儿子被翠微小学录取了，"请台大夫和家人共同商量考虑一下，是否愿意送孩子进我们翠微小学？"

那还用考虑吗？台卫平赶紧做主一口答应下来，放下电话几秒之内，就给妻子打过去报喜。

"我在这边工作，说实在的，关于孩子上学，真没对能办成翠微小学抱什么太大的幻想。"

家里今年有高考、中考、小升初的孩子，在政策允许范围之列，市政府有给予适当帮助的政策。每一位援疆干部在来的时候，都要填写一张表格，要写上家人的情况，还有按照政策，希望组织上能够给予适当照顾的期望。那什么是政策允许范围之内呢，同样也规定得很清楚：同一个学区之内，政府可以出面帮你协调，但是不能跨学区，也不能跨区域。你不能说我给政府提要求，把孩子从昌平弄到海淀，或者海淀弄到西城，那就是越界了。

神逆转之后，接下来也挺麻烦。因为妻子都已经带着孩子去对口小学登记了，招生网站信息也显示，儿子的名字出现在新生名单上。如果现在再转头去翠微小学，首先你必须得先从这所小学退出去。

这时候都快下班了，一退一入需要时间，需要各种各样的审批手续，自己肯定办不了。台卫平赶紧找到指挥部的领导，请求给予紧急协调，紧急援助。官方电话打到北京，符合政策，合情合理，教委那边自然是一路绿灯。第二天，妻子带孩子赶到翠微小学重新报名，不用说，也是一切顺利。就这样，招生截止最后一天，决定了孩子后面的6年时间。

不过台卫平家小淘气的事情还没完。

9月14日下午6点多，孩子妈妈着急地打电话过来，说孩子摔伤了，胳膊上出了一个血肿，不知道情况如何，她自己正在从昌平往海淀赶。赶紧联系了孩子奶奶，知道孩子在小区玩双杠，不小心掉了下来，胳膊着地，很快就出了一个血肿，孩子一抬胳膊就疼。

赶紧联系了骨科的哥们儿张亘瑷主任，他已经下班在回家路上，他帮着联系了还在医院的丁立祥主任和侯医生，简单查体后去急诊拍片，很明显，肱骨外上髁骨折了，急诊骨科贾医生用石膏固定后拍了一个CT，并进行了三维重建，没有发现严重的问题，处理完毕是晚上十点了。

是否需要请假回家，心里有点犹豫。感觉从专业角度来讲，骨折的问题不是特别大，重要的是静养以及石膏拆除之后的后期锻炼，但是不知家里人是否可以承受。

我们医疗队领队、北京卫计委的李处长也说，别犹豫，回去，给这里医院科室领导打一个招呼，指挥部的事情就不要操心，请假手续回头补一下就可以了。

问孩子他妈的意见，她也是一位工作十多年的医生了，心里比

第十一章 和田——北京

较强大,说:没事,就是这几个礼拜多辛苦一点,每天昌平、海淀两边跑吧。她在昌平工作。联系了一下孩子的班主任肖老师,班主任很热心,每天安排同学给孩子盛饭,把座位调到了一个胳膊不会被其他孩子碰到的位置,还安排了一个同学每天给他提书包。

3周后拆除石膏,复查X光没有错位,剩下的就是后期自己锻炼了。只要锻炼到位,也不会留下后遗症。心里的石头总算是落地了。开始的几天确实很难受,后来想,即使不来新疆,孩子的这种意外也很难避免,而且骨科的同事非常给力,最重要的是没有遗留功能障碍和畸形,这样心里就有些释然了。

高志屹说:"说句实话,在这头的最珍贵的记忆,真的,就是我们这帮兄弟们,你说如果要是单独把我扔到这个地方,没有这帮兄弟,我坚持不下来。"

高志屹刚满6岁的的女儿经常念叨:"爸爸为什么不在家?爸爸什么时候回来?"独在万里之外的异乡,高志屹倍加思念北京的亲人,每次在电话中听到女儿的声音,心里都有一种酸酸的感觉。家里,生活中的大事小情全都压在妻子身上。除了每天要完成单位的工作,还要照顾年幼的女儿,而作为丈夫不能分担一丝一毫,高志屹觉得太对不住她了。而年近七旬的老岳母,本应是含饴弄孙,静享天伦之乐的时候,为支持高志屹的援疆工作,也要在家里忙上忙下。

援疆期间,女儿突发高烧,连续三天高烧40度,必须紧急住院治疗。贾鑫磊知道了,一个电话打给北京儿童医院,拍胸部X线提示"右肺大叶性肺炎",孩子已经有呼吸困难的表现。

妻子在电话里哭着说:"你快回来一趟吧,我不知道该怎么办了?"

无奈之下，高志屹连夜飞回了北京，看到病床上女儿虚弱的表情，忍不住落泪了。经过几天的有效治疗，女儿的烧退了，病情好转了，而他又该走了。临走时，女儿搂着爸爸的脖子哭喊道："爸爸，你别走！我要爸爸！"

作为一个男人，对女儿没有给予应有的关爱，对妻子没有承担起应有的责任，对高堂没有尽到应尽的孝道。这一年，高志屹觉得亏欠这个家庭太多了。

白晓军说："有事，家里确实有事，但是瞒着我，我确实是回去之后才知道。"白爸爸得了胃溃疡，做了手术，儿子没赶回去。孩子这次体检查出脊柱侧弯，他也蒙在鼓里。

周光辉的爱人也在怀柔区中医医院工作。双方父母都年龄大了，孩子正上高三，虽然不小了，但却是最要紧的时候。周光辉坦言，自己的心里确实压力很大。"老人都年龄大了，谁知道突然有什么病，咱们万里之遥，要想回也回不去。"

援疆之前，医院领导找周光辉谈话时表示，有困难找组织，如果家里实在有什么困难，可以跟书记、工会直接反映。周光辉却说，尽量不麻烦组织，有些事我们自己能解决的自己解决，有困难尽量自己克服。还好，一年时间过去，小问题单位都给解决得挺好，家里也没什么大事。

"只能说幸运，对我们工作也没有什么太大的负面影响。"周光辉慨叹，"有了工作单位和家庭的支持，我们心中比较坦然了。如果家里老是有事的话，你工作上也不会很踏实。"

相比周光辉的平平安安、台卫平的喜忧参半，冯涛在援疆这一年时间里，家里面可谓多事。且不说孩子高考紧张，坚决支持他援疆的父母也是状况连连。

"每个人，你在家的时候好像都挺好，可你不在家的时候，好像什么事都往上找。如果要是爱人、孩子发烧感冒，都没人往上说，因为那都不叫个事。"

8月份的时候，由新疆维吾尔自治区出面，组织援疆干部及其家属到喀纳斯休假。全家决定集体出发，正高高兴兴准备的时候，想不到妈妈却生病了。

表现是消化一直不好，开始怀疑是胆囊的问题，做CT检查，看起来没什么事，可再做肠镜检查，就发现问题有点大，里面长了个息肉。内窥镜取出病理，冯涛赶紧让把结果传到和田。经验丰富的高再生给仔细看了看，也说结果可能不是太好，简单地说就是有癌前的可能，应该马上准备手术切除。

冯涛的妻子已经提前联系好了北大医院，再次进行了肠检查。

8月12号，冯涛回到北京，第二天一早，冯涛就赶忙跑到北大医院，打了个转条联系住院。可是病房的回答是没有床位，只能等到有病人出院才可以安排。那有什么办法，这么有名的医院，很正常，就只能等着。关键时候，妻子挺给力，对病房说："您看看，这个老太太的儿子是援疆的，想趁着这次回来把他妈的手术给做了，能给挤一个床位出来不？""可是，那也没床位呀，你再等等吧。"

不料当天下午，冯涛就收到北大医院打来的电话："明天过来办理住院手续吧。"

"其实我们本来已经不抱希望了，但是人家北大医院一定是考虑到我正在援疆的这个因素。虽说同样都是医疗口，我还是挺感谢咱们北大医院的，这个我真的是挺感动！"

住院，通过微创手术把息肉切了，一个星期之后，病理取回来了，还好，以后定期复查就行了。这是8月份的事。

又过了一个多月，到了9月底，趁国庆节长假，冯涛回北京探亲，临行之前往返机票照例也同时都订好了。因为按指挥部规定，探亲假是有天数限制的，在家只能待上12天。对我们的援疆干部来说，现在都有两个家，一来一去都可以称之为"回"。9月26号回家的机票，10月7号回和田的机票。

国庆小长假，冯涛在密云陪爸妈，一直待到10月4日。这天，儿子、媳妇、孙子一家人其乐融融吃罢晚饭，坚决支持儿子援疆的爸爸就开始把儿子往回"赶"了："过两天又该走了，你们回去准备准备吧，买点东西。"

不想才过了十几个小时，出门时还有说有笑的年迈双亲就出了意外！

第二天早晨，冯涛送孩子去学校补课，刚回到家，屁股还没来得及坐稳当，手机就响了。这时候还是假期，不到8点钟，这么早打电话估计就是急事！

果然，冯涛的表弟在电话里张口就说："二哥，我跟你说个事，你可千万别着急……"

冯涛心里顿时激灵一下，这么说，肯定是家里出了大事，急事！

原来冯涛父母在密云县城里的一座立交桥上，同时受到了硬性外伤，一同受伤的还有姑姑、姑父。第一时间赶到事发现场的表弟已经打了120，此时急救车还没到。

晴天霹雳轰得冯涛顿时六神无主，脑子里嗡嗡乱响，一片空白。放下电话，人已经全傻了，坐在床上足足愣了1分钟，一动没动。

两口子急忙往密云赶。"这一道，是我媳妇开车。我说你开吧，我开不了了。"长假期间高速路堵得水泄不通，车只能在101国道上随大流慢慢一点点往前沽涌，好不容易蹭到密云，直奔密云县医院。只见父母双双直挺挺地躺在急诊抢救室里，身上疼得不断呻吟。找医生打听伤情，爸爸断了四根肋骨，妈妈伤势还要更加重些，十根

第十一章 和田——北京

肋骨骨折,并伴有胸部积液。

前一天还好好的,一家人团团围坐在一起,这是怎么了?冯涛心如刀绞。

年迈的父母同住进胸外科一个单间病房,一张床80,俩人160,另雇了两个护工,也是两口子,正好两口看两口。一天之后,冯涛万万没想到的事又发生了。爸爸把儿子叫到病床前,说:"你该走了,回和田去吧!"一边的大哥也说:"你走吧,没事,走吧!"

头发花白的父母缠着绷带,挣扎着强打精神,断断续续对自己这么说……回想彼时病房气氛惨淡,冯涛忍不住失声哽咽:"当时我真的很矛盾,很纠结,很纠结!我确实一直想,跟领队打个电话说一声,晚几天……后来我想算了,别说了,那边班都排好了。"

望着儿子走出病房,爸爸哭了。大哥后来也说,以前从没见过老爷子哭过。

"我也没见他哭过,我挺伤心的,但他还是让我走了。我都没敢跟我妈打声招呼,一抹脸,我就出来,心里真是不好受。"

还是妻子开着车,两人一路上沉默着,几乎都没话可说。第二天早上,冯涛拉上行李,妻子给他拉到机场。晚上,电话来了,柔声商量:"咱能不能跟领导说说,你回家替我照看几天爸妈?"

正烦闷的冯涛,当时对着手机就发了火,说你这不是开玩笑吗?你昨天干吗去了?你昨天要是摁着我,我肯定就不走了。

"她说她在我没走的时候,没好意思跟我说。等我走了之后,实在忍不住,才在电话里说的。其实她也知道,我肯定回不去。"

铁衣远戍辛勤久,玉箸应啼别离后。
少妇城南欲断肠,征人蓟北空回首。

——唐·高适《燕歌行》

墨玉工作队领队、细心的国学利看出冯涛回来这几天恍恍惚惚的，状态不对，就找到他。果然刚听个开头，国学利就大叫起来："哎呀，真是，你早不跟我说一声！这么大的事，说一声就别回来了。"

一边是快高考的孩子，一边是住院的老人，望京——密云两头跑，妻子要两边照顾。难受、愧疚，还有牵肠挂肚，过了几天，实在放心不下的冯涛，给隆福医院的一个哥们儿也是医务科科长打电话，请求援助。

哥们儿的第一反应当然也是埋怨冯涛，说你真是，这事我得马上跟院长说。

隆福医院的领导立刻把冯涛父母突如其来受外伤，正住院治疗的情况，转到北京市卫计委。组织上去看望父母的时候，院长也还在一直埋怨根本听不见的冯涛，说这么大的事，怎么能一声不吭呢？家里发生了这么大的事，他怎么能第二天就回和田去了！

墨玉县医院与石景山区医院是结对子，一对一帮扶的关系。11月中旬，冯涛作为墨玉县医院的副院长，带队到石景山医院学习，顺便回家探望住了45天医院此后一直在家静养的父母。这才得知，妈妈后来一共抽了2000多毫升的胸水。

"岁数毕竟大了，想想确实挺危险。"

这件事对冯涛来说，也算是触动挺大的一段人生坎坷，尽管当时不觉得，没认识到。

事后冯涛有过一段独白：当时也没说什么觉悟有多高，如果要说心里有什么想法，可能还是有一种责任感在里面。第一如果我要不是这个队长的身份，恐怕也就跟领队请假了。确实我在医院里想过，如果我要是带不好这个头，以后其他人就不好说了。还有一个就是，我专业也是学医的，我知道，相对要说危险期，肯定是没过，但是有我哥哥照顾，平稳脱险的可能性挺大。

"其实您说在这边，谁又不是扔在北京一大家子人呢？"冯涛说，"所以说我们每一个来援疆的人，如果要挖掘的话，每个人身上都存在着大大小小像我这样的忠孝不能两全。我这次无非就是父母同时遇到意外，略微的严重点。"

一年援疆结束，姐妹们都急着等陈晓芳回去，等着这位大姐姐回去教她们跳新疆舞，等着听她讲这一年的新疆见闻和工作经历，以及风土人情："那我肯定有很多的东西，正能量的东西，传播给她们，如果有想来援疆的医生可以继续来，不会让他们感觉在这儿太过不好方面的东西。"

陈晓芳在延庆组织了一个羽毛球协会，大家工作累了，感觉压力大了，就都聚到羽毛球场上，既锻炼了身体，还又放松了身心。喜欢打球、喜欢健身，还坚持做瑜伽，不仅限于自己所在的延庆区医院，在自家的小区，或者附近周边，有很多与陈晓芳年纪相仿的姐妹，甚至还有不少年纪比她年轻多的小妹妹，都特别喜欢跟这位活泼好动、富有生活情趣的大姐姐在一起。工作当中，家庭恋爱、同事相处，大家谁有了什么不愉快的、纠结的地方，也都会找陈晓芳说说。医院几个刚毕业不久的大学生，遇到困难、缺钱，或者缺乏精神方面的关爱与辅导，只要给陈晓芳知道了，她都会很积极、很尽心地去给予帮助。因而这些年轻人有时候把陈晓芳称为"导师"，多高尚！

来到墨玉，经常会有姐妹在朋友圈或者电话里关心她，问你在新疆过得怎么样呀，风沙大适应吗，工作顺利吗，得病了吗，外出要不要紧，陈晓芳总是说她挺开心的。因而大家都知道，她在新疆过得真不错。

"其实也有不好的地方，哪有十全十美的。但是我不能说，我都是传播一些好的东西，传播促进民族融合的方面。"陈晓芳认为她所做的一切，里面都包含着一种传播正能量的责任，"比如说我们回京以后，必定还有下一批医生接着来完成这项任务，我们要给他们留下一个更好的前进脚印。来到这里不能说检验科的维吾尔族人同事认为上一批的那个陈大夫，做得如何如何不好，咱不能落下这么一个名声，是不是？"

每到不舒服、孤独寂寞的时候，或者生了病，陈晓芳的丈夫会带着宝贝儿子，飞到和田来看她。"我一个女同志出来，家里对我特别不放心，我爱人更不放心。"

到了年底，过几天就是元旦了，陈晓芳得了感冒。她丈夫又"打飞的"跑过来。"每次来都是自费，来回一趟，飞机票就得四五千块钱。"陈晓芳不让他来，说再坚持几天就该完成任务回去了，好丈夫嘴里答应着，订好机票很快就又"降临"在妻子面前，却也只能在墨玉待几天，简单照顾一下。

陈晓芳以前在家从来没出过远门，80岁的老母亲放心不下，几乎天天要跟女儿通电话，一天不给她打都不行。有时候工作忙，或者下乡没顾得上打电话，老母亲会追着她，理由很充分——想闺女了呗。

"所以魏海滨那几句话说的特别好，真是代表我们发自内心的共同感受，就是说家属特别不容易，家里面的亲人比我们更不容易。所以说咱们所做出的一切成绩，都离不开家人和朋友的关心帮助，理解跟支持。"

安永为说："我爱人给我打电话，在电话里哭了好几次。"

就要回家了，刘士军说他最大的感受、更深的感受就是："我爱人在家真不容易。"

咱北京人大都讲究男主外女主内。外面的许多大事小情，基本上由男人打理。作为父亲，作为丈夫，他也愿意这份有面子的光荣任务。在家，多数常常会对妻子甩出一句话：什么事你都甭管了，我知道就行了，我肯定给干了。

援疆去了，丈夫走了，很多的问题都得妻子独立面对：下水道堵了，灯泡憋了，孩子需要开家长会了，来了亲戚朋友需要接待了，包括换季搞卫生，家里要挪花盆，购置洗漱用品，都得一个人操心。

"我爱人有本不会开车，原先我开车，出去一趟，啥都给办回来了，可是现在呢——车都搁那一年了，那轱辘都裂纹了。"

刘士军的儿子在通州上大学，跟房山区正好是一个小对角。人到中年，家家最宝贵的就是孩子。以前上学，怕他挤着了，怕他路上耽搁时间长了，基本上每次都是刘士军车接车送。爸爸去了和田之后呢，宝贝儿子只能自己每周挤地铁，坐公交。

"说实在的，咱不是说溺爱他，大人越不在的时候，好比说这孩子没有家长管着，他就容易出现毛病。所以对孩子，你走了，歉疚呀，逮着机会就要多表现一些。"

孩子住校，刘士军原来给规定的消费额度是一个星期300元。等刘士军从和田回家探亲，看孩子懂事了，知道疼爸爸了，喜上眉梢，越瞅越开心，没过几天，就给他的消费水准涨成500元了。探亲十几天有限的时间里，只要一有机会，老爸会要求："走，儿子，我请你吃饭。"儿子提出的条件，就是再有难度，也给予全部满足，而且还乐得屁颠屁颠的："我儿子看得起我嘛！"

等两周之后爸爸走了，儿子跟他妈理直气壮："我就得一星期500块，为什么？因为这是我爸给我新定的政策。"

"实际上我不是为了要多给他点钱，因为我不在身边，我希望他快乐点，我想弥补些。"

因为对家里有太多的负疚感，离家在外，就总想着回家之后，要多做一些事，更觉得爱人、孩子真不容易。

安永为孩子小，妻子每周六、日还都给孩子报一些课外班，时间全占满了，没个闲的时候，把她自己全搭进去了。妻子电话打过来："这怎么办呀？那怎么办呀？"安永为经常在沙漠里通过手机远程处理家务。

安永为的爱人在房山区一所中学教英语。英语属于主科，老师相对来说要更累一些。学校知道安永为援疆之后，对女教师给予照顾，课业方面给她一定的宽松环境，为接送孩子提供一些方便。"她特要强，对自己要求太高。"经常在电话里跟丈夫念叨工作：哎呀，我这个班不行呀，我班上的孩子怎么着啦。

可这还不算难受的，最难受的是，有一段时间孩子要接送、班要上、老人还住院了，并且还是双方老人同时都住院了！

"都赶上住院了。我父亲原来做过支架，还食道癌，也做过手术，手术放疗吧，身体不是特别好。我母亲是颈椎病，颈椎病是最麻烦的，说晕就晕。岳父那边还稍微轻点，脑血管病，那老两口也都80多岁了，都是维持，输个液就没事了。"

这时候，要强的女教师却只能在电话里跟丈夫哭。

但安永为却不能急，其实急也没用：我跟我们医院的大夫已经说了，你把老人家送到医院里就行了，剩下的你就甭管了。

"老人有问题，电话过去，我们医院的同事对我的帮忙挺大的。我爱人剩下的，就是照顾他们的生活了。"

管家务，伺候着双方老人，工作上还又不能懈怠。跟安永为住在一起的刘士军，有时候开玩笑地评价这位既认真负责又内心柔弱的女教师——跟自己较劲。但是现实情况，谁也没办法：既要看好自己的孩子，别人的孩子还得时刻挂在心上。

有时候刘士军就劝安永为，双方老人都住院，媳妇扛不住了，这都是正常理由，领导他都能理解，你完全可以请个假回去，给家里分担两天嘛。

可是安永为就是没回去，只是天天打电话、接电话。

刘士军指了指安永为："我觉得他这人境界真是比较高。我可能做不到。"

7月3号，皮山地震，家里电话一个接一个地打进来，焦急的声音在耳边一遍又一遍：地震有没有影响？晃不晃？晃了可得赶紧往外跑啊！

安永为说："看电视，北京天天雾霾，我

房山区第一医院领导
看望刘世军（左三）安永为（右三）

们跟着着急。我说要是北京闹一次地震，我们俩在和田真就得给急死！"

作为医生，以前早出晚归，累了一天，回家有个依靠，端上一碗热汤面，被认为是理所当然。现在一年在外，对家庭的认知深入了很多。

谈起自己的妻子，刘士军说："我不知道人家的家庭，我们家里面，实际上她是很柔弱的。平常都是咱们在外头打拼，很难，现在把一个担子全搁在她身上，她不做怎么办？我们肯定也做了很多的工作，但是呢，她有没有苦呀？说我们在这儿想孩子、想媳妇，她也一样呀。作为女人她更想我们呀，这是实话。"

北京选派来的援疆干部，都是素质过硬的优秀干部，工作压力可以承受，最大的苦是寂寞，最煎熬的是想家。刘士军多次提到，像张传武、樊辉、谭玉军他们这些行政干部，比医生、教师们提前一年来，晚一年走。

"3年，他们家里肯定比我们还苦，可是那怎么办呀？"

房山区第一医院的领导两次到224团医院看望代表房山区人民、代表医院，坚守在沙漠中为团场各族职工服务的两位医生。这让刘士军、安永为十分感动，多次念叨。

"为什么呀？我们不在乎领导来很短的时间，转一圈就走了。领导大老远来看我们，说明单位对我们工作认可，家里重视我们呀。"刘士军说，"我发了一个微信照片，就是我们俩坐在领导边上，我就觉得特荣耀。我真是那种感觉，而且收到点赞无数。还有关心我们的同事留言，问我们什么时候回来呀，生活好不好呀，你瘦了吗，还有的开玩笑说，安大夫是亮点呀。

"其实我们愿意引起人们的关注，因为我们认为我们这些援疆干部都不容易！"

北京人民广播电台驻和田记者站的记者跟着地直医疗队一起上下班，收集新闻素材。录播访谈完成后，在后面的编辑过程中，因为时长限制需要砍掉一部分内容。台卫平坚持说："关于我们医疗队艰苦的医疗条件和艰苦的工作环境、生活环境这方面内容可以减一些下来，但是向后方家人和单位同事、领导致敬的内容不要减。"

是的，没有北京市民的付出，后方单位的支持，指挥部的精心谋划组织，我们的援疆干部绝不可能全心投入，他们才是支撑援疆事业的能量源泉！

第十一章 和田——北京

血脉新丝路

根据北京市委、市政府的要求，在北京援疆前指的组织下，2015年8月中旬，北京胸科医院、北京肿瘤医院、丰台医院、石景山医院、通州潞河医院5家医院与和田县人民医院、墨玉县人民医院、洛浦县人民医院等二级医院，就"一对一"医疗机构帮扶工作签订了合作协议。

和田县医院由院领导带队，医务科以及重点职能科室有关人员，来到北京潞河医院，重点学运行管理。经过三个月的进修学习，分批次圆满归来。

墨玉县人民医院与石景山区医院的"一对一"帮扶流程也同时启动。

石景山区委、医院的领导到墨玉县医院实际考察，针对当地具体状况，把脉最缺的是什么，和田最需要的到底是什么，大家坐在一起现场商讨，今后如何做到精准帮扶。待了一个月下来，双方都反映，效果不错。

11月中旬，墨玉县医院院长带队，一行12个科主任，作为第一批领导及业务骨干，到北京石景山医院参观、交流和培训一个月。这些科主任级别的专业技术人员中，有胸外科的、泌尿外科的、心内科的……有维吾尔族同志，也有汉族同志，当然，维吾尔族同志占多数，参观考察的重点还是在管理方面。胸外科主任，就上石景山医院胸外科跟着做手术，学手术制度管理、科室管理；医务科主任就学石景山医院那套业务管理流程。

一来一往的面对面过程，既是相互学习，也是相互沟通交流。在北京待的一个月时间里，石景山医院毫无保留地敞开了层门。所有的各级管理制度、管理程序、医务文件，甚至病例，这些长期积累下来形成的无形资产，任凭墨玉同行用 U 盘拷出来，带走。有这个完整的系统性蓝本做参照，再结合看到、学到的实例材料，即便不能马上都用得上，描摹参考，举一反三，也一定会有所收获。

冯涛说："我们要是不过去，恐怕没人能主动想起来给你这些医院宝贵的核心管理资料。但是你去了，他们正好又有，他肯定能而且也不能不让你拷到和田去。"

实话实说，北京医院的这些管理制度、治理结构，就是要比和田当地医院规范得多、系统得多、先进得多，在很多方面与国际接轨。学习回来，大家普遍反映：内地的规范化、正规化正是我们最需要的。就是我们在一边站着，看人家北京如何管理、操作，就能潜移默化学到一些新知识和新理念了。

培养一个成熟的医生，要几年、十几年，甚至更长时间，其实各个领域，各个专业，要想成为专家级别的骨干莫不大都如此。实际上，即便是北京援疆医生就在现场，对当地医护的精神品质影响就很大，更不要说可以随时问、随时看了。而北京专家呢，也有足够的时间，足够的耐心，更有高度的爱和使命担当，倾其所有，毫无保留地要春风化雨，洒在南疆。

不敢说自己水平有多高、有多大牌，但无人不希望把自己身上这点东西尽可能多地给传下去，留下来，让维吾尔族人老乡最大程度地获益，当地医护更好地服务于各族百姓。

"但也有的当地医护，有时候认识还不够，不很到位，可能不觉得北京援疆这个资源有多重要，还有的可能觉得你在这儿和不在这儿，我该怎么干还是怎么干。"尹铁伦说到这儿很有些惋惜，"我们在北京也带学生，带进修医生嘛，一般哪有这么多时间呀。要不是这种在当地援疆一年的形式，不可能全程手把手地给予传授，这种机会我希望他们一定要珍惜呀！否则我会很失落、很失望。"

第十一章　和田——北京

北京、和田风俗习惯不同，言语也不完全相通。挂职县医院副院长也算是院领导的冯涛，自然而然就担负起了在京考察期间，两个单位之间的协调、组织、沟通任务。此外，还要操心清真维吾尔族人同志的衣食住行。

由于天气原因，出发那天，飞往北京的航班在和田就延误了。本来应该上午就从和田机场起飞的那一架波音737，一直耽误到下午才被乌鲁木齐的一场大雪给放了行，如此就晚了四五个小时。因为订的是联程机票，预想到了乌鲁木齐之后，原定那趟航班肯定早飞走了，大家都思忖着可能在乌鲁木齐要住上一晚上了，不想这天气确实给力，由于同样的原因，飞北京的航班还在机场上困着呢。

真是哭笑不得：赶上了，但是也延误了。等到北京，时间错后了将近三四个小时。

常有的事问题倒是不大，麻烦的是，乌鲁木齐的航班全乱套了，倒机的时候，机场把行李给装错了。十几个人中有2个维吾尔族人科主任，真正是孑然一身空降北京。

冯涛赶紧打电话联系南航客户服务部门。南航的态度倒是不错，效率也挺高，马上就查到了误装行李的下落，答应明天中午之前，派车给送到指定地点。出了机场，已是午夜时分了，看到两个主任闷闷不乐，冯涛只能安慰说没有行李，咱们就克服一下，今晚只能住宾馆。

机场高速路上，望京新城的万家灯火映入眼帘，那里是他的家呀。自从抢救室忍泪分别以后，还没有见上父母一面呢，过家门而不入，他这个当儿子、当丈夫、当父亲的失职啊！

来到石景山医院附近，找了个清真饭店，简单吃点充饥，在宾馆再次给南航打电话，说明了名称、地址，让他们就把行李送到此处。南航满口应承。

"不想问题就出在这儿了。"

第二天去到石景山医院，不用说北京方面相当重视，准备充分。帮扶工程启动仪式、接待会、卫计委领导讲话、整体参观，一切都忙完了，已是华灯初上。

真该回趟家了！把同事各自送进宾馆房间，说声"早早休息"，冯涛下楼准备打车回家。经过大厅往里一瞅，哎呀，两位科主任怎么还在宾馆前台那儿还站着呢。

问干啥呢？等行李，说来，又来不了了。

电话打给航空公司，客服说行李已经委托给快递公司了，应该快送到了。冯涛气哼哼地说，把快递公司的电话给我。快递公司那边接电话一哥们儿，一听张口就来：本来是要给您送的，但是……

这是要来浑的啊，冯涛火撞脑门："你就给我个痛快话，几点能到？多长时间！"那边说15分钟。"那好，咱都别废话，我现在就开始给你掐着表，15分钟不到，我跟你没完！"

等在宾馆大门外不停看表，真不错，差不多也就十多分钟，行李还真来了。瞅着两主任拎上行李上了楼，冯涛这才一个人来到路边，伸手打车。

为元旦联欢会排练

后来，两维吾尔族人主任对冯涛说，冯院长，那天要没有你一直在那儿盯着，行李恐怕就送不来了。

民族亲，兄弟情。我们的援疆医生在和田，也与很多素不相识的当地维吾尔族人老乡结下了深厚感情。

墨玉科教文卫系统举行运动会，大家自然踊跃参加。卫生局王书记找到体型矫健的刘迎军说：刘老师，你有没有别的事了，我们这人不够，跑一个4×100米接力怎么样？当然可以！

刘迎军这一组有两个维吾尔族人同志、两个汉族同志，以前谁都没搭过帮。四个男子汉就闷头一起开始策划：谁跑第一棒、谁跑最后一棒，怎么交接棒，在接棒区怎么相互配合……比赛开始，四个人为了集体荣誉，全拼了命。

刘迎军说："我那时候就觉着，真像亲兄弟似的，整个过程真是特别默契。"

刚才太紧张了，下场，一位维吾尔族人体育老师才想起来用生硬的普通话，问眼前这个浓眉大眼的汉族兄弟，你是哪儿的，当听到刘迎军是县医院来的北京援疆医疗专家时，竟然惊讶得差点说不出话来。他大概没想到，北京人跟他一起共同战斗。

那就更亲热了，相互介绍，相互握手，互相拥抱。"真是增进感情，真是融入到一起了，咱不能说就是亲兄弟，反正真是跟兄弟似的。"从那以后，刘迎军一直坚持每天跑步。

单纯的文化交流，比不上一次心往一处想、劲往一处使的聚力同心。我们的援疆医生作为首都人民派来的使者，不仅是为和田人民输送幸福健康的白衣天使，也是一名文化使者。

逢年过节，各个工作队都请来当地的维吾尔族人舞蹈老师，教援疆干部们跳麦西来甫。

七月的墨玉，天还没黑透，县城里已是霓虹闪烁，人头涌动，夜市里炭火闪闪，满街飘香。文化广场上，去极端化的广场文化活动正在举行。我们的援疆工作队员们，跟成百上千的维吾尔族人兄弟手牵着手，在广场上跳起优美奔放的麦西来甫，共唱民族团结之歌。

维吾尔族人说："没有麦西来甫的生活，是没有味儿的生活。"

"麦西来甫"在现代维吾尔语中意为"大家聚在一起欢乐"。麦西来甫这种可以简单理解为"广场集体舞"的民族舞蹈形式，广泛流传于天山南北的维吾尔族民间，已成为维吾尔族生活中不可或缺的传统民俗娱乐活动。

在喜庆佳节、在丰收之后、在婚礼上、在亲友欢聚时，能歌善舞的人们便成群结队地聚集在一起，跳起欢快的麦西来甫。

置身在这平安祥和的气氛中，心头暖意融融，刘迎军和大家一样再次感慨动情。"那感觉就是特别好，真是如果说我们的援疆是奉献，那今天我就觉得我们值得了。援疆是民族感情的交流。"

对于陈晓芳来说，虽然她不是搞临床，但是在履行使命方面，一点不比别人差。

"我就觉得，我这人呢，虽然我是辅助科室的，价值不是很大，但是我总想把我有限的价值都体现出去。"

陈晓芳好像总有使不完的劲儿，特别积极参加墨玉县、卫生局、工作队组织开展的每一项活动。"七一"党建、国庆日、医师节、护士节她都参加，唱歌、学麦西来甫，也都少不了她充满活力的窈窕身影。"所有这些活动，让我能展现我自己。"

每天下午四五点钟，到一个指定的地方跟文工团的老师学跳麦西来甫。身边的援友们，有的确实不善此道，要不就是班上太累，反正不很热心文娱活动的占大多数。开始时候有10个人报名参加，增增减减，最后就只剩下3个人了。

跟维吾尔族人医护一起到人民广场演出，跟大家一起歌颂民族团结，陈晓芳乐在其中，这正是她所喜欢的。

在延庆，陈晓芳经常去做义工，宣讲老祖宗留下来的传统文化，给小娃娃讲道德礼仪，她认为发扬了这些传承千年的中华民族优良品德，就是帮助了一些比自己能力差的人。来到和田之后，陈晓芳也想力所能及做一些社会服务方面的公益事，但因为接触面小，还有语言沟通障碍，就没有发挥的余地，心有余而力不足。

"在北京，在延庆，你真可以想干什么就能干什么，可在这儿不行。但是我很有这个心，老觉得有力量使不出来，您能理解我这种心情吗？"陈晓芳就跟国学利提要求，"领导安排我干点什么吧，不能休息的时候就全休息了。"

因势利导，国学利就组织大家多次下乡，搞宣教，普及卫生保健知识，还联系了当地一家养老院去做义工。

"我们去到养老院，去慰问老人，跟他们聊天，给他们看病。"虽然语言不通，但是陈晓芳会用动作跟他们闲谈。给老人们压压膝，揉揉背，捶捶肩。"我觉得通过活动，他们不是认识我陈大夫，不是认识几个援疆干部，是树立咱北京人、咱汉族干部的形象。我不要求他记住我陈晓芳，只要他记住咱们北京援疆干部，还有这种精神。"

这种首都精神，把墨玉工作队带上了《和田日报》头版。

南疆的夏天特别热，还经常停水停电，空调带不起来，大家一般都是每天很晚才能休息。晚上睡不着觉的时候，陈晓芳就到县委大院里溜达几圈。这天特别热，11点多钟，围着办公楼绕圈的陈晓芳刚返回到宿舍楼下，就听到不远处呼呼啦啦的，好像是土石倒塌的声音。过了十几秒钟，果然就听见有人用普通话喊"救命"，侧耳细听，断断续续，确实有个男声在呼救。

当时楼前不远的马路边上，正在破地挖沟，铺设下水管道，陈晓芳一下子意识到可能是那里出事了！跑过去一看，深深的一段沟壁内向倒塌，一个民工整个人几乎都被埋在水泥盖板和沙土的堆积里，正声嘶力竭地呼救。

凭自己肯定救不出来。"当时我就替他喊救命，在院里跑着喊救命!"

时间已近午夜,大部分当地人都睡熟了,久久不能入睡的,只剩下我们这些寂寞思乡的北京人。陈晓芳赶忙掏出手机打电话,就打通话记录排在前面、最近的、也是联系最多的这些援友们。

学跳麦西来甫

"最让我特别感动的是什么?我们所有的援疆队伍吧,不仅仅有我们医生,还有老师,有行政干部,大家穿着拖鞋,穿着睡衣,几分钟就全从楼上奔下来了。"

冯涛说,我们哥儿几个都下去了,能跑就跑。

王斌说,高再生穿着睡衣睡裤,我穿一条秋裤,都往楼下跑。

跑到坑边,樊辉、刘迎军他们几个身强力壮的就往下跳。女人们叫120,援疆警察孙小明打110请求增援。

沟沿顶部持续塌陷,民工整个已经埋进去了。救人是第一位的,可还不敢用铁锹、上镐刨。黑咕隆咚,没准一下下去,人就完了。大伙儿只能换着班,用手使劲往外刨土。十几分钟过去,民工的上身已经露出来了,可两条腿还被压在一块断裂的水泥板底下,动弹不得。

现场都是专业人士。高再生喊轻点动水泥板,要是他骨折了,骨头碎渣穿破血管,大出血那就危险了;刘迎军也喊:刨出来之后,那腿不能立马给他松开,压得时间久了,血回流一刺激,容易引发心脏衰竭。

此时民工的情绪已快要崩溃了,呼吸局促,言语含糊不清。魏海滨就骗他,快了快了,已经挖出来了。可那时候,下半身部分还看不见呢。

持续半个多小时,等把人从沟里刨出来,他都已经虚脱了,全身湿漉漉的,一直还喊救命。稍微清醒点,知道自己脱离险境了,他就作揖,一个劲儿地要水喝。这时决不能给他水,要是咕咚咕咚几大口进入体内,人一样还得完。

樊辉说:"应该是个汉族人,但是说话有口音,他一开始说什么咱们也听不清楚。后来想,他应该喊感谢救命之恩吧?"

很快,120闪着蓝灯来了,110闪着红灯也来了。医生们经过现场紧急"会诊",认为他的外伤程度可能在咱墨玉治不好,应该立刻拉到和田去。

"时间紧急,抬上车就拉走了,他不知道我们是北京援疆医生,"魏海滨说,"估计不知道。"

浑身都是土,回到宿舍恰巧又停水了,大家就用喝的桶装水,大概洗了洗,完了还不敢上床,就蜷缩在沙发上,等着来水清理干净。

刘迎军说,累得够呛,我差点儿从沟里就爬不上来了。

高再生说,我第二天胳膊还哆嗦着呢。

冯涛说:"这件事就表明,我们内地跟新疆是连在一起,是分不开的,真正体现出民族团结。"

"这件事我一辈子都忘不了,"陈晓芳感慨,"从我第一个发现,到把病人拉走,从头到尾,整个过程我现在还历历在目。当时在沟里边的,全是我们的援疆干部,在我的眼睛里,我们的援疆干部真就是好样的,我们的集体也特别团结。同时我自己也觉得非常欣慰,非常骄傲!"

第十二章　圣洁的雪莲花

和田——北京，穿越河西走廊、天山南北、罗布边缘……古丝绸之路上再没有驼队、商旅，现代科技刷新了时空概念，8小时的飞行时间，我们走完了中国境内连接东西方文明的千年古道。古丝绸之路被延伸到了北京、天津、安徽、广东……被打造成了一条新的时代丝绸之路。这是一条血脉丝路，传输的是思想、理念、理解、交融。

在这条血脉新丝路上往来穿梭，北京人民给边疆送去了科技、文化，同时，我们也收获了心灵上的水晶之恋，加深了对祖国昌盛、民族团结内涵的理解，升华了对"幸福"的认知体验。

这条血脉新丝路是双向的！

纯净的心灵

地区医院骨科病房，住着一位十八九岁的维吾尔族女孩。这个漂亮的古丽，给褚亚明留下了深刻的印象。

花样的姑娘，还没来得及绽放芬芳，还没来得及点染人间，不幸就得了骨肿瘤。瘤子长在膝关节上。家人曾经带着她去乌鲁木齐看过，可乌鲁木齐说手术费要四五十万，于是她就又回和田，到地区医院找到褚亚明他们。经过会诊，这种骨肿瘤需要截肢！

第十二章 圣洁的雪莲花

截肢手术还算顺利,可以后还有一系列的辅助治疗呢,所有的医生们都尽量给她省钱,给她用最适宜的药,经过争取,后来还给她减免了费用。小姑娘大概只花了几千块钱就出院了,但是一条腿已经不在了。

旁人跟她说话,小姑娘都是笑嘻嘻的,总让人感觉到一种积极向上、开朗达观的能量传递。每天查房,见到褚亚明,不住嘴地感谢北京来的专家给她治好了病。但小姑娘越是谢谢,越是对他笑,褚亚明越是为她感到惋惜。

骨科里还住着一些摔伤或者瘫痪的病人,有腰椎、胸椎骨折了的,还有外力导致骨瘫的,如果不出现奇迹,这些人恐怕一辈子就只能在床上被家人照顾终生。可也很少看到他们整天愁眉苦脸的。

"截了腿的那个小姑娘特漂亮,小孩子也特别懂事。"褚亚明说。

褚亚明认为,不管怎么样,第一个还是得发展经济!不发展经济,肯定说什么都没用。真穷哪,穷得很,不少病人从村里来看病,要么通过民政部门打申请,要么就是每天每天地借钱。一天交几百块,每天交几百,就是这样的。富裕的是少数,正好种上了经济植物,种上了大枣,种上了核桃,那可能还稍微好点。但要是那个村没多少土地,或者土地特别贫瘠,那就是真是特别穷了。

虽然医疗卫生水平落后,但是医疗纠纷少,很大一部分是因为他们有一定的信仰。他们认为可能你出了这个结果,就是老天对你的安排,并不认为是人为的,偶然的,而是必然的。和田地区普遍医疗纠纷比较少,要比内地的医疗纠纷少得多,所以医患关系比较和谐。我们的援疆医生在一年援疆期间,谁都没有碰见过一起医闹事件。

"他不管能学多少东西,他对你北京来的专家,还是比较尊敬的。他没有瞧不起你的意思,或者是觉得你高,没有觉得你就是高高在上。也没有说你想把我们怎样，因为毕竟我们是来教技术的，我们教的都是实打实的东西，我们教你的东西，是你拿过来就能用的技术。"

我们北京援疆医生，是医疗上的天使、救命的天使，是民族交流、民族融合的白衣使者。高志屹感叹，从很大程度上，真的可以这么说。

洛浦县医院的医生们经常要下乡义诊。进到阚干村，这个村给高天留下的印象较为深刻。

村子挺大，听到北京专家来义诊的消息，照例在卫生院的院子里，早早就等了上百名地当维吾尔族人群众。看不到北京医院里常常有的那种，候诊区里闹哄哄的人挤人，相互之间聊天闲扯，个别的大吵大嚷。院子里静悄悄的，村民们都排着队，一个接一个地有序候诊。

"那个就诊环境特别安静，大家都非常井井有条地按照顺序排队，一个一个地排着队进来，看病啊，或者做咨询，做检查呀，大家都很安静，都非常有秩序，彼此之间也都没有过多的交流。让我们觉得挺惊讶的，当时印象特别深。"

张建感触很深："这是洁净的空气，没有红包，没有药回扣，因为这儿全是政府采购。这儿的医生特别纯洁，说傻也不能说傻，干活儿就是干活儿。"

与援疆医生们密切接触，我们由衷地感觉到，绝大部分医生都是良善的，都是凭良心去为患者服务的。当然，道德败坏的医生也有，但一定是个别的极少数，就像令人发指的暴恐分子必定也是极少数一样。

赵巍说："我理解，关于医患关系是有些外在因素在里边的，导致病人的期望值跟现在的医疗技术水平并不对等。比方说宣传周宣传的那些个案，容易让老百姓觉得你们医生每个病都能治好，没有治不好的病。而你一旦治不好他，那他就觉得肯定是你这个医生的良心不好，上升到这个程度，那就麻烦了。但从每个医生的内心来讲，当然希望每个病人都能治好。就如同作家写小说，每个病人就像自己的一个作品，医生们总是特别想完美，但凡有一点瑕疵，自己都会难受好长时间。如果手术过程中，有哪个地方没想到，或者哪个地方做得稍微差一点儿，都会很内疚，很后悔。所以当大夫的，无论他水平高低，他内心的愿望都和病人的心思是一样的。"

其实和田县医院骨科日常接诊的绝大部分是骨折、外伤、关节炎、椎间盘突出这种常规病人，大概能占到总量的90%以上，畸形仅仅是很少一部分。但是相信这种畸形病人，每个人的后面都有一个特别令人心酸、特别感人的故事。作为校畸整形专家，赵巍见过太多的不幸了。看到过许多平常轻易见不到的不幸，病人的不幸，连带整个家庭的不幸。

"因为贫穷落后导致的因病致残、因病致贫，不仅仅是因为看到不幸内心就特别有触动，而是这种不幸特别能激发出援助边疆的紧迫感、责任感，加深对援疆工作重要意义的认识。"

赵巍希望国家对生活在边远地区的残疾人进行精确统计，逐步完善医疗上的免费救治政策，对他们采取一些更加具体的帮扶措施。

"我觉得这种援疆真是挺好的，我们一期一期地派人过来，每期好几拨人，一拨一拨地持续着，他们也真是一点点地在变化，我们都看在眼里。说明咱们援疆力度很大。"

好多地方真是一点点地在发生变化。3月份，赵巍和杨广伟他们刚到和田县的时候，住的县委宿舍院子前面全是土平房，一年时间，周围一座座高楼都起来了。以前爆土扬灰的土路，到了年底，已经变成了平坦的高等级柏油马路了。原来县城马路上的人行横道线是画在停车线后面的，只要车停下，人就得从车后面绕行，现在基本都改过来了。

在墨玉县工作一年，张巍巍表达了自己的两点希望，除了希望点对点帮扶更加精准之外，"还有就是申请仪器设备程序不要太烦琐，尽量简化，让它尽快到位"。

跟援友之间结下了深厚的友谊，跟所在的墨玉县疾控中心的同事们一起共同努力，克服了很多困难，与基层维吾尔族人群众接触更多一些，雷敢说："援疆一年，对我来说'三观'还真是有所改变。在思想方式上，我在以前可能只对自己的事关心多一些，对其他的事，比如如何与人相处，在格局上还是不够全面。经过一年锻炼，我感觉考虑问题真是不再像以前那么单纯了，为别人想得多了，为集体想得多了，为团队想得多了，有些东西不再去刻意强求。"

不求之求。沙漠中待了一年，刘士军说："等于是给自己一个能静下心来沉淀思考的机会，希望通过沉淀，能使自己提高一层。与当地淳朴的团场职工天天在一起，从他们身上学到了好多东西，感觉自己的视野反而更开阔了。"

刘士军以前的日常工作就是脚不点地地在各个科室之间跑来跑去，相当于完全把自己投在反复重复的烦琐事务中去了，因而很少有闲暇思考生活之外的一些东西。现在有了一个能抬头看路，对自己进行阶段性总结、归纳的安宁时期。就想到怎么能提高自己，以后更好地发挥自己。

当了一年副院长，虽然仅仅相当于一家"社区医院"，但毕竟位置高了，院长出差，外出学习，就需要他统揽全局，所思所虑还是有所不同。对同事的理解加深了，对辅助科室的感情加深了，以后与同事交往也就能够体谅更多些。

以前老听领导们在大会小会上强调，团队分工、团队协作、团队建设等如何重要，但实际上自己体会还是欠缺。来到和田，少了很多熟悉的依靠，很多情况下想做点事，还就只能一个人。

"这时候才越发深刻地感受到，原来自己房山所属的那个团队，还是很优秀的一支团队呀，大家都尽心尽责，紧张有序。发现原来化验室是这么重要，原来放射科还需要有服务病人的护士，没有护士，真是寸步难行。"

安永为最后郑重地说："这一年总体来说，还是挺好的！"

再见和田

2015年的最后一天，12月31日，朱俊峰和刘志贤带着自己的行囊，走进和田市京和宾馆，这是北京市援疆指挥部所在，是他们这些团场医生一直向往的地方。

朱俊峰和刘志贤一起，重新恢复起皮山农场医院的手术室、与农场各族职工共同经历了

再见——和田！

最高烈度达到Ⅷ级的强烈地震、在葡萄架下露天诊治换药，到今天已经圆满完成了北京市人民赋予的一年医疗援疆任务。

经过简单的休整，履行必要的手续，再过三四天他们就可以回到北京，回到石景山，享受天伦之乐，而后重新融入都市生活，再度紧张忙碌起来。

他们离开之后呢，手术室怎么办，会不会又空置了？朱俊峰缓缓地说："他们现在能做手术了，他必须得做。最近的皮山还有20

公里，周围那么多人就靠那一个医院。没地儿去啊。"

两位医生前天做了两台，昨天还做了一台手术，一直忙到夜里，31号一大早，做完手术就出来了。这一出来，一般来说，就再也不回去了，下一次除非旅游过来。

一一握手言别，最后院长，还有两个外科大夫跳上救护车，把他们一直送到指挥部楼下。真正分别的时候到了，两个大夫对刘志贤和朱俊峰说："你走了，我们会想你的。"

临开车前，所有外科的医护人员都出来送。朱俊峰提议，咱们一块儿照张相吧。于是这张合影，就珍存在朱俊峰的手机里。

"本来以为只有救护车司机送我们，没想到都过来了，一直把我们送到指挥部楼下。"

一年援疆时间，刘志贤亲自动手和指导当地医师开展了8例阑尾切除术、3例胆囊切除术、6例疝无张力修补术、背痈、掌间隙脓肿、乳房脓肿等脓肿切开术17例，包括肌腱缝合在内的门诊外伤清创缝合术122例，共计156例。骨科开展22例各种骨折内固定手术。

朱俊峰经历了25台骨科手术、17台外科手术，为42例患者成功施行了麻醉。麻醉种类涵盖了5例局麻强化、10例腰麻、11例臂丛麻醉、7例硬膜外麻醉、5

依依惜别

例腰硬联合麻醉及4例全身麻醉。

依依之情溢于言表，朱俊峰叹了口气："唉，毕竟待了一年呀！"

第十二章 圣洁的雪莲花

陈晓芳说回去之后，就得赶紧调整自己，从身体、身心各方面调整好，积极把自己融入到北京的生活当中去。

"如果过两年有机会再来，我还会选择援疆、援藏，只要自己身体好，还能再来的话。"

受她影响最大的莫过于宝贝儿子："以前他最敬佩他爸爸，但是这次之后，他也敬佩我了！"

由衷希望陈晓芳无论在哪里，都能成为凝聚正能量、传播正能量、体现正能量的白衣天使。

杨广伟在和田待的时间长了，确实有一种当作第二故乡的感觉："真的，期间我回北京去，回去的时间长了，还真想回来。跟他们一块儿久了，我们科里人也说，总惦记着你什么时候能回来。"

到了年底，算算援疆医生也快走了，同事们一直问，你们定没定什么时间走呢？给你们送行呀。工作中就觉得总有问不完的事，平时就觉得总有说不完的话。从那时候起，欢送饭就开吃了，但是具体哪天走还没定下来，于是就再吃一次，相当于送了好几次了。等到真走的时候，饭桌上眼泪汪汪。

赵巍也被科主任请到家里吃饭，同被请去的，还有天津援疆指挥部一位领导。主任的爱人是舞蹈教师，天津举行演出，还专门请她过去指导。夫人接触的是天津援疆干部，丈夫接触的是北京援疆干部。酒至半酣，女教师翩翩起舞，满屋子的酒香，似乎也更加醇厚了。

主任特别动情地对赵巍说："赵主任，你真要走了吗？我们真舍不得你们走。你们来，确实给我们解决了太多的问题了，解决了特别大的问题。"

院长说，这就要走了吗？手术还有好多呢。

"我说不管遇到什么困难，都可以给我打电话。"赵巍慨叹，

"说这话的时候,就给人一种要失去主心骨那种依依不舍的感觉。这一年援疆,我们就是终身朋友,交情特别深。他特别感激,说了很多感激的话。"

临走那一天,塔吉姑对台卫平说:"台大夫,你回北京一忙起来,可别把我们给忘记了。"

台卫平赶紧答道:"你知道我现在正琢磨啥?我正琢磨着在我们医院旁边,物色个清真餐厅,等你们什么时候到北京去,我能找个地方请你们吃饭。"

2016年12月28日,台卫平被新疆维吾尔自治区党委、人民政府授予第八批优秀援疆干部人才荣誉称号,并记功一次!

同时获得这一荣誉的北京援疆医生还有陆军、张建、赵巍等。

张建说:"没有董院长、路院长的支持,我也做不好。感激洛浦医院,我觉得以前想都不敢想的事我干成了!"

"再见!和田!再见!口腔科可爱的同事们!一年的援疆经历和你们每一个人我将铭记终生。"——冯芝恩。

一年援疆,冯芝恩共诊治门诊患者1345人次,病房患者247人次,主刀或指导完成手术192人次;在和田地区医院初步建立起了口腔颌面外科手术团队,填补和田地区口腔颌面外科技术空白9项;制定口腔颌面外科诊治规范和病房管理制度,更新口腔科收费标准;发表或接收SCI收录论文5篇,发表或接收中文核心期刊论文2篇。

陈启东给各个相关科室进行的相关培训,陆陆续续已经开展半年多了。正值天气温暖的时间段,因而没有需要溶栓的病人送来。"所以我们正好利用这段时间做培训,先做好程序的演练、知识的储备。"就在快要离开和田前那几天,快速溶栓绿色通道团队迎来了真

第十二章 圣洁的雪莲花

刀真枪的实战"首考"。

年终岁末，12 月下旬，和田地区罕见地下了一场中雪，气温骤降。沙漠中甚至出现了百年不遇的积雪奇观。20 日下午三四点钟，一辆私家车停在医院急诊楼前，车上被人背下来一个中年男人。

到达急诊医生面前时，这个维吾尔族人男人左半身基本上已经不能动了，肢体力量极其微弱，言语含混不清。家属述说，一小时之前他还是好好的，突然就说感觉半身发麻，十几分钟之后就动不了了。科教节目起了作用，以前看过和田电视台陈启东、尹铁伦主讲的《健康和田》，家人立即行动，连背带拽给弄上车，直奔地区医院。

经过培训的急诊科医生准确判断出是脑血栓急性发病，护士长马上通知各关口启动快速溶栓绿色通道，同时给神经内科打电话。此时，快要结束一年援疆生活，准备返回北京的陈启东正在病房，要求那边把 CT 单开好，血抽好，随即放下一切，带上两个心内科主治医生匆匆赶到急诊。

"第一时间就看到病人了。我们到的时候，已经送化验了，CT 已经准备去做了。"

经过短暂评估，陈启东认为适应证合适、时间合适、病人的身体条件也适合，可以进行急性期溶栓治疗。

首先跟家属谈："任何一种治疗都是有风险的，尤其是比较积极的治疗。相对来说，风险偏大，出血、溶不通、加重的情况都有可能。"

有预先知识储备，加之对北京专家非常信任，家属立刻表示没问题，能接受所有溶栓过程中产生风险以及不良后果。

这就好办了，后续一系列步骤紧密并行展开：财务放行、检验仪器就位、药房发药、溶栓病房准备……与此同时，护士已经推着病人跑在去医学影像科的路上了。

医学影像科,高顺禹也在班上,接到陈启东的电话,CT机已经提前空出来准备好了。病人"插队"被推上去。经验丰富的高顺禹亲自在屏幕上对病人进行了检查。十分钟之后,电话打来了:条件符合,书面结果马上送到。

"高主任那天给看了CT片子,起到很大作用。"陈启东说。

神经内科病房,各项检查齐备,凝血报告送达,走廊上堆了很多闻讯赶来观摩的医生护士。在众多瞩目下,陈启东指导主治医师慢慢把溶栓药按顺序注射进入病人体内……

"我们培训的时候要求,至少主治医生要具备溶栓的水平,知道溶栓的程序、用药、操作。从病人来到医院门口到溶栓药物打进体内1小时为限。我们那个病人是40分钟。做得算是比较快的。"

连续的药物注射进入病人体内,接下来就该启动后续评估程序了。陈启东最关注的还是有没有出血及其他副作用:"原来没做过,他们总担心出了并发症怎么办?出血怎么办?这个或者那个怎么办?"

一小时过后,病人的肢体力量开始恢复力量。经过24小时,已经恢复到没有发病之前的正常水平,状态一直非常平稳!

陈启东说:"经过这一例溶栓,当地医生对于这种首选的第一位的治疗手段,就没有以前那种很强的神秘感了。看到效果之后,更知道对病人真的非常有效,因此胆大了,敢于做溶栓治疗了,他们真正有了信心。"

这一天,挂职和田地区卫生局副局长的李国珍正好也在地区医院,很碰巧地赶上了。

李国珍在现场十分高兴地总结道:虽然也就是溶了这么一个,是第一例,但是说明我们长期的扎实准备是有效果的,传统的观念是能够改变的!

顺便说一句,针对维吾尔族人群众特有的饮食习惯,陈启东在和田开展了"血清同行半氨酸检测"项目课题研究。血清同行半氨酸是动脉硬化的独立辨析因素之一,与饮食结构有比较密切的关系,平常饮食吃水果蔬菜少、吃肉多的人,这个指标可能偏高一些。

凯旋(一)

研究已经开展一段时间了,但仍没有确切结论。也许还需要更多的病例积攒,还需要更多的时间与新疆的医生一起总结,才能得出令人满意的结果。

在北京市政府及北京市民的大力支持、关怀下,在指挥部的正确领导下,通过北京援疆工作队援友们的共同努力,我们第八期第二批北京援疆医生共诊治门诊患者 50777 人次、住院诊治患者 29962 人次、开展手术 3971 台、查房带教 2308 人次、会诊疑难病例 5446 例。医院内开展专题讲座 69 次;科内开展专题讲座 527 次。

北京专家医疗队到和田义诊,已经成为北京医疗卫生援疆的一张名片。医生们走乡镇、入社区、进村庄、下连队,广泛开展卫生常识宣教,共参加人员 294 人次、开展义诊活动 38 场次、义诊患者 4573 人次,为 60 余名患者建立了到北京治疗的绿色通道。

义诊活动直接体现了党中央、国务院对民族同胞的关怀和关爱。

北京援疆医生分别参加地区、县、十四师、团场等单位电视台、广播电台卫生宣教节目43人次；组织3名传染病专科医生针对9种传染病编写、编辑、印制维吾尔文宣传折页50万份、海报20万份，重达13吨；针对当地的多发病整理出预防要点，刻录宣传光盘5万张。

协调地域偏远、人口聚集、交通不便的26个乡镇卫生院，完成建立结核病痰检实验室。启动了痰检实验室人员实践技能的操作培训工作，为肺结核防治提供了有力的技术支撑。

凯旋（二）

9月份，北京市疾病预防控制中心相关专家到和田调研、指导。首批确定了肿瘤医院、佑安医院、胸科医院、丰台医院、石景山医院、潞河医院等六家医院帮带和田地区人民医院、地区传染病专科医院、洛浦县人民医院、墨玉县人民医院、和田县人民医院五家医院。

5月份，选拔和田地区22名医疗卫生骨干到北京进行6~12个月为期不等的培训进修。北京中医医院、妇产医院、儿童医院、朝阳医院、同仁医院、积水潭医院、口腔医院、石景山医院、第一中西医结合医院、市CDC等十个单位承担了培训任务。

一年来，卫生援疆干部克服种种困难，付出了真情，付出了汗水，开展大量的业务工作。共填补大小空白项目78项，技术改良项目35项；共结对帮带当地医护人员132名，有的带出了专业技术团队。

为进一步规范诊疗程序，加强理论指导。编辑出版了《传染病防治手册》3000 册、汇编《心内科疾病指南共识》、编纂《墨玉县疾控中心实验室生物安全手册》、完成 5 万余字《墨玉县疾控中心医疗废弃物处理规范》、为十四师团场制定了《药品采购目录》。

不是每一朵花都能盛开在雪山之上，雪莲做到了；

不是每一棵树都能屹立在戈壁，胡杨做到了；

不是每一个人都能来援疆，我们做到了。

今天播下一颗友谊的种子，明天定能开出雪莲般的民族团结之花。

该结束的时候却难以结束，

那些所有属于这里的独有的世间和风光，都被珍藏在记忆之中。

那些所有的留在这里的厚重情谊，都刻上印记烙在我心深处。

援疆之行，像一杯清茶，没有华丽的色泽和醇香，

却让我终生回味无穷，更是我人生浓墨重彩的一笔。

说不尽的珍重，叹今夕宴席终须散；

道不完的感情，盼明朝重逢续前缘。

——陈晓芳

樊辉沉吟片刻，嗓音沙哑："每一个援疆人都是一本书。"

这是一本永远写不完翻不完的书！因为每次援友们聚在一起，都能回忆起新的内容，可谓常翻常新。

一年援疆路，一生援疆情。

在接受凤凰网记者采访

2018 年 4 月 20 日，第八期第二批地直医疗队再聚北京

时，卢宇国表示："北京市对口支援和田是中央交给的一项政治任务，是中央赋予北京市的政治责任，也是北京市义不容辞的历史使命，是北京干部群众的光荣。对口支援在增进民族团结、增强各族群众对中华民族的认同感等方面，都有着特殊意义。"

主要参考资料

[1]张苗,张薇薇.缺血性卒中的二级预防[M].第二版.北京:人民卫生出版社.2013.

[2]马锁成.难忘的岁月——听新疆军区原司令员高焕昌将军讲进疆故事[J].今日新疆,2009,(18).

[3]陈平.横穿大漠 屯垦和田[J].兵团档案,2012,(4).

[4]谢中.水的颂歌[J].今日新疆,2009,(3).

[5]肖炳林.加强南疆兵团力量建设——以二二四团模式为例[J].兵团党校学报,2014,(3).

[6]杨志敏.和田三树王[J].

[7]刘海涛,屈信军.南疆和田地区沙尘暴气候特征成因及应对策略[J].干旱区资源与环境,2011,(6).

[8]施洋.丝绸之路上的呼罗珊大道考述[J].贵州师范大学学报(社会科学版),2002,(4).

[9]张晓莉,张安福.中国古代西域屯垦与丝绸之路文明[J].经济研究导刊,2009,(3).

[10]王小平.新疆兵团在丝绸之路经济带上的发展定位[J].石河子大学学报(哲学社会科学版),2016,(1).

[11]钱伯泉.维吾尔族的形成和发展初探[J].新疆社会科学,

2009,(01).

[12]修济刚．南疆地震救灾拾记[J]．城市减灾,2015,(05).

[13]李俊,兰万成．急性缺血性脑卒中绿色通道的建设与实践[C]．全国危重病急救医学学术会议．广州,2006.

[14]匡丽杰,邵丽雯．动脉溶栓绿色通道的临床应用[J]．中国现代药物应用,2013(10).

[15]魏毅,李维青．和田绿洲社会经济发展研究初探[J]．安徽农学通讯,2009,15(06).

[16]王蓓．和田永远的绿洲[J]．森林与人类,2005(12).

[17]许多会．和田方言研究综述[J]．和田师范专科学校学报(汉文综合版).2006,27(6).

[18]李文浩．维吾尔传统民居门窗装饰艺术的区域特征[J]．南京艺术师范学院学报,2013(13).

[19]陈瑞芳．新疆归属中国是历史发展的必然[J]．和田师范专科学校学报(汉文综合版),2005,25(3).

[20]祁伟．新疆和田地区双语教育实践成果综述[J]．乌鲁木齐职业大学学报,2008(4).

[21]黄志蓉,张建军．南疆维吾尔族学生普通话习得影响因素分析[J]．长江学术,2013(3).

[22]陈潮华．浅析维吾尔语中的数词"七"[J]．喀什师范学院学报,2006(7).

[23]刘昌龙．新疆兵团在"丝绸之路经济带"战略中的地位和作用[J]．兵团党校学报．2014(3).

[24]高建新．"丝绸之路"开拓与"胡文化"的输入[J]．阴山学刊,2013(26-6).

[25]李瑞哲．古代丝绸之路商队的活动特点分析[J]．兰州大学

学报(社会科学版).2009(5).

[26]哈艳秋,鄢晨.略论古"丝绸之路"的华夏文明传播[J].国际新闻界,2001(5).

[27]刘海涛,张向军.和田地区沙尘暴天气的时空分布特征[J].干旱区资源与环境,2009(5).

[28]阿依古丽·克里毛拉.和田地区水资源及其合理利用探讨[J].和田师范专科学校学报(汉文综合版),2004(24).

[29]阿依努尔·买买提,邱玉宝.近20年和田绿洲水资源变化及其驱动力分析[J].干旱区资源与环境,2013(4).

[30]张展赫,来风兵.新疆和田河中游和—墨—洛绿洲时空变化特征研究[J].安徽农业科学,2015,43(8).

[31]杨佳蕾.浅谈眼神在维吾尔族人舞蹈表演中的重要性[J].大众文艺,2012(21):121-122.